エリザ
エイミィ
「エイミィ、いい加減私の妹になりなさい」
「えっと……」
こんな調子で、エリザはいつも
エイミィを勧誘しているのだ。
異世界転生の冒険者
ISEKAITENSEI NO BOUKENSYA
9

ラニ・タンタン
ドニ・タンタン
レニ・タンタン
アムール
「小さな頃のお嬢様は、それはそれは素直で愛らしい、とてもいい子だったのに……こんなにガツガツ、ガツガツと、異性にも食べ物にもがっつくようになってしまって……」
「レニひゃん、いひゃい……」

異世界転生の冒険者

ISEKAITENSEI NO BOUKENSYA

9

著 ケンイチ　画 ネム

contents

第九章

第一幕

「この子が生まれてから、もう三年か……」

屋敷の書庫で絵本を夢中になって読んでいる虎耳の子供を見ながら、俺はそんなことを呟《つぶや》いた。

「ん？」

「何でもないぞ。それよりも、そろそろおやつの時間だから、お母さんの所に行ってきな」

「うん！」

元気よく返事した虎耳の子は、絵本を机の上に放り出したまま走っていった。それを俺は元の位置に戻してから、おやつが用意されているはずの食堂へと向かった。

俺が食堂に向かうと、すでに子供がおやつにかじりついていた。その横には子供の母親も座っている……ついでに子供の周りには、いつも通りおやつをねだるシロウマルとソロモンと、その他数人が椅子に座っている。

そんな和やかな時間が流れる中、空気を乱す乱入者が食堂に飛び込んできた。

「ヨシツネ〜！　一人でちゃんと本を読めたか〜？」

「ふぃっ！」

乱入者は、ヨシツネと呼ばれた虎耳の子の父親であるブランカだ。泣く子がさらに大泣きしそうな強面《こわもて》を破顔させて、我が子であるヨシツネに近づこうとするが、ヨシツネはその顔を見て変な声を上げ、慌てて母親であるサナさんに抱きついた。

「はいはい、怖くないわよ～。顔は怖いけど、怖くないわよ～」

と、よくわからないことを言いながら、サナさんはヨシツネの背中を撫《な》でている。ヨシツネは目に涙を浮かべてはいるものの、何とかこらえている状態だ。対するブランカは、我が子に笑顔を向けただけで泣かれそうになるという状況に凹《へこ》んでいた。

「いつものことなのに……いい加減、ブランカは慣れるか、常時仮面をつけるべき！」

ヨシツネの対面の席に座っておやつを頬張っていたアムールが、ブランカを指差しながらそんなことを言っている。その間にもヨシツネは、ブランカからさらに距離を取ろうとサナさんから離れ、俺の後ろへと避難した。

「ぷふっ！」

そんなヨシツネの行動を見て笑うアムール。そんな中ブランカは、ゆらりと立ち上がってアムールに近づいた。アムールはヨシツネに気を取られているのか、ブランカの接近に気がついていない。

そして、

「ふぎゃぁあ！」

ブランカは自分に対して突き出されたままのアムールの指を、しっかりと握って逆に曲げた。指関節を極《き》められたアムールは、悲鳴を上げながら必死にテーブルをタップしている。

「そんなことをするから、あなたはヨシツネに怖がられるのよ」

ブランカの行動に、呆《あき》れ声で苦言を呈するサナさん。ブランカはこの言葉にハッとなったかのように顔を上げヨシツネを見るが時すでに遅く、ヨシツネはさらに距離を取るべく部屋の隅まで逃げていた。

「ちがっ、違うぞヨシツネ！」

何が違うのかわからないが、ブランカは必死になってヨシツネの誤解を解こうとしていたが、近づく前にサナさんに捕まった。

「あなたは外に出ていてね」

「う、あ……はい……」

サナさんに追い出されたブランカは、悄然《しょうぜん》とした様子で食堂を出ていった。ヨシツネはブランカがいなくなったのを二度三度と確かめた後で、サナさんのそばへと移動した。そんなヨシツネの様子を見て、アムールは指の痛みをこらえながら笑っていた……が、正直言って、痛みをこらえながら無理に笑う様子は気持ち悪かった。

ようやく元の席に戻ったヨシツネは、すぐにブランカのことなど忘れたかのようにおやつに夢中になっている。そんなヨシツネは、俺が優勝した次の年の大会前に生まれたのだ。

見た目はアムールたち（サナさん、ハナさん含む）に似ておらず、だからといってブランカに似ているわけでもない（そのことに一番安堵《あんど》したのはアムールで、ちょくちょく話題に出してはブランカにげんこつを食らっている。ちなみに、二番目に話題に出しているのはハナさんだ）。では誰に似ているかというと、アムールの祖父で、ハナさんとサナさんの父親の『クロウさん』に似ているのだそうだ。クロウさんはケイじいさん（山賊王）の実の息子ではあるが、その容姿と性格はどちらかというと母親似で穏やかな人だったそうだ。ちなみに、そんなヨシツネの名付け親は俺だったりする。

何故俺なのかというと、王都から南部までブランカたちを迎えに行った時にちょうど生まれ、そのまま名付け会議に参加するも、ブランカとサナさんが納得する名前が会議では出ず、次第にネタのような名前（そのほとんどがアムールの案）が出始めた頃、サナさんが「お父さんに似ているし、それに因《ちな》んだ名前でもいいかも」と言い、俺がその『クロウ』という名前から真っ先に思いついたのが『義経《よしつね》』だった。

その名前を何となく小さな声で口にしたところサナさんの耳に入ってしまい、何故か候補に挙げられたのだ。さらにその名前の理由を問われた時に咄嗟《とっさ》に、「クロウを『苦労』にかけて、この子には『常に良い』ことが起きますようにで、『ヨシツネ』」みたいなことを言うと、何故かハナさんとサナさん、それにブランカまで頷《うなず》いて、『ヨシツネ』に決定したのだった。

何故三人が頷いたのかというと、クロウさんはケイじいさんみたいな武闘派ではなかった為《ため》（そのケイじいさんは、文官のような仕事も人並み以上にできたそうだが、傍《はた》から見るとケイじいさんはその体格と逸話から、完全な武闘派と判断されていたらしい）、一族をまとめる際に比較されて苦労していたのだとか。

まあ、ナナオの街を作り上げ治めるようになってからは、一族の皆もクロウさんのありがたみがわかるようになり、誰もクロウさんを舐《な》めるような真似はしなくなったそうだが、それでもそのことを知っている三人には、クロウさん似のひ孫に付けるにはぴったりだと思ったらしい。そしてこの話の最中、ロボ名誉子爵は早々に戦力外通告をされて追い出されており、アムールもネタのような名前を出した時点で追い出された。

ヨシツネはそういった話をサナさんたちから聞かされていたせいか、俺に懐いてくれている。しかしその反面、実の父親であるブランカには苦手意識……というか、怖い人だと思っているらしい。

その原因は、ヨシツネが生まれてから毎年観戦している、『武闘大会』にあると俺は見ている。

ヨシツネが生まれた年の大会では、ブランカは個人戦二位、ペア戦二位、チーム戦二位といった成績を残している。ペアではアムールと組み、チームでは南部の上位者たちと組んでの参戦だった。

普通ならどれかで優勝できそうなものだが、個人戦では俺が、ペアでは俺とじいちゃんが、チームではじいちゃんとアムールを加えた『オラシオン』が一番人気で、ブランカはどれも二番人気だった。そして、大会はその人気通りになった。ちなみに次の年の大会は、個人戦三位、ペア戦二位、チーム戦不参加だった。

そして今年、俺はペア戦には出場できなかったので、ブランカとアムールのペアが一番人気だったのだが、結果入賞ならずだった。なお、個人戦はまたも三位、チームは南部上位者たちで組んで三位。

何故この結果でヨシツネに怯《おび》えられたのかというと、ブランカの戦い方に問題があったからだ。元々ブランカは武闘派で血の気が多いところがあり、戦いを楽しむタイプの男だ。しかもそれに加え、ヨシツネにいいところを見せようと気合を十二分に入れて大会に臨んでいた。

その結果、大会中のブランカは、対戦相手が向かい合っただけで戦意を喪失しかねないほどの雰囲気を身にまとっていた。そしてそれは試合にも現れ、相手に同情してしまうくらい苛烈《かれつ》で一方的な戦いだったのだ。それは、ペアでもチームでも同じだった。

これらの大会で一番名前を売ったのは、おそらくブランカだろう。恐怖を撒《ま》き散らしたという意味で……しかし、それでもそれぞれの決勝で俺に負けてしまった。

内容的にはかなり接戦ではあったものの、結果だけ見れば完敗だ。何せ、三戦三敗なのだから。

その悔しさを胸に挑んだ次の大会では、個人戦の準決勝で俺と当たり敗北。ペアの決勝で俺とじいちゃんと当たり敗北。チームは他のメンバーが揃《そろ》わず出場見送り。

そして、今年こそはと挑んだ大会では、ペアで俺が出場しないというチャンスが訪れた。それは別に俺がブランカの為に出場しなかったわけではなく、予選直前になってじいちゃんがぎっくり腰になってしまったからだ。さすがにあと数分で始まるという場面で相方の入れ替えは認められず、無念のリタイアとなったのだった。なお、これに関して何故か運営側への苦情が殺到したらしく、その余波が王族にも行き、じいちゃんは王様たち……特にアーネスト様にグチグチと嫌味を言われていた。

そんな中行われた大会では、準決勝で全身真っ黒な鎧《よろい》で固めた騎士に敗北することとなる。予選から話題になっていた騎士ではあったが、正体不明でパッとしない戦い方をするということで、大波乱が起きたと大騒ぎになったのだが……俺のよく知っている人の戦い方だったし、確認の為の『鑑定』により俺はその正体を知っていた。

その正体とは、黒獅子《くろじし》と呼ばれ王国最強の騎士と言われているディンさんだった。本人曰《いわ》く、「久々に血が騒いだので、無理して出場した」とのことだった。

気を取り直して出場したペア戦では自然とブランカたちが一番人気となった。ブランカは俺が出場しないことを残念がってはいたが、それでもチャンスが来たと気合を入れていた……のだが、ブランカたちが本戦の一回戦で当たった相手が悪かった。

その当たった相手とは、虎仮面と仮面騎士を名乗る二人組だった……まあ、その正体はハナさんとクリスさんだったわけだけど……予選の時から薄々気がついてはいたが、勝機到来と浮かれ気味だったブランカとアムールは不意をつかれた形となり、あえなく敗北。内容的には、クリスさんがアムールを押さえている間にハナさんがブランカを倒し、二対一でアムールをボコるという展開だった。二人はそのままの勢いで決勝まで進み、優勝を摑《つか》み取った。

そして、チーム戦では準決勝で『オラシオン』と当たり敗北と、不運と油断が重なったのだった。もしもペア戦で事前に相手の正体に気がつくことができていれば、逆転の目はあったかもしれないのに……

それらの戦いをヨシツネははっきりと覚えていないだろうが、ブランカの戦闘中の雰囲気を刷り込まれてしまったのではないかと考えているのだ。

「それで、あなたはそこで何をしてるのですか？」

ブランカが出ていったことで、おやつタイムを再開したヨシツネを中心として和やかな雰囲気が戻りつつある中、そうではない雰囲気の二名がいた。そのうち、日の高い時間帯からお酒を飲んでいる女性……今年度ペア戦覇者の片割れであるクリスさんに声をかけた。ちなみにもう一人はアムールで、未《いま》だにブランカにやられた指を押さえて苦しんでいる。もしかしたら指の骨に異常があるのかもしれないので、後で魔法でもかけておこう。それまでは自業自得ということで、反省しておいてもらおう。

「ろくなのがいないのよぉ～。優勝したら引く手あまたと思っていたのに、ろくな話が来ないのよぉ～～！」

「またですか……」

今回の大会でクリスさんが参加した理由とは、ズバリ恋人探しの為だった。何でもここ数年、同期や同僚の結婚が相次ぎ、いよいよ騎士団の独身女性の最年長に近づきつつあるのだ。ちなみに、今のところの最年長は四〇代で、その女性は旦那さんと死別したそうでカウントされず、他にも未婚の女性はクリスさんの上に四～五人いるのだが、全員恋人がいるのだとか。

「何で私のところに来るのが、おっさんばっかなのよ！　たまに同年代が来ても、評判が悪かったりお金目当てだったり、親の介護要員だったり……ホントろくでなしばっかじゃないの！」

「体目当てがいないだけ……失礼、そもそもあなたには、誇るほどのものがありませんでしたね。まあ、世の中にはそういったもの好きもいるでしょうが」

どう声をかけようかと迷っていると、俺の後ろからすっと現れたアイナが、クリスさんに言ってはならないことを言ってしまった……まあ、わざととしか考えられないけれど。

「アイナだって、似たようなものでしょ！　何上からものを言っているのよ！」

「失礼な、あなたよりはありますよ」

「変わらないわよ！　それに偉そうに言っているけど、あなたも恋人いないじゃない！」

「……ふっ」

クリスさんの指摘に対し、鼻で笑うアイナ。それを見たクリスさんは、信じられないものを見るような目をしている。

「ま、まさか、あなた……」

「こういうことですよ」

アイナが見せたのは、左手の薬指にはめられた指輪だった。

「アイナ……」

声が小さくなったクリスさんに対し、珍しくドヤ顔を披露するアイナだったが……

「いくら恋人ができないからって、自分で自分用の婚約指輪を買うって発想はないわぁ……」

クリスさんはドン引きしていた。

「さすがの私でも、そこまで堕《お》ちていないわぁ……アイナ、あなたは病気、ぐべぇ！」

クリスさんが言い終わる前に、アイナは手に持っていたお盆をクリスさんの顔面に叩《たた》きつけた。

「今のはさすがにクリスさんが悪いよ……ちなみにだけど、アイナに恋人がいるのはホントだよ。名前は出さない約束だけど、実際に会ったことあるし」

クリスさんが暴れ出す前に、俺は先手を打ってアイナに恋人がいることを暴露した。

「そん、な……神は……死んだ……くそっ！　神はろくでなしだったのか……」

絶望の表情を浮かべ、床に倒れ込むクリスさん……というか、その言葉の使い方は間違っている気がするし、そもそも恋愛を司るのが愛の女神なら、死んではいない。むしろクリスさんは、今の発言で愛の女神を敵に回したかもしれない。

死んだかのように床に倒れたクリスさんと、勝ち誇った顔でクリスさんを見下ろしているアイナを無視して、俺はおやつの続きをいただくことにした。

ちなみに、アイナの恋人とはディンさんのことで、年齢差と役職の関係上から結婚に踏み切れていないらしい。そして、アイナに恋人がいることにダメージを受けたのはクリスさんだけでなく、離れた所で聞き耳を立てていたアウラもだった。あと、何故かジャンヌも。

「ごちそうさま」

そんな中、ヨシツネはおやつを食べ終えて、書庫の方へと走っていった。

「そういえば、今年はいつまで滞在する予定ですか？」

「そうね……あと一週間もしないうちに、南部に帰ろうかと思っているわ。今年は、帰りにヨシツネに色々なものを見せようかと思っているし、姉さんの優勝祝いもあるから」

ハナさんたちと知り合ってから、王都に来る時はうちを利用するように言っており、去年とおとしは大会後一か月近く滞在していたのだが、今年はハナさんがペアで優勝したということもあり、いつもの半分くらいしか滞在できないとのことだった。

念の為、ペアの片割れであるクリスさんを連れていかないのかと訊《き》いたが、クリスさんが近衛《このえ》隊に所属しているので、おいそれと単独で他の貴族の領地に行くのは難しい、と本人が言った為、ハナさんは諦めたそうだ。

（あれだけの実績を残したのなら、南部では恋人くらいできるだろうに……）

実力者を好む性格の者が多い南部なら、大会の優勝者はアイドル扱いされてもおかしくない。しかもそれが、自分たちのトップと組んだ者ならば尚更だろう。

「本当にクリスは、どこか抜けていますね。本気で恋人が欲しいのならば、今南部に行けば選《よ》り取りみどりでしょうに」

俺の考えを読んだのか、アイナがクリスさんを残念な子を見るような目で見ている。ちなみに、これまでにその視線を一番受けているアウラは、未だに固まったままだ。

「ただいま帰りました」

アイナと床で倒れているクリスさんを観察していると、玄関の方から声が聞こえてきた。

「エイミィが帰ってきたみたいだな。ということは、他の二人も一緒か」

俺がそう呟くとほぼ同時に、食堂のドアが勢いよく開かれた。ドアを開けたのはエイミィではなく、エイミィについていっていたルナだ。

「ルナ様、はしたないですよ」

アイナはそう言ってたしなめるが、ルナはあまり気にしていないみたいだ。最近、変なところが王様とライル様に似てきていると、マリア様たちは嘆いていた。

「お兄ちゃん、お腹がすいた～」

足音を立てながら俺の方へとやってきて、テーブルに置かれていたおやつを狙うルナ。

「着替えて、手を洗ってきてからだ」

俺はおやつののった皿をルナから遠ざけルナを注意すると、ルナはぶつくさ言いながらも自分用に確保している部屋へと向かっていった。

「先生、今帰りました。依頼は無事成功です」

「それは良かった。おやつがあるから、先に着替えておいで。ティーダもな」

そう言うと、エイミィとティーダも自分たちの部屋へと向かっていった。

エイミィとティーダは、今年から冒険者の本登録ができる年齢になったので、無理のない範囲で依頼を受けているのだ。まあ、エイミィはともかく、ティーダが依頼を受ける時には近衛隊の誰かが先行してギルドに行き、安全で依頼主の身元がはっきりとしている依頼をいくつか選んでいるのだ。その中からティーダたちが依頼を選んでいるのだが、そのことをティーダは嫌がってはいる。しかし、それが冒険者になる時にシーザー様たちから出された条件なので、渋々ながら従っている感じだ。

その他に、身近な冒険者関連の話では、俺とジンがSランク、ブランカがAランク、アムールがBランクに上がっている。

ジンはここ数年の大会の成績と冒険者としての実績に加え、『暁の剣』がセイゲンのダンジョンの最下層と思われる階層へ到達したことが評価され、ブランカとアムールも大会の成績とこれまでの冒険者活動が認められてのランクアップだ。

そして俺はというと、現在大会で不敗記録を更新中なことと、過去のドラゴンゾンビ撃破に加え、三年前の地龍討伐と二年前の走龍討伐、さらに去年ダンジョンを新発見し、自ら攻略したことが評価されたからだ。

走龍はナナオに遊びに行った時にたまたま遭遇し単独で討伐したもので、未発見のダンジョン攻略は、去年他の依頼でこれまた南部を訪れた際に、ナナオから少し離れた所にある山の中腹に地下一〇階ほどのダンジョンを発見し、そのまま攻略したのだ。

ダンジョンとしては若い部類（それでも数十年は経《た》っていると思われる）でさほど強い魔物はおらず、最下層にいたボスの魔物（人型のゴーレムだった）も脅威と言えるほどの強さを持っていなかったのだが、未発見のダンジョンということで鉱石などの資源が手付かずだった為、南部（特にナナオ）の景気が急上昇し、その余波が王都にまで広がった。そしてそれが、Sランクへの昇格の決め手となったのだ。かなり急ぎ足の昇級ではあったが、俺を上のランクに上げないままだと他の冒険者のランクを上げにくいということになり、何か目立つ功績を作るたびにランクが上がっていったのだ。

「おっやつ〜〜！」

　真っ先に戻ってきたのは予想通りルナだった。身長が一五〇センチメートル台半ばと、三年で見た目（胸以外）は成長したが、中身は大して変わっていない……というか、ますます王様とライル様に似てきた気がする。そのせいか、マリア様とイザベラ様に会うたびに、どうにかおしとやかになるように調教……もとい、教育できないかと相談されるくらいだ。まあ、訊かれるたびに「無理です、諦めてください」とは言っているが、二人は諦めきれないようだ。

「ルナ、またお母様とおばあ様に怒られるぞ！」

　続いて戻ってきたティーダは、シーザー様を若くしたようなイケメンへと成長した。身長も一七〇センチメートルに迫り、俺との差（ちなみに現在の俺の身長は一七〇センチメートル台後半）が縮まってきており、近いうちに抜かされそうだ。最近ではそのイケメンぶりに、学園や貴族の集まりにおいてモテモテだが、本人は未だにエイミィ一筋らしく他の女性に目もくれない為（ルナ談）、ティーダとルナを除いた王家の話し合いで、エイミィをどこかの貴族の養子にして婚約させるかという話が出たらしい（ライル様談）。ちなみに、その情報を俺に漏らした二人は、それぞれティーダとマリア様に折檻《せっかん》されたそうな。

「先生、これお土産です」

　最後に戻ってきたエイミィは、依頼で向かった森で採れたキノコが入れられた籠を抱えていた。前に持って帰った時はほとんどが毒キノコだったが、今回はちゃんと食べられる種類ばかりだったので、あれからしっかりと勉強したみたいだ。

　エイミィは身長が一六〇センチメートルに少し届かないくらいだが、胸の方は同年代では大きいらしく、たまにティーダがチラチラ見ている。この成長にルナはかなり嫉妬しているようで、最近では乳製品ばかり食べ、よくお腹《なか》を壊している。ちなみに本人はティーダの好意に気がついているようだが、今のところ仲のいいお友達といった感覚が強いらしい（ルナ談）。なお、この情報を俺に漏らしたルナは、ティーダに折檻されたそうな。

「ありがとう。まだ時期が早いけど、十分食べられそうだな。今日はこれを夕食に使うか」

キノコを使ったレシピをいくつか思い浮かべながら、エイミィからキノコを受け取ると、食べ物に反応したシロウマルとソロモンが籠の中身を覗《のぞ》きに来たが、即座に今食べられるものではないと判断し、目標をエイミィたちのおやつに切り替えていた。

「テンマ様、アルバート様たちがいらっしゃいました」

キノコの仕分けと下処理をジャンヌとアウラに手伝ってもらっていると、アルバートたちがやってきたとアイナが知らせに来た。別に気を使うような客ではなかったのでそのまま食堂に連れてきてもらうと、現れたのはいつもの三馬鹿だけではなく、アルバートたちの後ろに三人の関係者であり、ここ最近で見慣れた人物がいた。

「あっ、エリザさん」

その人物に気がついたエイミィが名前を呼ぶとほぼ同時に、エリザと呼ばれた女性もエイミィに気がついて笑顔を見せた。そして俺に軽く会釈した後、即座にエイミィのところへ移動した。

「すまん、エリザに代わって謝罪する……」

「まあ、いつものことだから」

アルバートの謝罪に、俺は全然気にしていないという風に答えた。実際に、俺とじいちゃんは田舎暮らしや放浪の旅が長かったせいで、気心の知れた友人が相手ならば大して気にすることはない。

まあここ数年で、ある一家のせいでそういった考えがさらに強くなったという気もしないではないが……

俺とアルバートがいつものやりとりをしている間に、カインとリオンはアイナの案内で食堂に入って席に着き、出されたお茶とお菓子を食べていた。これもいつも通りの光景である。

正直、毎回のようにこのやりとりをするのも面倒くさいので、アルバートも二人と同じく堂々《ずうずうしく》としていればいいのだが、アルバートにもある理由があって、そういうわけにはいかないのだ。

ちなみにその『ある理由』とは、エリザがアルバートの婚約者だからだ。つまり、近い将来サンガ公爵家次期当主夫人となるエリザの行動は、そのままサンガ公爵家の評判に繋《つな》がりかねないので、アルバートは形だけでも謝罪をしなければならないのだった。一度、他人の目がない所では三人（カイン＋リオン＋エリザ）のように気楽にしていていいのではないかと訊いたことがあるのだが、アルバートの答えは、「気楽にすることに慣れて、別の所でポカするのが怖いから、今のうちから気を引き締めておきたい」だった。

そのことを聞いたサンガ公爵とサモンス侯爵は「気を張りすぎだ」、「焦りすぎだ」と軽く忠告はしたものの、特にそれ以上は何も言っていないらしい。じいちゃんは、「失敗するなら若いうちにした方がいいと思っているのじゃろう」とか言っていたので、本当にそう思っているのかもしれない。ちなみに、エリザの方はアルバートと違って公私の使い分けには自信があるのか、あまり気にした様子はない。実際に、うちで王様やマリア様と鉢合わせた際には、不意打ちであってもボロを出すことはなかった。

「エイミィ、いい加減私の妹になりなさい」

「えっと……」

こんな調子で、エリザはいつもエイミィを勧誘しているのだ。何故ここまでエイミィを気に入っているのかというと、二年ほど前にエイミィが王都で買い物をしている最中、間違って裏路地に入ってしまったところ、人攫《ひとさら》いに襲われるという事件があった。その時、たまたま近くを通りかかったエリザが異変に気がつき駆けつけ、力を合わせて人攫いを返り討ちにしたことがあったのだ。

その際にエイミィのことを気に入り、義妹にする為に自分の家（親）の養子にしようとしたが、それを知った婚約者であるアルバートと、俺のことを知っていたエリザの両親に怒られた過去があるのだ。それでも本人が納得すれば問題ないだろうと、事あるごとにエイミィを誘っているのだった。ちなみに、エイミィを攫おうとした奴《やっ》らは、エイミィとエリザ、それにいーちゃん・しーちゃん・くーちゃんの三匹に加え、俺が持たせていた護衛のゴーレムたちにボコボコにされたそうで、騒ぎを聞きつけ駆けつけた衛兵たちは、最初どちらが犯罪者かわからなかったそうだ。

「エリザ、いい加減にしろ！　エイミィが困っているだろう！」

「え～……困っていませんわよね？」

「あははははは……」

勧誘はいつも、アルバートがエリザを注意して終わるのが恒例となっている。エイミィもはっきりと断ればいいのだが、エイミィ自身がエリザを嫌っておらず、逆に懐いていると言っていいくらいなので、いつもこんな感じになるのだった。

そんなエリザはアルバートたちと同い年で同じ学園出身の貴族であり、本名を『エリザベート・フォン・シルフィルド』。実家は王族派の伯爵家で、長女に当たる。

学園では魔法に関する授業では常にトップクラスに入る秀才にもかかわらず、総合ではリオンとほぼ変わらない順位だったらしく、本人はそのことに納得がいっていないらしい。なお、それはエリザが魔法以外ダメダメというわけではなく、リオンが学園内において魔法学や学術のハンデをひっくり返すくらい体術などに優れていた《脳筋だった》からである。

元々シルフィルド伯爵家は風の魔法に長《た》けた人物が興した家であったらしく、シルフィルド家初代当主の血を引く子孫は程度の差こそあれ、他の魔法に比べて風魔法を得意にする者が多いそうだ。そんな中エリザは風魔法があまり得意ではなく、その代わり『雷魔法』が得意という、シルフィルド家の歴史において珍しい人物とのことだ。まあそのことに関してはエリザも両親も親戚も、『そういうこともあるだろう』とあまり気にしてはいないそうだが、他の貴族……特に改革派の貴族からは、『エリザは母親の不義によって生まれた子供』と、陰口を叩かれることもあったのだとか。

なお、そのことに腹を立てたシルフィルド家及びその協力者の貴族が陰口を叩いていた貴族を調べたところ、その陰口を叩いていた貴族たちの方が不義の子を量産していたという事実を暴かれ、今でも知る人ぞ知る笑い話として酒場《酔っ払い》を中心に話題になるのだとか。ちなみに、俺やじいちゃんのような魔法に詳しい者からすると、『雷魔法』は『風魔法』から派生したとされる魔法なので、珍しいこととは思ってもおかしいこととは思わないという感じだ。

そしてエリザは、その見た目にも大きな特徴がある。それは、一七〇センチメートルほどの身長に、出るところは出て、引っ込むところは引っ込むという、多くの女性が羨み、多くの男性の目を引く、メリハリのある体型……以上に、金髪のツインドリルという、俺がこの世界で初めて見る髪形（二～三〇年ほど前に流行《はや》った髪形らしく、最近では手入れの難しさから絶滅危惧種となったらしい）だ。他にも勝気なところがあり切れ長の目をしているので、知らない人からは『人を見下している』とか『高飛車な』とか言われることもあるが、本人にはいたってそういった気はなく、好き嫌いははっきりしている方だが、基本的には善人と言える。なお、その珍しい髪形から子供たちには人気があり、エリザ自身も子供好きということもあって、実家が経営している孤児院や王都の孤児院によく顔を出すのだそうだ。ちなみにあだ名は『ドリルのお姉ちゃん』、もしくは『ぐるぐるのお姉ちゃん』らしい。

「大体、そんなにしつこく強引に迫って、エイミィに嫌われたら意味ないのにね」

「何ですって！」

カインはエイミィに助け舟を出したつもりかもしれないが少々加減を間違えたらしく、目的は達成したもののエリザを怒らせてしまったようだ。まあ、遊びの範疇《はんちゅう》なので大事《おおごと》にはならないだろうが……俺はカインに助けを求められて巻き込まれるのがいやだったので、こっそりと食堂を抜け出した……のだが、

「それで、リオンは何か俺に用事でもあるのか？　それとも、本格的に男のストーカーになったのか？」

何故か食堂から脱出した俺の後を、リオンがこそこそとついてきていたのだ。最初は俺と同じく逃げ出してきたのかと思ったがどうも違うようなので、昔のことに絡めてからかうと慌てて俺の方へと近づいてきた。リオンがこういった怪しい行動をする場合、大抵後ろめたいことがある時なので、他の二人と比べて非常にわかりやすい。

「いや、その……これを受け取ってくれ！」

そう言ってリオンが懐から取り出したのは、二通の手紙……

「えっ！　二人はそういう……」

そして、そんな場面に現れるクリスさん……おそらくはアイナ《恋人持ち》とエリザ《婚約者持ち》から逃げてきたんだと思うが……あまりにもタイミングが良すぎたので、本当は陰でこっそりと見ていたのではないかと疑いたくなってしまう。

「クリスさん、世の中にそういった趣味・嗜好《しこう》があるのは理解していますし、無理やり巻き込まれない限り非難するつもりもありませんが、俺は違います。すまないが他を当たってくれ、リオン」

「いや、それは困る！　これは確実にテンマに渡すように言われて預かってきているんだから！」

「言われてるって、誰によ？　まさかあんた……テンマ君を利用して、変な小遣い稼ぎでもしているんじゃないでしょうね？」

俺の冗談に、リオンはかなり焦った様子で強引に手紙を手渡そうとした。そしてそれを見たクリスさんは、リオンが俺へ手紙を渡す配達員《バイト》でもしているのではないかと疑っているみたいだ。普通ならそんな考えに行き着かないと思うが、今のクリスさんはアイナとエリザにあてられて、いつも以上に心が荒《すさ》んでいるのだろう。

「とりあえず受け取るけど……本当に変な手紙ではないんだろうな？　恋文とかの？」

念押しをしながら手紙を受け取り、封を開けて中の手紙を読んでみると、リオンが渡しにくそうにしていた理由がわかった。

「リオン……この手紙のことは、マリア様や王様は知っているのか？　もし知らなかったら、かなりややこしいことになりそうだぞ」

「大丈夫だ。事前に陛下の了承を得た上で、テンマ次第だというお言葉を頂いている」

リオンは急に真面目な顔になって、根回しは万全だと言った。

「それで、手紙には何が書かれているの？」

クリスさんは、手紙の中身が気になっているみたいだったが、勝手に横から覗き込むような真似はしなかった。それはマリア様と王様が話の中に出てきただけではなく、手紙の封筒に施された封に押された家紋に気がついたからだろう。

この封筒に施されていた家紋は『遠吠《とおぼ》えをする狼《おおかみ》』であり、リオンの実家である『ハウスト辺境伯家』を表すものだ。そしてその家紋を使えるリオンが『預かってきた』ということは、リオン以外のハウスト辺境伯家の者が差出人であり、その中で王様に根回しができて、尚且つ『次期ハウスト辺境伯家当主』のリオンをメッセンジャーに使える人物となると、自《おの》ずと誰が書いた手紙かわかる。

「端的に話すと、ハウスト辺境伯が俺に力を貸してほしいって書いてある」

「ふ～ん……それで、テンマ君はその依頼を受けるの？　テンマ君次第って陛下が言ったっていうことは、強制的な依頼でも、指名依頼でもないのよね？」

強制的な依頼とは、国防に関わる事態や滞在している街や村などの存亡の危機といった緊急事態に出されるものを言い、冒険者側に一部の例外を除き拒否権はない。これを断ると最悪の場合、冒険者としての資格を剝奪されるようなペナルティーが課せられることもある。そしてそれとは別に裏の意味として、貴族などの権力者が自身の持つ権力を使って、無理やり冒険者に依頼を受けさせることを言う。

指名依頼はその名の通り、依頼主が受けてほしい冒険者を指名することを言うが、これは冒険者側に拒否権があるので、断っても問題はない……と、表向きはなっている。ただ、指名依頼を出すような依頼主は大抵の場合、『大きな商会の経営者』だったり『貴族』だったり、冒険者ギルドに対して強い影響力を持つ者だったりするので、後々不利益が起こる可能性がある。聞いた話では、断った冒険者がギルドから冷遇されるようになったり、不良品の道具や装備を売りつけられたり、ひどいものになると、臨時のパーティーを組んで依頼を受けている最中、突然仲間から襲われて大怪我《けが》を負い、冒険者を引退しなければならなくなったという話もある。その裏切った仲間は『大きな商会の経営者』や『貴族』に雇われた者で、ギルドに訴えても裏で手を回されているので罪にはならず、むしろ逆に襲われた方に非があったとされたりするらしい。もっとも、最近では法の整備によりそういった話を聞くことは滅多にないが、それは表沙汰になっていないだけで、裏では大して珍しい話ではないと言われている。

俺の場合、周囲からは王族に囲われている冒険者だと思われているらしく、指名依頼をする時には前もって王様たちに断りを入れなければならないと言われているそうだ。なので、これまで王族以外からの指名依頼を受けたことはあまりなく、あってもククリ村の皆やサンガ公爵などの親しい人たちだけという状況なのだ。王族の覚えがいいということで同業者からのやっかみはあるが、気心が知れた人たちからの依頼ということで無茶な注文が（あまり）ない分、気楽に仕事ができるので助かっている。

そんな中でリオンが持ってきた依頼とは、領土防衛の手助けを求めるものだった。何でも、隣国の『ギルスト共和国』の一部の貴族が、ハウスト辺境伯領の近くで軍事行動と取れる動きをしているらしく、その備えにハウスト辺境伯の騎士たちを警戒に向かわせようとしたところ、運悪く他の場所で魔物の群れが見つかったとのことだった。それも、同時に二つ。

一つは、前に南部で遭遇したようなゴブリンの群れらしく、推定二〇〇〇匹。こちらはハウスト辺境伯領で活動している冒険者を主力として当たらせ、小隊（五〇人程度）もしくは中隊（数小隊個分、二〇〇人程度）規模の騎士たちを送るつもりだそうだ。

そして二つ目。これが、ハウスト辺境伯が俺に依頼を出そうとした理由だ。それは……

「ワイバーンの群れ、か……」

繁殖の為に集まったと思われる、推定三〇匹ほどのワイバーンの群れが、辺境伯領にある山に棲《す》み着いたのだそうだ。

王国で一、二を争うほどの強さを誇るとも言われるハウスト辺境伯家の騎士団だが、さすがにギルスト共和国に気を配りながら、ゴブリンの群れへ対処する冒険者たちと周囲の町や村への援軍を送り、さらにワイバーンの群れに対処することは不可能との判断を、ハウスト辺境伯は下したそうだ。まあ、辺境伯の持つ戦力の評判が噂《うわさ》に違《たが》わぬものならば、辺境伯の騎士団だけで絶対に不可能というわけではないとは思う。だが、その代わりにかなりの被害を受けることは間違いないだろうし、下手をするとギルスト共和国との国境線が変わってしまうかもしれない。なので、辺境伯の判断は間違ってはいないだろう。

もっとも、俺はその判断よりも、よく俺に直接依頼を出そうと考えたなと思った。それは別に辺境伯を批判するとかいう意味ではなく、何も知らない者たちからすると、俺と辺境伯の仲は、非常に険悪だと思われているそうなのだ。もちろん、仲がいいわけではないので全くの的外れとは言えないが、少なくとも昔のような恨みや嫌悪感はない。それは、リオンと知り合ってハウスト辺境伯家に対するイメージが変わったことと、時が過ぎてあの事件は仕方がないところがあったと思えるようになったのが関係しているのだろう。だから、

「この依頼を受けさせてもらう。ただ、ワイバーンの群れが相手だから、その分報酬は弾んでもらうし、相応の便宜は図ってもらうぞ。それと、依頼は『オラシオン』で受けるが、アウラとジャンヌの二人は、場合によっては依頼の途中でも安全な場所に避難させる。それでもいいか？」

「問題ない、助かる。二人のことはチーム内の雑用係として親父に伝えるし、報酬はパーティー単位で支払うようにすれば問題はないだろう。あと、功績に応じて個別に報酬を支払えるようにもかけ合おう」

とりあえず、大まかな条件をこの場で決めて、報酬の金額などは辺境伯と直接交渉することになった。普通は提示された金額で依頼を受けるかどうするかを決めるものだが、今回に限っては不当に値切られることや支払われないということはあり得ないだろう。何故なら、当主代理としてリオンが条件に合意しているし、何より事前に王家に話を通しているからだ。もしこれで支払いを渋ったりすれば、それは王家の顔に泥を塗るようなものだ。まともな貴族なら、まずそんなことはしない。それが王族派の重鎮なら尚更のこと。

「今から準備して、すぐにでも出発するつもりだけど、リオンはどうする？　俺たちと一緒に向かうか？」

「頼む。一応、辺境伯家所属の者と、サンガ公爵家やサモンス侯爵家などのように、協力態勢にある貴族に援軍の依頼は出しているが、あまり多くは期待できないだろう。さすがに多すぎると、隣

国が警戒を強めるかもしれないからな」

確かに大々的に他の貴族の騎士を集めて境界線近くに置いていたら、それを口実に相手側も堂々と騎士を配置してくるかもしれない。そして何らかのきっかけで、喜々として攻め入ってくるだろう。そのきっかけが、どちらに原因があるかは関係なしに。そうなると、ゴブリンの群れやワイバーンの群れという問題を抱えているハウスト辺境伯側が不利になってしまうだろう。

その場合ギルスト共和国は、勝てばそのまま領地を切り取り、その土地の権利を主張するだろうし、負けてもハウスト辺境伯の領地に対し、考えうる限りの嫌がらせをしながら撤退していくということも考えられる。

「まあそういったことは、ハウスト辺境伯に任せるさ。俺がやることといったら、なるべく早くワイバーンの群れを片付けて、万が一に備えて境界線の騎士たちの近くで待機……って感じになるかな?」

難しいことはハウスト辺境伯や王様たちに任せればいいだろう。その代わり、ワイバーンの方は責任を持って対処しなければならない。実はこの依頼、ハウスト辺境伯だけでなく俺にとってもリスクが高い。

ハウスト辺境伯のリスクは、『俺にしたことを忘れて、都合のいい時だけ利用するのか？』という風評被害だ。これはどんなに俺とハウスト辺境伯側が友好関係にあるとアピールしていても、必ずと言っていいほどそれを理解せず、もしくは無視して騒ぎ立てる者がいるので仕方がないのかもしれない。

対して俺のリスクはというと、もし仮にこの依頼を失敗、もしくは大きな被害を出してしまった時に、『俺が過去のことでハウスト辺境伯に意趣返しをした』と言われる可能性があるということだ。これは被害が出ても、そのことに対してハウスト辺境伯が『想定範囲内だ』とでも言えば問題は出ないかもしれないが、やはり騒ぐ者が出てくるのは間違いない。

「その代わり、得るものも大きいということじゃな」

ハウスト辺境伯からの依頼を受けることにしたという報告を皆に伝え、内容とリスクの話をすると、すぐにじいちゃんが得るものの大きさに気がついたようだ。

「そうだね。まずは名声。これは、『過去のことを忘れ、ハウスト辺境伯領を助ける為にワイバーンの群れに立ち向かった』……っていう感じに言われるかもね。それとハウスト辺境伯が、最初に王様に話を通してから俺に依頼を出したっていうのも大きい。そのおかげで、これからは、高位の貴族でも王様に話を通してからでないといけないって、流れが作れるかもしれないね。正直、お金には困っていないから、今のところ冒険者稼業は趣味みたいなものだし、これで好きな依頼だけを受けても問題はない。まあ、資格を取り消されないように、ある程度は気乗りしない依頼も受けないといけないとは思うけど……」

「それに、辺境伯家からの報酬もじゃが、それ以上に倒したワイバーンの素材が大きいのう」

何割かは辺境伯家に渡さないといけないのだろうが、それでも大部分の素材は権利を主張できるだろう……まあ、今のところは取らぬ狸《たぬき》の皮算用ではあるが、俺とじいちゃんにスラリンたちがいて、ワイバーンを一体も倒せないということはないだろう。

「私もいるから、大丈夫！」

アムールも乗り気のようだ。アムールに関しては一度南部へ帰るとの話も出ていたので、今回の依頼からは除外しようかと思っていたのだが、本人はついてくる気満々のようだ。

「でもテンマ君、さすがにワイバーンの群れが相手となると、人数が足りないんじゃないの？」

クリスさんの疑問に、俺は指折り人数を数えてみたが、確かにワイバーンの群れを相手にすると考えると人数は全く足りていない。今のところの参加者は……

『オラシオン』から八（ライデンにゴルとジルを除く）で、そのうちジャンヌとアウラは戦力外。アルバート、カイン、リオンの三馬鹿に、クリスさんで一二か……まあ、普通なら足りてないどころの話じゃないけど、俺とじいちゃんがいるし、数だけならゴーレムを出せば一〇〇〇を超えるから大丈夫！」

ゴーレムが一〇〇〇体もいたら十分だろう。そう皆に言っていると、俺の言葉を思い返していたクリスさんが、「ちょっと待った――――！」と叫び声を上げた。

「何で私も数に入っているわけ？　さすがにその依頼に同行するほどの休みはもらえないわよ。そもそも、隊長が許すはずないし」

「え～っと……一緒にもらった隊長さんからの手紙に、『近衛のやつで、暇している奴を一人だけなら連れていってこき使ってもいい。誰でもいいぞ』って書かれています」

クリスさんは俺からその手紙をひったくると、何度も何度も読み返し、さらには手紙に書かれていたサインを色々な角度から見て確かめている。

「そういえば、近衛隊長から姐《ねえ》さん宛の手紙を預かっていたんだった」

リオンが今思い出したとばかりに懐から手紙を取り出してクリスさんに渡そうとしたところ、手紙を出した時点でクリスさんに強奪されていた。そしてクリスさんはその手紙を読み……

「これって、最初から私を指名しているじゃない！」

俺への手紙には、『誰でもいいから』と書かれていたのに、クリスさんへの手紙には、『ハウスト辺境伯領に行く冒険者の手伝いをしてこい』と書かれている。まあ、忙しい近衛隊の中で俺の近くにいる可能性が高く、さらに今現在『暇している』人物に当てはまるのは基本的に一人しかいないので、この話が出た時に、最初からクリスさんが選ばれると決まっていたのだろう。

「とりあえず、これでいってみようか。最悪、『テンペスト』を放てば、ワイバーンの群れは討伐できるだろうし……まあ、周囲も素材も壊滅状態になるかもしれないけど」

リオンに聞こえないように呟いたセリフの意味をじいちゃんとクリスさんは理解したようで、リオンを気の毒そうに見ていた。ちなみに、じいちゃんは直接『テンペスト』を見てはいないそうだが、マークおじさんのように『テンペスト』を遠目に見たり、放たれた跡地を見たククリ村の人たちから話を聞いたりして大体の威力に見当をつけて、クリスさんは王様の命令でドラゴンゾンビの調査と俺の捜策に向かった時に、じいちゃんと同じような感じで知ったそうだ。

「とにかく、辺境伯領に行くのは早ければ早いほどいいだろうから、今日明日で準備をして、明後日には王都を出発しようと思う。リオンの話では、通常一か月もあれば辺境伯領に入るそうだから、その半分の二週間での到着を目指す。いつワイバーンに遭遇するかわからないから、それぞれの準備は怠らないように。アイナは留守中の屋敷の管理をお願い。ジュウベエやメリーたちの世話のことは、俺の方からマークおじさんたちに言っておくから、そっちは任せればいいよ。じゃあ、解散！」

まあ『オラシオン』の場合、冒険の準備といっても、それぞれが必要と思うものをマジックバッグやディメンションバッグに片っ端から入れていくだけなので、他の冒険者に言わせると、取捨選択を考えないそのやり方は羨ましいとのことだった。これぱかりは、マジックバッグやディメンションバッグを自作できる者の特権だな。

数日後、カインが辺境伯領に向かっている途中で、「この馬車を経験すると、これまでみたいな普通の馬車での旅に戻るのはきついだろうね」と言い、その言葉にアルバートとリオン、それにクリスさんも同意していたので、やはりマジックバッグとディメンションバッグ、それにライデンとディメンションボックス（?）と化した馬車は、反則級の組み合わせなのだろう。

第二幕

「それにしても姐さん、『女の子が馬車を使うから、あんたたちは外で寝なさい』って、こっちには持ち主のテンマがいるのにな。しかも、あの年で自分のことを『女の子』だなんて」

リオンはクリスさんがいないことを確認した上で、日頃の鬱憤を晴らすかのように文句を言っていた。馬車云々《うんぬん》は思うところがないわけでもないが、下手に婚約者のいるアルバートとカインが未婚女性《クリスさん》と一緒の空間で寝たと敵対勢力に知れたら、何を言われるかわかったものではない（ジャンヌとアウラは一応奴隷の身分なので、最悪一夜限りの出来事だったで誤魔化すことが可能）。その為アルバートとカインの二人は黙ってクリスさんの指示に従い、大人しく外で寝ることを選んだのだ。まあ、婚約者のいないリオンなら問題はないだろうがクリスさんが嫌がると思われるので、アルバートとリオンは黙ってクリスさんの意を汲《く》んだのだろう。

そして、俺の場合もリオン同様問題はないと思われる。しかし、ジャンヌとアウラはこれまでも同じような状況で同じ空間で寝たこともあるが、さすがにクリスさんと同じ所で寝るのは躊躇《ためら》われた。だって、最近のクリスさんは危ない雰囲気を漂わせている時があるし……

「君子危うきに近寄らず……とも言うしな」

「リオンを『君子』と言っていいかわからないけどね」

「いや、言わんだろう」

俺の言葉に対し、まるで打ち合わせでもしていたかのような連携を見せるアルバートとカイン。

リオンは言葉の意味はわからなかったみたいだが、馬鹿にされたのは理解したらしく文句を言いかけていたが、カインの「君子の意味わかる？」の一言で急に立ち上がり……俺たちに背を向けてスクワットを始めた。おそらくどうにか誤魔化そうと立ち上がったのはいいが、いい誤魔化し方が思い浮かばず、とりあえずスクワットを始めたのだと思われる。

「テンマ、この後はどういう進路で進む予定だ？」

「この後は、できる限りの村や町を通っていくつもりだ。ワイバーンの情報を収集しつつ、どの村や町がワイバーン被害の最前線になっているかを確かめながら行きたい」

最初にもらった情報の所まで直行して、もしワイバーンの群れがその場所から移動していたら、その分だけ被害が大きくなってしまうからだ。その為、少し移動速度は落ちてしまうが、鮮度の高い情報を集めながら行くのが最善だと判断した。今のところ俺の『探索』の範囲内にはワイバーンを確認できていないが、集めた情報を元に大まかな方向を決めて移動していけば、いずれワイバーンの群れを捉えるだろうし、『探索』にワイバーンの群れが引っかかった時点でその場所へ直行すれば、間違っても群れを見逃すということはないだろう。

「ただ、ワイバーンの群れが想定を大幅に超えて移動している可能性もあるから、その時は辺境伯領を端から端まで駆け回ることになるかもしれないけどな」

その場合、俺たちの負担は大幅に増えることになるだろう。しかも、さんざん探し回って見つけたすぐ後にワイバーンの群れの討伐に入る可能性もあるわけだから、普通に考えたら自殺行為に等しい作戦かもしれない。

ただ、その場合でも簡単に難易度を下げる方法はあるわけで……

「じゃあリオン、その場合の御者は任せたよ」

「そうだな。今回のメンバーの中で役に立ちそうな者の順位付けをした時に、下から数えた方が早く、さらにその中でも体力に秀でているのはお前だ。それにこの依頼は辺境伯家からのもので、ここはお前が将来管理する領地でもある。つまり、お前以上の適任者はいない！」

一人の負担を増やすことで、その他の消耗を減らす方法だ。単純で行いやすく、作戦の成功率も高い。

その考えに行き着いたカインとアルバートが、即座に三馬鹿トリオの仲間であるリオンを売った。ちなみにこの時にアルバートが考えた順位は、トップに俺とじいちゃん、次がスラリンたち、さらにその次がクリスさんとアムールで、その下に三馬鹿、ジャンヌとアウラと続くらしい。だが、俺がジャンヌとアウラは純粋な戦力に数えていないと最初に言った上に、さすがに女の子に無理させるのは酷だし最低だということで最下位は三馬鹿となり、その中で一番体力のある《脳筋である》リオンが適任だという結論に至ったそうだ。

さすがにそれは暴論だとリオンが反論しようとしたが、二人から「「そもそも辺境伯家の問題なのだから、その後継者のリオンがきつい思いをするのは当然だ！」」と声を揃えて言われ、丸め込まれそうになっていた。

「いや、その場合はスラリンとライデンのコンビに頼むつもりだ。ライデンもスラリンの指示なら従うだろうし、スラリンは空を飛ぶ相手に有効な手段があまりないから、どうしても予備戦力扱いになってしまう。それとスラリンが後方待機に回れば、ジャンヌとアウラの安全確保が楽にできるからな」

いざとなれば、二人はスラリンの体内にあるディメンションバッグに隠れていればいいし、さらに負傷者が出た場合も避難場所にすることができる。

「スラリンだけに任せず、わしとテンマも加わって三人でいつでも交代できるような形で走らせた方がいいかものう。さすがに御者の見えない馬車が爆走していると、見かけた者にいらぬ誤解を与えかねんからのう」

「あっ、じいちゃん、お疲れ」

「「マーリン様、見回りお疲れ様です！」」

ちょうど周囲の見回りから帰ってきたじいちゃんが作戦の問題点を指摘し、改善を提案してきた。

確かにじいちゃんの言う通り、傍目には人が操っていないように見える馬車が爆走していたら、新種の魔物だと騒がれかねない。もし目撃されても、その相手が近づいて正体を確かめようとする者だったなら、馬車から出て説明したらいいが、そういう者はごく稀《まれ》だろう。ほとんどの目撃者は、そんな得体の知れない馬車を怖がって近寄らず、近くの村や町に駆け込んで情報を冒険者ギルドや騎士団などに届けるだろう。そうなると、情報の広がり具合によっては、誤解を解くのに長い時間がかかるかもしれない。

そのままじいちゃんの案を採用し、周囲の見回りの報告を受けたが、見える限りで敵になりそうなものはおらず、また気配や痕跡もなかったそうだ。

「一応何か所かシロウマルにマーキングさせておいたから、そう簡単に魔物が近づいてくることはなかろう」

そう言ってじいちゃんは俺たちから少し離れた所に移動して、仮眠を取る為に横になった。

「それじゃあ、次の見回りは三人の番だな。俺も寝るから、問題が起きるか時間になったら起こしてくれ」

三人に後を頼み、俺もじいちゃんの近くで眠ることにした。なお、じいちゃんと一緒に戻ってきたシロウマルは、ちゃっかり馬車の中へと入っていき、クリスさんにおやつをもらっていたそうだ。

この旅での夜の見張りは基本的に男たちの負担を大きくするようにしており、女性陣はその日の野営を始めてから最初か二番目、もしくは最後の明け方近くを担当することになっている。これはクリスさんの無言のプレッシャーに三馬鹿たち（特にリオン）が負けたせいでもあり、俺とじいちゃんがクリスさんの懇願（お肌のことなどを理由に、土下座寸前までいった）を受け入れたからでもある。

そのこともあっての女性陣による馬車の占領なのだが、リオン以外は誰も文句は言っていない。何故なら、あの時のクリスさんには、ある意味恐怖すら感じる迫力があったからだ。その代わりと言ってはなんだが、俺はクリスさんにある条件を出してそれを飲ませた。それは……

「じー……」

こちらの隙を窺《うかが》っているアムールの管理だ。最初アムールは、俺と同じように外で寝ると言っていたので、クリスさんに説得を頼んだのだった。まあ、それでも未だに隙を窺っているので、心から納得したわけではなさそうだが……今クリスさんに引っ張られて馬車に引っ込んだところを見ると、俺とクリスさんの不興を買ってまで強硬手段を取ることはしないだろう……と信じたい。

ブランカがいないので（サナさんとヨシツネを南部に送ることを優先させた）、若干の不安は残ったままだったが、その後は何の問題も起こらないまま朝日が昇り、予定通り俺たちは野営地を出発することができた。

「それにしても、思ったよりワイバーンの被害は少ないみたいだな」

三人と今後の予定を話した日から三日が経ち、俺たちは五つほどの村や町を通って目的地に向かったが、予想に反してワイバーンの群れは最初の日撃地点からあまり移動していないみたいだった。

「もしかしたら、いっときは移動しなくてもいいくらいの餌がいたか、よほど居心地がいいのかもね」

俺の横で御者席に座るカインが気楽そうに俺の呟きに反応した。確かにその考えはあり得るが、最初の報告から二週間以上は経っているので、その間ワイバーンの群れが移動しないで済むくらいの食料がその場所にあったとは考えにくい。

「まあ、明日になればわかることだな……っと、そろそろ今日の野営の候補地だな」

「そうみたいだね。この調子だと明日が本番になるだろうし、今日はゆっくりと休んで英気を養わないと」

ワイバーンの群れがいる場所は、思っていた以上に身を隠せるような場所がなく、当初予定していたようにジャンヌとアウラを避難させることが難しそうなので、このまま現地まで連れていくことにした。その為の作戦は昨日までに考えている。簡単に言うと、スラリンとライデンを二人の護衛に回し、ワイバーンの群れに近づく前に分かれるというものだ。状況にもよるが、できるなら二人が隠れるくらいの。

離れた先でワイバーンに襲われないとも限らないが、スラリンとライデンの他にもゴーレムを複数持たせるし、何より二人は蠍《さそり》型ゴーレムを所持している。蠍型ゴーレムは今現在、速度、パワー、頑強さにおいて、俺の作ったゴーレムの中では最高の性能を誇るので、対空攻撃に難はあるが戦力的には問題はないだろう。いざとなれば、俺かじいちゃんが向かえば済むことだし。

本当は三人もジャンヌたちと一緒に離れていてほしいが、何かあっても自己責任という風な念書ももらったし、それぞれに一〇〇体ほどのゴーレムを持たせたので、そうそう危ないことにはならないと思う。

「今更だけど、ついてきてごめんね。『オラシオン』だけなら、ワイバーンの群れが相手でも心配はなかったでしょ」

「まあな」

今回三人が同行したのは、ワイバーンの群れの討伐の手伝いよりも、『王族派の貴族がワイバーンの群れの討伐に加わった』という目的があったからだ。あとついでに、将来的にティーダを支えなければならない三人の箔《はく》付けという意味合いもあった。まあ、今回の依頼についてくるだけでも『ワイバーンの群れの討伐に加わった』と主張できなくもないが、ただついていっただけと改革派から言われるのを嫌がった三人がせめて一撃でも入れたいということで、念書（何かあった時に、三人の実家からの抗議ではなく、改革派からの抗議をかわす為のもの）も用意したわけだが……そのせいで、三人に気を配らなければならなくなったことは確かだ。

「まあ、難易度が少し上がった程度だけどな」

「お荷物が三人増えたのに難易度が少し上がった程度と言い切るのは、普通なら考えられないことなんだけどね。まあ、こちら《お荷物》としてはありがたいけど」

と、カインの自虐を聞きながら、俺たちは本日の野営地候補に到着し、周りに問題がないことを確かめてから野営を開始した。


「あれが目標のワイバーンの群れか……」

「テンマ、ジャンヌたちを待機させるなら、ここしかないみたいじゃぞ？」

「そうだね。これ以上近づくと気がつかれそうだし、何より身を隠す場所がなさそうだしね」

じいちゃんの提案を受けて、俺はジャンヌとアウラが隠れて、尚且つ身の安全を守れそうな隠れ家を作ることにした。

今俺たちがいるのはワイバーンの群れが飛んでいる岩山から一キロメートルほど離れた森の中で、最後の休憩兼作戦会議を行っている最中だ。

「ちょっと魔法を使うから、ワイバーンの警戒をよろしく」

じいちゃんたちにそう言って、俺は今いる森の中にある少し開けた所で魔法を使った。

最初に行ったのは、数人が入れるような大きさの穴を掘る作業だ。深さは大体三メートルほどで、掘った穴の壁はしっかりと固め、少し離れた所まで空気穴を数本伸ばした。

次は屋根となる部分を作る作業だが、これは蓋をイメージして作った土壁（強度的には石壁とほぼ同じくらい）を被せ、その上に土を盛って軽く固めた。

最後に、ワイバーンの群れがいる方向とは反対側に作った空気穴を広げて通り道にし、出入口に土を固めて作った蓋をつければ完成である。見た目はちょっとした丘のようで、土がむき出しになっているのでひと目で何者かが作ったものだとわかるが、その下に人が隠れるスペースがあると気がつく者は少ないだろう。

「二人にはこの中で待っていてもらうつもりだけど、基本的にスラリンの中で待っていてくれ。穴の中で過ごすのは、何か想定外のことが起きてスラリンが外に出なければならなくなった時くらいになると思う。ワイバーンがこの穴に気がついて、壊そうとするとはあまり考えられないけど、何かあったらここから出て、すぐに蠍型ゴーレムを出して少しでも遠くに逃げるように」

こちらに逃げてきたワイバーンが、この穴に気がついて攻撃するかもしれないけど、その時は三馬鹿を除いた誰かが駆けつければいいだけだ。アムールやクリスさんはここに来るまで少し時間がかかるかもしれないので、基本的に三馬鹿についてもらうことになるが、それ以外のメンバー（俺、じいちゃん、シロウマル、ソロモン）ならすぐに駆けつけることができる距離だ。それに、俺たちに襲われて逃げ出した個体だとしたら、見える場所にとどまるようなことはしないと思うし、追いかける素振りを見せるだけでどこかへ逃げ出すかもしれない。

まあ、逃げ出されたらその後で探すのが面倒くさいので、逃げ出そうとしたら素材のことは考えずに魔法で撃ち落とすつもりである。

大まかに決めた作戦は、基本的に空を飛んでいるワイバーンへの攻撃は俺とじいちゃんの魔法で行い、地上に下りてきたり落ちたりした個体へはシロウマルが先陣を切って攻撃（この時のシロウマルは倒すことよりも急所を狙った一撃離脱のような作戦で、複数のワイバーンに対処できるようにする）、アムールとクリスさんは三馬鹿の護衛をしつつ、なるべく五人でシロウマルが攻撃したワイバーンのうち、一番近くの個体を集中攻撃することに決まった。

「確認だけど、今回は素材のことはあまり考えずに、一番の目標はワイバーンの群れの殲滅《せんめつ》、二番目は死者や重傷者を出さないこと……中でも三人は特にな。あとは、なるべく周囲に被害を出さないことくらいかな？」

「最後のはテンマ君かマーリン様じゃないとできないから、私たちは関係ないわね」

クリスさんがそう言うと、俺とじいちゃんを除いた面々が頷いた。確かに、周囲に被害が出るとなると、かなりの威力がある魔法を使うことになるので、基本的な魔法くらいしか使わない（使えない）クリスさんには関係ないだろう。

「それじゃあ確認も済んだところで、そろそろワイバーンの群れに引導を渡しに行こうか？　ジャンヌたちはスラリンの中に入って穴で待機、ライデンは穴の外で近寄ってくるのがいないか警戒な」

俺の言葉に皆頷いて、それぞれの武器を持ったり穴の中へと入っていったりした。そんな中でライデンだけは堂々と立ったまま微動だにしなかった。ゴーレム的な言葉で表すなら休止中で、生物的に言うなら睡眠中といった感じだろう。

「ここから少し歩かないといけないのか……少し面倒くさいな」

「まあ、それは仕方がないだろう。馬車で移動してその途中で襲われてしまったら、態勢を整えるのに時間がかかってしまうからな」

「準備運動だとでも思えばいいんだよ。リオンは体力だけは無駄にあるんだしさ」

「あんたたち、無駄口を叩いてないで、ちゃんと周囲を警戒しておきなさい！　ワイバーンが前だけから来るとは限らないのよ！」

三馬鹿のいつもの掛け合いに、クリスさんがいつもとは違う声でたしなめた。確かに今のところワイバーンの群れ全体を収めながら向かっているが、急に違う方向から群れに合流しようとする個体が現れないとは限らない。まあ、俺が『探索』を使っている間は、ワイバーンから不意打ちを受ける可能性はかなり低いとは思うが、ワイバーンの中に『隠蔽』持ちの個体がいないとは言い切れないので、周囲を警戒しながら進むに越したことはない。

「うっす！」

「はい！」

「は～い！」

三人の返事を聞いて、満足そうに頷くクリスさん。三人の中で、返事を聞いただけならカインはまだふざけているようにも思えるが、その表情を見れば自身の緊張をほぐそうとして、わざといつも通りに振る舞おうとしているのがわかる。

「テンマ、私たちに気がついたのが何匹かいるみたい」

「そうじゃの。まだこちらに向かってこようとはしていないみたいじゃが、何匹かはこちらに視線を向けながら飛び回っておるのう……あと少しで全てのワイバーンがわしたちに気がつくじゃろうな。皆、気をつけるようにの」

アムールとじいちゃんが空を飛んでいるワイバーンの変化に気づき、俺への報告という形で全員に（特に三人に向かって）気を引き締めるように言った。

「ちょうど半分辺りか……戦うならこのへんがやりやすいんだけどね」

今いるへんは平原になっていて、あと一〇〇メートルも進めば岩があちらこちらに露出した固い地面へと変わってしまう。動き回るのなら地面は固い方がいいのだが、足元に転がる岩や石に気を配らなければならないデメリットが存在するような場所は避けたかった。

「軽い魔法でも群れの中に撃ち込んで、挑発してみようか？」

じいちゃんもなるべくならこの場所で戦いたかったのか、俺の提案に一番に賛成した。他のメンバーは、俺とじいちゃんがそう言うならという感じで賛成し、いつでも対応できるように武器を構えた。

「ほいっと！」

俺はワイバーンの群れの中心付近に向かって、『ファイヤーボール』を撃ち込んだ。この『ファイヤーボール』はワイバーンに当たっても大したダメージを与えることはできないくらいの威力しかないが、挑発するには十分だったようで、『ファイヤーボール』が当たって怒ったワイバーンに釣られる形で、全てのワイバーンが俺たちの方へと向かってきた。

「一、二、三……全部で二五匹かな？　意外といるね」

「そうじゃの……普通なら一目散に逃げる場面じゃが、テンマがおるとこれっぽっちも負ける気がせんのう」

「ん！　私も頑張る！」

「いや、私は逃げ出したいんだけどね……危なくなったらちゃんと助けてよ、テンマ君！」

「はっ！　トカゲが俺にやられる為に向かってきてやがる！　馬鹿な奴らだ！」

「本音は？」

「今すぐ逃げ出してぇ――――！」

「だよね！」

こうして始まった戦闘は、終始俺たちの有利な状況で進められることとなった。

最初に、俺とじいちゃんが連発した『エアブリット』と『エアカッター』によって、大半のワイバーンが翼を駄目にされて地面に落ちた。数匹だけ俺とじいちゃんの魔法から逃れた個体もいたが、それを確認した瞬間に俺は空へと飛び上がり、ワイバーンの首を切り落とした。これで状態のいい数匹分のワイバーンの皮膜を得ることができたのだった。

地面に落ちたワイバーンの中には、落ちた衝撃で首の骨を折ったり脳震盪《のうしんとう》を起こしたりで動けなくなったものが数匹いた。動ける個体はすぐに飛び上がろうと羽をバタつかせていたが、皮膜に大きな穴があいていたり、翼が切り落とされていたりしたせいで飛び上がることができず、シロウマルの攻撃をほとんど無防備な状態で受けることになった。

シロウマルは攻撃を比較的柔らかい首元の辺りに集中させていたので、ワイバーンの中にはシロウマルの一撃で首が落ちた個体もおり、そうでなかった個体も致命傷といえる傷を負うことになった。

アムールは、シロウマルが打ち漏らした個体の頭部を武器で叩き割るようにして打ちつけ、一匹一匹確実に屠《ほふ》っていった。

クリスさんは三人に気を配りながらワイバーンの首元に剣を突き刺していき、三人は連携してワイバーンを相手にした。

ソロモンは三人に襲いかかろうとしたワイバーンに上から襲いかかり、組み伏せて首を嚙《か》みちぎっていた。ワイバーンよりソロモンの方が若干小さいが、筋力はソロモンの方が上のようだ。

じいちゃんは、最初に魔法を使った後は全体のフォローと周囲の警戒を行い、俺以外のメンバーに危険がないように気を配っていた。

俺は皆の様子を見ながら、息絶えたワイバーンをマジックバッグの中に回収していった。


「やべぇ、死ぬ」

「もう一歩も動けない」

「明日は筋肉痛で苦しむこと確定だね……」

「三人共、だらしないわね」

「そう言うクリスも、膝が笑ってる」

三人は極度の緊張から解放されたせいか、最後のワイバーンにとどめを刺した瞬間に揃って地面に倒れ込んだ。クリスさんはそんな三人を見ながら厳しいことを言っているが、アムールの言った通り膝が笑っており、この場に三人がいなければ真っ先に地面に座り込むか寝転んでいただろう。

当然アムールも疲れてはいるみたいだが三人やクリスさんほどではないみたいで、息が荒いものの、まだ体力に余裕がありそうだった。

「一番楽していたわしでさえかなり疲れておるのじゃから、お主らがそうなるのは仕方がないじゃろう。早く風呂にでも入ってゆっくりしたいわい」

じいちゃんはそう言って三人をフォローしていたが、実際には三人より動いていたので一番楽していたというのは違うだろう。どちらかといえば、一番楽していたのは俺だろうし。

「ん〜……でも、テンマは最初に魔法使ったし、ワイバーンを一番多く倒したから、楽ではなかったと思う」

「そうね。数だけ見たら、テンマ君が全体の五分の一は倒しているし、楽をしたというよりは、何かあった時に動けるように体力を温存させていたといった感じかしら？」

アムールとクリスさんにフォローされて、俺は少し照れてしまったが、幸いじいちゃんに見られるだけで済んだ。まあ、そのじいちゃんがニヤニヤしていたせいで、アルバートたちが何かあったと感づいたみたいだが、疲れているせいで動けなかったので誤魔化すことができた。

「それじゃあ、ジャンヌたちを迎えに行こうか……っていうか、三人は動けるのか？」

「無理だ……」

「すまない、動くことができない」

「ごめん……一歩も動けないし、動きたくない……」

とのことだったので、仕方なく俺だけでジャンヌたちを迎えに行くことにした。他の皆はジャンヌたちと合流してからライデンの馬車で迎えに来ればいいし、ジャンヌたちがいる森で今日は早めの野営をしてもいいかもしれない。

そう思いながらジャンヌたちを残している森へと向かったのだが……

「一体何があった……」

俺が見たものは、惨劇の跡地と成り果てた隠れ家だった。ジャンヌたちが隠れた丘（隠れ家の上）の周辺では、至る所に血や肉が飛び散っており、反射的に鼻を押さえてしまいそうな血や臓物の匂いが充満していた。

そんな悲惨な現場の中にあって一番目を引くのは、全身が血にまみれていても悠然と佇《たたず》むライデンだった。

「……って、ジャンヌたちは無事か！」

目の前の光景に気を取られてしまっていた俺はふとジャンヌたちのことを思い出し、慌てて隠れ家の入口へと向かおうとしたが、それよりも先にスラリンが空気穴から這《は》い出てきた。

「スラリン、二人は無事か？」

俺の問いかけに答える代わりに、スラリンは口を大きく開くようにして出入口を作った。その中から現れた二人は怪我こそしていないようだが、気分でも優れないのか顔色が悪かった。

「それで、何があったんだ？」

「実はテンマたちがいなくなった後で、オークの群れがここに現れたの。そして何故だか知らないけれど、オークたちは私とアウラに気がついたみたいで、土を掘り返そうとしたみたいなの。そこでライデンと戦いになって……」

「それでこんなに血や肉片が飛び散っているのか……」

おそらく、オークはジャンヌとアウラの匂いに気がついたのだろう。これがゴブリンなら気がつかなかっただろうが、オークは豚に似てかなり鼻が利く。それが女の匂いとなれば尚更なのだろう。

「テンマ様、ここにはオークだけではなくて、オーガも現れたみたいです」

アウラの説明によると、ライデンとオークの群れが争い始めて少し経った頃、今度はオーガと思われる二体の魔物の足音と声がしたそうだ（声に関してはガリバーに似ていたそうで、そのことから二人はオーガと判断したらしい）。

「それで、これだけ荒らされているのか……」

オークの群れだけならば、ライデンはもっと簡単に倒しただろうが、オーガが二体追加されたとなると周囲の被害は避けられなかったらしい。もっとも、オークとオーガが共闘するとは考えにくいので、実際は三つ巴《どもえ》の乱戦になって、ライデンが同時にオークの群れとオーガ二体を相手にしたという感じだろう。

その戦いにスラリンが出る必要がなかったそうだ。スラリンは一度確認の為に外へと出たらしく、その時少しだけ二人を穴の中に出したのだそうだが、二人はその少しの間に嗅いだ血と臓物の匂いで気分が悪くなってしまったのだそうだ。おそらく、穴の中に血や臓物の匂いがこもっていたのだろう。

「そうなると、今日はこの場所で過ごすことはできないな」

今日はこの場所で休憩するつもりだったと言うと、二人は声を揃えて反対した。

「まあ、この匂いに釣られて、他の魔物が現れるかもしれないからな。じゃあ、二人はライデンで皆を迎えに行ってくれ。俺とスラリンは、この場所を少し掃除することにしよう」

このまま放ったらかしにしていけば、疫病やアンデッドの群れを発生させてしまうかもしれない。それに、ここまでミンチ状にしてしまったら（ライデンが使う主な攻撃方法が、踏みつけと体当たりと魔法攻撃な為……しかも魔法攻撃には、体に雷をまとった状態の体当たりも含まれる）、肉などの素材は無理だが魔核などは取れるので、掃除のついでに確保していこうというわけだ。

「ゴミは穴に埋めて、最後に蓋の上に盛っていた土を周辺に被せればいいか」

細かくなりすぎた肉片や血は虫などが分解するはずなので、大まかな肉や骨だけを穴に入れればいいだろう。

作業はゴーレムにも手伝わせたので皆がやってくるとほぼ同時に終わらせることができた。皆（特に三馬鹿）は、この場所で休憩することができなくなったとジャンヌとアウラから聞いていたそうで、すぐに他の候補地に向かいたいと言っている。リオンによれば、ここから徒歩で数時間の場所に小さな村が存在するらしく、ライデンなら一時間もかからないだろうとのことで、全員一致でその村を目指すことになった。


「んぁ～……やっと着いたわね。真っ暗になる前で良かったわ。体がガチガチになってるし」

隣にいるクリスさんが村を見て、伸びをしながら体をほぐしている。さすがに戦いの後で一番振動がある御者席はきつかったらしく、体中が硬くなってしまったらしい。

あの森からこの村まで交代で御者席に乗ったのだが、三馬鹿は御者席に座る元気もなかった為、俺とクリスさんという組み合わせでライデンの手綱を握ったのだった。ちなみにジャンヌとアウラもあの匂いに当てられたせいで御者席に座らせるのは危険と判断し、馬車の中で三人の介護に当たらせたのだ。なお、三人は未だにダウンしている。

「とりあえずクリスさん、先に二人で村の人に事情を説明しに行こう。本当はリオンたちが行った方がいいんだろうけど、さすがにあの状態じゃ無理だ」

三人が使えない以上、公的な身分が三人についで高いクリスさん（近衛兵）と、この集団のリーダーにされている俺が説明に行くのがいいだろう。ちなみにこの集団の公的な身分に並べると、公爵家嫡男のアルバート、辺境伯家嫡男のリオンと侯爵家嫡男のカイン、近衛兵のクリスさん、子爵家令嬢のアムール、『賢者』にして元貴族のじいちゃん、『龍殺し』だけど平民で冒険者の俺、奴隷の『元子爵令嬢』のジャンヌと奴隷のアウラとなる。余談だが、もしもジャンヌが奴隷から解放された場合、何も知らない人が聞けば『元子爵令嬢』のジャンヌは俺よりも身分が上だということになるかもしれない。それくらい俺の公的な肩書きは地味で低いのだ。

案の定、村の人によって村長の元へと案内された時、俺は終始クリスさんのオマケ扱いされていた。村人の中には、見た目は美人なクリスさんと一緒にいる俺を睨《にら》んでいる者もいたくらいだ……本人たちは気がつかれないように睨んでいるつもりなのだろうが、俺とクリスさんからすればバレバレだった。むしろ、気がつかない振りをする方が苦労したくらいだ。

そんな俺の扱いも、リオンが登場してから一変した。体調が悪いと村長には伝えておいたのだが、リオンが直接挨拶した方がいいだろうと言い出し、完全に日が暮れる前に挨拶に行ったのだ。その時にリオンが俺のことを詳しく紹介し、驚いた村長と隠れて盗み聞きしていた村人によって瞬く間に俺の正体が村中に広がった。リオンにしてみれば、過去にいざこざがあったと言われている俺と辺境伯家は、ともに依頼を受けるくらい懇意な間柄だと広める作戦の一つのつもりだったのだろうが、村長たちは俺を軽く扱ったことへの忠告だと思ったらしく、手のひらを返すように俺への態度がガラリと変わった。ちなみに、俺を睨んでいた村人たちは、俺たちが村を離れるまで目の前に現れるどころか、視界にすら入ることはなかった。気になったので『探索』の範囲を広げて調べてみると、村からだいぶ離れた所に数人の集団が野宿していたので、俺の正体を知ってからすぐに避難したのだと思われる。

この件に関して俺以外で唯一俺の扱いを知っていたクリスさんは、俺を睨んでいた村人の気配がどこにもないことに気がついてその理由に気づき、村を離れるまで楽しそうにしていた。それを見たリオンが、「村にいい男でもいたんですか？」と訊き、いつも通り睨まれていた。

◆

「おじ様、ワイバーンっておいしいのかな？」

「何だ、急に……って、そういえばテンマがワイバーン狩りに行っているんだったな！」

正確にはワイバーン『の群れ』の討伐だが、テンマたちにとっては翼のあるトカゲを相手にするようなもんだろう。テンマやマーリン様に限って、かすり傷は負ってもひどい怪我をすることはないだろうし、あの中で二人に次ぐ実力者のアムールも大丈夫だろう。クリスは少し危ないかもしれないが、あれでも近衛隊の中では上位に位置する実力者だ。死ぬことはないと思う。問題はあの三人か……

「それで、おいしいの？」

「ん？　おお、ワイバーンはうまいぞ。何度か食べたことがあるが、上等な肉で煮てよし焼いてよしだったな」

ルナに昔食ったワイバーンの肉の味を思い出しながら教えると、何故か懐から紙とペンを取り出してメモし始めた。

「煮るのは……シチューかな？　焼くのはハンバーグで、他に唐揚げなんかもいいかも……」

どうやらテンマに催促するワイバーン料理を考えているようだ。我が姪《めい》ながら、食い意地だけは一人前だな。一体誰に似たことやら……って、父上しかいないか。

それにしても、ルナは着実にテンマに餌付けされているな……本格的にルナをテンマに嫁がせる方法を考えるか、逆に距離を置かせるようにしないといけないかもな。

まあ、ルナのことは近いうちに母上たちに相談するとして、今はあの三人が無事かどうかだな。テンマとマーリン様がいる以上、あの三人が死ぬようなことは起きないと思うが、もし仮にテンマとマーリン様が身動きできない状態に陥った時に襲われたら、あの三人はひとたまりもないだろう。もし死ぬか再起不能の状態にでもなってしまったら、まだ下に籍を外していない子《未婚の》がいるサンガ公爵家とサモンス侯爵家はともかくとして、ハウスト辺境伯家はどうなるか読めないな……おそらくは親戚から養子をとって家を存続させることになるだろうが、その養子が王族派ではない可能性もあるわけだし、跡取りの再起不能による混乱で力を大きく落としてしまうかもしれない。

「おじ様は何が食べたい？」

「俺か？　俺は塩を振って焼いた分厚いステーキだな。いい肉は、下手に手を加えない方がうまいからな」

単純な料理ほど肉の味がわかるものだし、何より血が滴るような肉を頬張り、油や肉汁が口に残った状態で酒を飲むのがたまらないのだ。

「おじ様は単純な舌でいいね。私はグルメだから、焼いただけの肉じゃあ満足できなくて……」

「おい、こら！」

「おじ様がぶった────！」

本気で馬鹿にしているわけではないみたいだが、とりあえず頭にげんこつを一発だけ落とした。

かなり力は抜いたつもりだし、ルナも声の大きさの割に本気で痛がっているわけではなさそうなので、いつものおふざけだろう。

「そもそも、テンマがワイバーンの肉をご馳走《ちそう》してくれると決まったわけではないだろう？　別に約束をしたわけでもなかろうに」

　ワイバーン討伐の話は急に決まったので、したとしても短い間での口約束だけだろう。もしかしたら、忙しさのあまり忘れてしまっているかもしれないくらいの。

「えっ？　お兄ちゃんがお土産を忘れるわけないじゃん！　仮に忘れていたとしても、自分たち用にワイバーンの肉は確保しているだろうし、頼めば作ってくれるよ。私だけで駄目なら、エイミィちゃんにも一緒に頼んでもらうし、それでも駄目なら、おばあ様が頼めば一発だよ！」

　いや、確かにその通りだろうが、最初から他の人をあてにしたら駄目だろう。特に母上を出すのは反則で、その話をした瞬間に母上からのお説教が始まるぞ。それも長時間コースの特別仕様が。

　それにしても、ルナがあてにするくらい、テンマはエイミィと母上に甘いからな……まあ、ルナにもだけど。エイミィは自分の弟子だからわかるが、ルナと母上は時々不思議になるんだよな……別にテンマはロリコンでも熟女好きでもなさそうなのに……

「あっ！　おじ様がいけないことを考えてる！　おばあ様に報告しなくちゃ！」

「ちょっと待てぃ！　別に変なことは考えてない！　ただ、テンマはお前と母上に甘いなと思っただけだ！」

　駆け出そうとしたルナの後ろ襟を摑み、早口で考えていたことを話した。まあ、全て話したわけではないがな。

「え～本当かなぁ～……まあいいや。おじ様、お兄ちゃんが私に甘いって話だけど、それは当然じゃない！」

俺に後ろ襟を掴まれて、宙ぶらりんになったルナが胸を張った。

「こんな可愛い妹を大事にしない兄は存在しない！　あっ！　実の兄は除いての話ね」

ルナがテンマにとって可愛い妹なのかはどこかに置いておくとして、確かに妹扱いなのは正解なのかもしれない。テンマは養子で一人っ子だったし、ククリ村にも近しい年齢の子供が一人もいなかったそうだし、冒険者になって外へ出た後も、年下と関わることなどほとんどなかったそうだから、おそらくはエイミィとルナとティーダは、数少ない親しい年下なのだろう。中でもルナは遠慮なく甘えてくる相手で、それこそ手のかかる妹と思っているのかもしれない。

そうなると母上だが……

「おばあ様の場合は……怖いからじゃない？　色々と厳しいし、口うるさいし」

「ああ、なるほど」

これまた説得力のある話だ。テンマは母上と出会った直後に父上をボコボコにする場面を目撃しているのだから、心のどこかで恐怖を植えつけられていたとしてもおかしくはない！

「それなら仕方がないか！」

「そうそう、仕方がないない！」

「そうね、仕方がないわね……」

突如乱入してきた第三者の声を聞いた瞬間、俺とルナの時が止まった。普通その表現は比喩として使われるが、この時の俺は、本当に心臓《時》が止まったと感じたのだ。

ゆっくりと二人揃って声のした方向へと顔を向けると、そこには想像通りのお方が存在しておりました。ついでにその後方には、父上をはじめとした親族一同が呆れたような顔で俺たちを見ていた。

「おいしいお菓子が手に入ったから、久々に皆でお茶会をと思って探していたのだけど……貴方たちに必要なのはお茶会よりもお説教みたいね……安心しなさい、いくら厳しい私でも、朝食が始まるまでには解放してあげるから」

ニコリと笑ってそんなことを言う母上だが、朝食が始まるまでってことは半日近く説教をするつもりじゃないだろうな！　今は日暮れ前だぞ！

「いや、俺は仕事が残っているんだけど……」

「大丈夫よ。あなたの部下は、あなたが思っている以上に優秀だわ。あなたが一日休んだところで、軍部が混乱することはないわ」

やべぇ、半日が一日に延びたかもしれない。

「おばあ様、違うの！　私はそんなことを言いたかったんじゃないの！　おじ様が私とおばあ様とお兄ちゃんでいやらしいことを考えていたから、おばあ様が聞いたら怒るよって注意するつもりで……」

「それと私が怖くて、厳しくて、口うるさいことと何の関係があるのかしら？　それとライル、今ルナの言ったことはどういうことなのかを、じっくりと聞かせてもらうわね……さあ二人共、行きましょうか」

その後、母上の説教は日が変わるまで続いた。ルナがちくった『いやらしいこと』の意味を根掘り葉掘り聞かれ、正直に話した結果ある程度の理解を得ることができ、当初予定されていた一日を短縮することに成功したのだ。だが、短くなった分追加で普段の生活態度や行動に対する説教を食らい、それが終わったと思ったら、今度は兄上からルナにお前の行動や言動が悪影響を与えていると説教を食らったのだった。

説教中、理不尽だと思いながらも、横でうたた寝していたルナが怒られているのを見て、多少溜飲《りゅういん》を下げる俺だった。

第三幕

「この後は国境線での協力の予定だけど……今、どういう状況なんだろう？」

　ワイバーンの群れを討伐した後は、国境線で警戒しているハウスト辺境伯軍に協力する予定なのだが、今どこでどういう状況なのかがわからないと動きようがなかった。

「近くの町まで行けば、うちの軍の誰かが詰めていると思うんだが……」

「じゃあ、行きましょう！」

　リオンのどこか自信なさげな言葉に、何故かクリスさんが決定を下した。リオンが「リーダーはテンマなのに……」とか言っているが、完全に無視されていた。

「まあ、行くしかないんだけど……どうしたの？」

　クリスさんの態度に疑問を覚え、一応訊いてみることにしたのだが、クリスさんは言葉を濁して誤魔化そうとしている。するとアムールが、

「クリスは服を忘れた。下着も含めて、着た切り雀《すずめ》！」

「ちょっ！」

「すずめ？　そんな可愛いもんじゃないだろ、姐さんは」

「へぇ……じゃあ、何ならぴったりなのかしら？」

　余計なことを言ったリオンは、クリスさんの笑顔に追い詰められている。

「ええっと……孔雀《くじゃく》！　そう、姐さんには孔雀がふさわしいです！」

リオンがいい鳥を思いついたといった感じに、自信満々に言い切ったが……

「確か孔雀ってかなりの『悪食』で『気性が荒く』、綺麗《きれい》なのは『オス』だけじゃなかったっけ？　メスは結構『地味』だったような？」

リオンのドヤ顔を見たカインが、意地の悪そうな顔をしながら質問するような口調でリオンに話しかけた。当然、クリスさんに聞こえるように。

「リオン、あんたが私をどう思っているのかが、よぉくわかったわ……」

「ちょっ！　姐さん、誤解ですって！　カイン、てめぇ！」

「問答無用！」

クリスさんに鉄拳制裁されるリオン。この光景を見ていると、リオンが孔雀と称したのは、あながち間違いではないと思えてくる。間違っても口には出さないが。

「とりあえず、あの二人は放っておくとして……その国境から近い町はどこだろう？　規模は小さくてもいいけど、最低でもクリスさんの着替えを買えるといいんだけど」

「ここからだと、馬車で六時間くらい進んだ所にあるそうだ。普通の馬車での話だから、ライデンだとその半分もかからないくらいだろう……と、リオンが言っていたな」

アルバートは事前に、この辺りの情報をリオンから仕入れていたそうだ。こうなることを明確に予測してのことではないらしいが、リオンとの長い付き合いでの経験上、こういった可能性は十分にあり得ると思っての情報収集だったらしい。ちなみに、本来ならその情報を俺に伝えなければならないはずのリオンは、クリスさんの顎への一撃で気を失っている。

「本来なら、不敬罪で死刑もあり得る光景なんだけどな……」

「別にいいんじゃない？　そもそもリオンへの鉄拳制裁を、ハウスト辺境伯《ちちおや》は黙認しているみたいだし……父さんが昔聞いた話だと、わざわざ出向いて躾《しつけ》をしなくて済むのはありがたいって言っていたそうだから」

「ふ～ん……で、そもそも、協力ってどういうのをすればいいんだろう？」

俺のあからさまな方向修正にカインは苦笑していたが、リオンの話を続けても仕方がないと思ったのか腕を組んで考え出した。

「そういうのはマーリン様やクリス先輩の方が詳しいと思うけど……考えられるのは二種類。直接的な協力と間接的な協力かな？」

カインの言う直接的とは、簡単に言えば辺境伯軍に戦力として加わって、有事の際に武力を行使することで、一番効果がわかりやすいものだそうだ。

対して間接的とは物資を運んだりといったもので、輜重隊《しちょうたい》と同じようなことをやったり予備兵力として待機、もしくは雑用をすることらしい。

「じゃあ、やるなら間接的な方だな」

「言うと思ったけど、確かにそっちの方がいいだろうね。こう言っては何だけど、クリス先輩以外は軍隊行動ができるとは思えないからね」

クリスさんは軍属だからそういった訓練をしているだろうけど、俺やじいちゃん、アムールといった一人や少人数のパーティーで行動することが多い冒険者が、軍隊のような集団行動に向いているとは思えない。三馬鹿にしても、ある程度なら軍人として行動できるだろうが、どちらかというと三人は命令する立場なので、下手に交じって行動するよりは離れて大人しくしている方が、

『高位貴族（の子息）の参加で命令系統が混乱した』なんて起こることはないだろうし、危険度も低くて済む。

「それじゃあ、そんな感じでやってみようか？　皆、行くよ。シロウマル、リオンを持ってきて」

「ウォン！」

とりあえず、国境線に近い所にあるという街へと行くことにし、休息をとっていた皆に声をかけた。ただ、リオンはまだ伸びたままだったので、たまたまリオンの近くにいたシロウマルに運んでくるように言うと、シロウマルは短く吠えてリオンの足をくわえて引きずってきた。

クリスさんの折檻とシロウマルの引きずりにより傷だらけとなったリオンだったが、見慣れた光景だったので誰一人として心配する者はいなかった。


「おい、起きろリオン。あれが目的の街じゃないのか？」

「……ん？　あれ？　えっ？」

リオンが気絶してからおよそ二時間、俺たちは目的の街を視認できる位置まで来ていた。確認の為リオンを起こすと、目を覚ましたリオンは突然周囲の風景が変わっていることに混乱しているようで、辺りをきょろきょろと見回していた。

「んぁ……え～っと……その通り……みたいだ。とりあえず、門番に話を聞いてみよう」

寝起きで頭が働いていないせいかはっきりと言い切れなかったみたいだが、確認の為に門番に話してみることになった。

それに、あちらも俺たちが近づいてきているのに気がついており、警戒の為なのか武器を持った兵士が数人待機している。

「じゃあ、よろしく」

門番との話には誰か一人が行けばいいし、街に入る為の許可も取らなければならないので、一番早く許可が下りそうなリオンを向かわせることにした。

「おう、任せろ！　俺が行けば一発だ！」

「リオン、さっさと行ってきなさい！　お店が閉まっちゃうでしょ！」

「はい……」

出番が来たとばかりに張り切るリオンだったが、替えの服が必要なクリスさんの一喝により意気消沈し、駆け足で門番の所へと向かっていった。

「まあ、すぐに許可が下りるでしょうから、まずは衣類を売っている店を探しましょうか？」

「ありがとう、テンマ君……って、リオンが門番と揉《も》めているみたいよ」

クリスさんの言う通り、リオンは何故か門番と口論していた。魔法で感覚を強化して耳を傾けてみると、どうやら門番は、相手がハウスト辺境伯家の嫡男《リオン》だとわかっていないようだった。

「どうやら、辺境伯家の息子だと気がついていないみたいですね。むしろリオンのことを、敵国のスパイではないかと疑っているようです」

「何それ？」

俺も、何がどうしてそうなってしまったのかわからないが、このままではリオンが捕縛されてしまうことになる。それはそれで面白そうだが、そうなると門番の首が物理的に飛びかねないので、クリスさんを伴ってリオンの手助けに行くことにした。

「申し訳ありませんでした！」

クリスさんと俺が門番と話したところ、ようやく自分たちの間違いに気がついた門番たちが一斉に頭を下げてリオンに謝罪した。

「はは……いや、もういいから……」

門番たちに自分が領主の息子だと理解されなかったリオンは、遠い目をしながら馬車へと戻っていった。あれだけ自信満々に出ていったのに、自分の顔が知られていないどころか偽者と疑われた上、あと少しで捕縛されてしまいそうになったのだから仕方がないのかもしれない。

ちなみに、何故リオンだと気がつかなかったのかと言うと、そもそもリオンがこの街に来たのは一〇年以上前のことであり、その時は辺境伯の視察の付き添いといった形で目立たなかったのと、話に聞いていたリオンの容姿に違いがあった為とのことだ。

ちなみに話に聞いていたリオンの容姿とは、背が高く細めの筋肉質で、野性味のあるイケメン……というものだった。その情報の中で実際のリオンと一致するのは、背の高さだけなので仕方がなかったのかもしれない。なお、俺の判定では野性味のあるイケメンはギリギリ『△《三角》』だったが、女性陣の判定では完全に『×《バツ》』というものだった。

「ヤバイ……お腹が……お腹が！」

「リオン……お前は俺たちを殺すつもりなのか！　抱腹死なんて、ある意味歴史に名を残すぞ！」

カインとアルバートは、リオンが門番に許可をもらえなかったことと、正体を疑われて捕縛されかけたことを馬車から見ていて、腹を抱えて大笑いしていた。その笑いは三人と知り合ってから見たものの中で一番激しく、カインは笑いすぎで腹筋がつっているのに笑いが収まらず、今も笑いながら苦しそうに床に転がっているし、アルバートはカインほどではないが、笑いすぎで頭の血管が切れるかと思ったそうだ。

「うるさい……いつかお前たちも、俺と同じような目に遭うんだ……」

リオンはどう反論しても不利だと思ったのかいつものように声を荒らげることはせず、代わりに不吉な言葉を二人に向けて放った。

リオンの言う『同じような目』とは、今回のリオンの容姿の情報が、王都の学園で流行った腐女子作の三人を主役《モデル》にした妄想本《BL》が原因だからだ。

そのリオンをモデルにした登場人物が、この街に届くまでにリオン本人の容姿ということになり、今回の騒動へと繋がったのだ。なお、その本の内容までは伝わらなかったそうだが、この様子では他の街には内容まで届いている可能性がある……実際のリオンたちが本と同じような仲だということになって……

「よし！　領地《うち》に戻ったら、すぐにその本の撲滅に努めよう！」

「僕の所は、サモンス家を貶《おとし》める為に作られた悪しき内容の本として禁書に指定して、所持することすら罰則の対象になるという法律を作るよ！」

明日は我が身と考えた二人は、自分たちの持つ権力を使って本の撲滅を目指すようだ。

「ふっ……もう手遅れかもな」

悟りを開いたようなリオンの言葉を無視し、二人は今後の作戦を話し合っている。

「二人共わかってないわね……そんなことをしたら、二人の知らない所で盛り上がるだけでしょうに」

「バレなきゃいいだけ。むしろ、裏で作者と読者の絆《きずな》が強まるだけ」

クリスさんとアムールの言葉を聞いたジャンヌとアウラは、静かに頷いて肯定した。まあ、江戸時代の日本でも、贅沢《ぜいたく》禁止令に反対する絵師たちがあれやこれやと抜け道を探して盛り上がったという事例があるのだから、この世界でもないとは言えない……というか、以前よりもすごい盛り上がりになりそうな気がする。何せ、そういった話を作っているのが主に貴族令嬢なのだ。貴族としての権力は二人に大きく劣るとしても、自分の領地に戻ればどうにでもなるのである。

「目をつけられた時点で手遅れなのだから、諦めが肝心なのに……本当に三馬鹿ときたらわかってないのよね」

その点、俺は幸運だったと思うべきだろう。聞いた話では俺を使った妄想本《BL》も存在するそうだが、マリア様が認めたもの以外は全て事実とは異なる内容だという流れを作ってくれたおかげで、三人のように俺がその本の内容と同じ性癖を持つ者ではないと思われているそうなのだ。それに、マリア様に睨まれることを恐れたらしい腐女子たちは、俺をモデルにした話を作ることに躊躇《ちゅうちょ》しているのだとか。まあ、そのせいで三人への妄想が加速している可能性もあるが……あくまでも可能性の話だ。俺の関知するところではない。

「まあ、三人のことは置いといて……クリスさん、早く服を買いに行ったら？　そろそろ閉まる店が出てくる時間帯じゃない？」

「やばっ！　ちょっと行ってくるわ！　宿の部屋割りは任せるから。あと、シロウマルを借りていくわね。行くわよ、シロウマル」

「ウォン！」

クリスさんはこのまま店を数件見て回るつもりらしい。シロウマルを連れていく理由は、シロウマルの鼻を頼りに俺たちを探す為だそうだ。

俺はシロウマルの首に目印の布を巻き、クリスさんを見送った。ジャンヌたちも一緒に行かないかと声をかけられていたが、クリスさんと違い服はちゃんと持ってきているし、ゆっくりと買い物をするには時間が足りないという理由で断っていた。

「クリスに合わせていたら、ゆっくりと見て回れない」

アムールがそう言っていたので、服に興味を持つのは珍しいなと思っていたら、ゆっくりと回ることができないのは食べ物を扱う屋台とのことだ。

「確かに、服は王都の方が種類はあるはずですから、わざわざこの街で見る必要はないですね。むしろメイドとしては、どんな食材があってどういった調理をするのかという方に興味があります！」

アウラがわざわざメイドという部分を強調してそう主張するので、宿を探す傍らで屋台を覗いてみることにした。

数軒の屋台を覗いてわかったことは、屋台で出されているものの種類や味自体は王都とあまり変わりがないが、料金はかなり安いということだった。王都と同じくらいの量なのに、最大で半額近く安いのには驚いたが、リオンに言わせると王都や大都市以外ではこれぐらいが当たり前なのだそうだ。

「ああ、場所代や税金が安いのか。あとは、地方の方が物価も安いからかな？」

「正解！　地方で当たり前というだけでその理由に思い当たるのは、さすがテンマというところだね。リオンがその理由に気がついたのは、おそらく最近のことだと思うよ」

引き合いに出されたリオンは不満げな顔をしていたが、何割かは当たっているのか文句を言うことはなかった。

「テンマ、この先にある宿が目的の所だって」

屋台の人から宿の場所を聞いたらしいジャンヌが、ドライフルーツが入った籠を抱えながら走ってやってきた。ちなみに今俺たちは馬車ではなく徒歩で移動している。理由は街の人々がライデンを怖がるからだ。しかもライデンは面白がっているのか威嚇しているのか知らないが、街の人と目が合うたびにいなくので、うるさいし申し訳ないしでディメンションバッグで待機させることにした為だ。

「これ、イチジクかな？　結構うまいな」

ジャンヌが抱えていた籠の中から適当につまんで口に入れると、思っていたよりうまかった。

「このへんはイチジクの生産が有名だからな。まあ、他にも色々な果物を作ってはいるが」

昔からこの辺りは果物で有名なのだそうだ。中でもイチジクが一番作られているのだとか。

「他には……」

「リオン、その前にお客みたいだぞ」

「んあ？」

リオンの言葉を遮って、俺はこちらに向かってきている一団を指差した。

「ああ、間違いなくうちの兵たちだな。先頭の奴は騎士団の部隊長だ」

リオンの言葉が終わると同時に、ハウスト辺境伯騎士団の部隊長だと言われた男が俺たちの前に到着し、リオンに向かって敬礼した。

「リオン様、お迎えが遅れて申し訳ございません」

「いや、いい。それよりも、現在の戦況が知りたい」

いつもとは違う雰囲気のリオンがそう言うと、すぐに騎士たちが利用している宿舎へと向かうことになった。

「じゃあ、俺たちは先に宿に行ってるからな。後で話を聞かせてくれ」

俺の言葉にリオンは驚いた表情を見せたが、リオン以外は全員俺と同じ行動を取ろうとしていた。

「テンマは依頼で来ているんだから、俺と一緒に来ないといけないんじゃないのか！」

「いや正確には、『ワイバーンの群れの討伐』が俺の受けた依頼だからな。一応、『国境線での協力』はまだ受けていないことになっているから」

一応俺が正式に受けた依頼はワイバーン討伐なので、そのおまけである国境線の防衛に関する話し合いに、今は参加する必要はないはずなのだ。

「というわけだから、俺たちが騎士たちの話に交じっていたらおかしいだろ？」

と、リオンを言いくるめて宿屋へと向かった。本当はこの時点で協力態勢に入ったと判断してもいいのだが、到着したばかりでゆっくりしたかったので面倒事から逃げることにしたのだった。

ちなみに、俺の考えはリオン以外の全員が気づいていたみたいだが、誰も指摘する者はいなかった。リオン以外のメンバーは俺と同じく面倒事から逃げたいという気持ちだったからみたいだが、騎士団の方はただ単に俺に対して何も言えなかったのだろう。

部隊長は当たり前として、リオンを迎えに来たということはある程度上の地位にいる騎士ということだろうから、昔あったククリ村での出来事は普通の人よりも詳しく知っているだろう。なので、部下や同僚が犯したことに対して負い目を感じているのかもしれない。

「今回の件が終わったら、ハウスト辺境伯家とは仲良くやっていくということになるのじゃから、その前に多少弱みにつけ込むくらいのことをやってもバチは当たらないじゃろう」

「疲れるのはリオンたちだけでいい。私たちは、楽しておいしいところをもらっていくだけ」

楽できるかはわからないが、なるべく労を少なくして利益を上げるのは冒険者として当たり前のことだろう。

アムールの言葉に俺たちは頷き、そそくさとその場を離れた。


「いや～これで今夜は気持ちよく眠れるわ！」

宿で合流したクリスさんは、納得の買い物ができたようでご機嫌だった。一応リオンがいない理由を説明したが、「あっそ」の一言で終わった。

「それじゃあ、私とアムール、ジャンヌとアウラ、テンマ君とマーリン様とシロウマルたち、三馬鹿で分かれるわけね。部屋は男性陣が三階、女性陣が二階でいいのね？」

今回の旅ではお馴染《なじ》みとなった組み合わせで部屋割りをし、食事の時間を決めてそれぞれの部屋へと向かっていった。

「さっそくお風呂にしましょうかね。ジャンヌたちも一緒に入りましょ」

クリスさんは、俺が今回の旅用に作った風呂が入れられているディメンションバッグを片手に持ちながら、ジャンヌとアウラに声をかけた。ちなみにバッグを持っていない方の手には、アムールの腕をしっかりと摑んでいる。これは、クリスさんが風呂に入っている間に俺の所へとアムールが行かないようにする為であり、マリア様の（アムールをむやみに俺に近づけないようにという）命令なのだそうだ。

なお、クリスさんが持っているバッグの中には、ぽつんと大きな湯船が設置されているだけのものがあり、風呂のない宿に泊まった時に使えるようにと移動中に即席で作ったものだ。即席なので出来は良くないがかなり便利なので、王都に戻ったら本格的に作ってみようかと考えている。

「それじゃあ、わしらも風呂にするかの」

「ワイバーンとの戦闘で、結構砂を被ったしね。二人も入るだろ？」

「「もちろん！」」

念には念を入れてアムール対策をしないと、何が起こるかわからないからな。さすがのアムールも、じいちゃんやアルバートとカインが入っているところに侵入することはしないだろう……と、思っていたのだが、それは見通しが甘かった……

「とうっ！」

「んなっ！」

「うわっ！　タオル、タオル！」

「カイン！　邪魔だ！」

「若いのう……」

タイミングを見計らったかのような乱入に、じいちゃんを除いた俺たちは驚き慌てた。

乱入者《アムール》の登場に、俺は後ろを向いて湯船に深く浸かり、カインは目をそらしながら自分のタオルをアムールに投げようとし、アルバートは股間を隠しながら湯船に飛び込んだ。

「お主ら、少しは落ち着かんか。アムールは裸で来たわけではないのじゃぞ。カイン、タオルは自分のものを隠すのに使え。わしの方から丸見えじゃ。アルバート、湯船に飛び込むでない。酒とつまみが台なしになるところだったじゃろうが」

こんなに俺たちが慌てているのに、じいちゃんはのんびりと酒を飲んでいる。

「よく見てみろ、アムールは水着じゃぞ」

「テンマのエッチ……アルバートとカインはスケベ、変態、覗き魔」

「『テンマとの扱いが違いすぎる！』」

じいちゃんに言われて反射的にアムールを見てしまったのだが、確かにアムールは水着だった。

アムールは俺と目が合うと、わざとらしく両手で体を隠し、照れた演技をしたが、アルバートとカインに対しては辛辣《しんらつ》な言葉を投げつけた。

「アムール～～～～！」

アムールをどうしようかと思っていると、突然乱入者その二が男湯の方に現れた。

「あんた、男部屋には行くなってあれほど言ったでしょうが！　ちょっと目を離した隙に男湯に侵入して！　バレたら私がマリア様に怒られるでしょうが！」

クリスさんが鬼の形相でアムールの腕を捕まえた。しかし……

「クリスの露出狂〜。兵隊さん、ここに露出狂がいますよ〜」

アムールは全く反省していなかった。それどころか、火に油を注ぐようなことを言っている。何せ今のクリスさんの格好は……

「クリス……さすがに嫁入り前の娘が、タオルを巻いたままの格好で宿の中を移動するのはどうかと思うんじゃが……」

「へっ？　……きゃぁぁぁああ〜〜〜〜〜〜！」

自分の格好に気づいたクリスさんは間抜けな声を出した後で、宿を揺るがすような悲鳴を上げたのだった。


色々なハプニングがあったものの、ワイバーン戦での汚れを落とした俺たちは、無事晩ご飯にありついた……わけはなく、あの時のクリスさんの悲鳴を聞いて駆けつけた宿屋の人や宿泊客に説明をと詰め寄られたのだった。だが、運のいいことに次期領主《リオン》の関係者と知っていた女将《おかみ》さんが代表で訊くと皆を説得してくれたので、大事にならずに済んだ。ただ何らかの謝罪は必要と思ったので、泊まっている客に対して夕食時に何らかのサービスを女将さんに頼んだ。

「それにしてもじいちゃん……アムールが乱入することを知っていただろ？」

あの時、俺たちが大慌てしている中で、じいちゃんだけは平然と酒を飲んでいた。さすがに人生経験が豊富な年寄りだとしても、年頃の女の子が裸かもしれない格好で風呂に乱入してきたというのに、何の反応も示さないというのはあり得ない。一瞥《いちべつ》するくらいはしたのだろうが、今になって思うとあの時のアムールに何も言わず、逆に俺たちを注意したことにも違和感がある。

「実を言うとじゃな、アムールがテンマを驚かしたいから風呂場に乱入したいと言われてのう。面白そうじゃったので、裸でなければという条件付きで許可したのじゃ」

などと笑うじいちゃんに、かなりイラっとした。しかし、じいちゃんは酔っているのか俺の怒りに気がつくことはなく、俺に背を向けて酒のつまみを探していた。なので……

（天誅《てんちゅう》！）

といった感じで、ちょっとしたいたずら返しを決行することにした。

「さて、クリスの説教が終わるまで、もう少し飲むかの」

俺たちの部屋まで聞こえてくるクリスさんの声を聞いたじいちゃんは、皿に盛ったつまみを自分の前に置き、清酒が入った徳利を掴もうとしたが、

「じいちゃん、仮にもアムールは子爵令嬢なんだよ。アルバートとカインが間違いを起こしたらどうするつもりだったんだ？」

と言いつつ、さりげなく先に徳利を確保した。

「おい、テンマ！」

「リオンじゃないんだから、そんなことはしないからね！」

「自分が間違いを起こすとは言わないんじゃのう……」

じいちゃんは俺にツッコミを入れつつ、騒ぐ二人に注意を向けながらも、俺にお猪口《ちょこ》を差し出していた。俺は素直にお酒を注いだが、じいちゃんは騒ぐ二人を見ていたせいで注がれたお酒の異変に気がつくことはなかった。そしてグイっと一気飲みし……

「ぐふぅ！　ごはっ！　おえぇ！」

もがき苦しんだ。実は先ほど注いだお酒の入った徳利には乾燥させた唐辛子を何本も突っ込んでおいたのだ。しかも、熱燗《あつかん》だったせいで刺激が増した為、じいちゃんは地獄を味わったのだった。

「マーリン様に毒を盛るなんて……」

「テンマ……何て恐ろしい子……」

「テ、テンマ、すまんかった……じゃ、じゃから……み、水を……」

「水だと効き目がないらしいから、その代わりに牛乳ね」

驚愕《きょうがく》の表情を浮かべている二人を無視し、俺は助けを求めるじいちゃんに牛乳を渡した。じいちゃんは何故俺に唐辛子を入れられたのか、すぐに思い当たったようだ。牛乳を渡すと、もう一度謝りながら牛乳をちびちび飲み出した。

「ごほっ！　これ、心臓の弱い人ならショック死するかも！」

じいちゃんに飲ませた唐辛子入りのお酒をひと舐めしたカインが、そんなことを言いながら悪そうな顔をしている。その顔を見ただけで、ロクでもないことを考えているなと理解した俺たちだった。

「う～っす。すまん遅れた。飯はもう食ったのか？」

そんな時、タイミングよくリオンが話し合いから帰ってきた。この時のカインを除いた男たちの心は一つだっただろう。『リオン、終わった』っと……

「まだだよ。少しトラブルがあって、女性陣待ちなんだ。女性陣の準備が終わるまで、酒でも飲んで待っていようって話になってね」

そう言ってカインは、先ほどの唐辛子入りの酒をコップに注いでリオンに手渡した。その時、い

つの間にか反対の手に水の入ったコップを自分用に用意しており、リオンが酒を受け取った瞬間に、「乾杯」と言ってコップを近づけた。

その一連の流れに、リオンは流されるまま自分のコップをカインのコップに軽く当てて、一気に呷《あお》った。そして、

「ぶふっー！　ごふっ！　がふっ！　ごほっ！」

じいちゃんと同じ目に遭った。その様子を見ていたカインは、さぞ大笑いしていることだろう
……と思いきや、

「め、目が、目がぁぁあああ！」

リオンが噴射した唐辛子酒の直撃を受けて、床を転がり回っていた。

ちなみにリオンの噴射は、カインから少し離れていたアルバートの所まで届き、アルバートもカインと同じように床を転げ回っている。

「テンマ……今後、唐辛子酒は製造も使用もしてはならんぞ……あまりにもひどすぎる」

「そうだね。今後はなるべく製造も使用も控えることにするよ」

じいちゃんの言葉の前半にだけ同意した俺に対し、じいちゃんは「せめてわしには使わんでくれ」と言っていたが、あえて聞こえないふりをした。これで、今後アムールのいたずらに付き合うような真似は控えるようになるだろう。

「待たせてごめんね～……って、何があったの！　それに、何だか目がチクチクするんだけど！」

アムールへの説教が終わったらしいクリスさんが、床でもがき苦しむ三人を見て驚き、さらにリオンの噴射した唐辛子酒の成分がまだ空気中に漂っていたのか、目の異変を訴えてきた。

「まあ、いつものように三人がじゃれ合った結果だよ。それとクリスさん、目は水よりも油か牛乳で洗った方がいいみたいだよ」

という俺のアドバイスに従い、クリスさんとカインとアルバートは牛乳で目を洗って対処し、リオンはじいちゃんと同じくちびちびと牛乳を飲んでいる。

クリスさんの回復後、何故こうなったのかという尋問が三人に行われ、その中で唐辛子酒が原因とわかり怒りの矛先が俺に向きかけたが、何故唐辛子酒を作ることになったのかという理由を初めから話した結果、最終的にはカイン一人が怒られることとなった。

「うう、まだ目がひりひりする」

「アルバートはまだいい方だぜ。俺なんか口と喉に加えて、目にもダメージを受けているからな」

「しかし、こうして見るとクリスさんに怒られているのがカインだけっていうのは、珍しい光景だな。大抵リオン一人だけか、もしくは三人揃ってだからな」

「テンマは本当に他人事のように話すのう……」

「だって他人事だし。例えば、包丁で人が殺されたからって、その包丁を作った職人まで罰せられることはないでしょ?」

俺の言葉を聞いた三人は、「確かにそうかも……いや、でもこの場合は……」と悩んではいたが、俺の言っていることが間違っているとは言えず、そのまま黙ってしまった。

「テンマ、そろそろ……って、何で今度はカイン様が怒られてるの?」

俺たちを呼びに行ったクリスさんが遅かったからなのか、今度はジャンヌが部屋にやってきた。

どうやらクリスさんが俺たちを呼び、そのまま食事に行く予定だったらしい。アウラとアムールが来ていないのは、クリスさんに正座で怒られていたアムールの足の痺《しび》れがひどいらしく、アウラが背負って移動しているせいで遅れているかららしい。

「それで、国境線は今どうなっているんだって？」

クリスさんのカインへの説教が終わってから食堂へと移動した俺たちは、注文をしてすぐにリオンに話し合いの内容を訊くことにした。

「ああ、今のところ互いに牽制《けんせい》し合って、動きがない状態らしいな。ただ、こちら側の援軍が徐々に増えていることから、あちらが強行突破しないとは言えないらしい」

「そうなると、何かあちらを怯《ひる》ませるような一手が欲しいという感じかな？」

「しかし、下手に攻撃を仕掛けると、あちらに大義名分を与えかねんのう……難しいところじゃな」

俺の言葉にじいちゃんが問題点を出し、それにクリスさんをはじめとした貴族組（アムールを除く）が頷いた。

「最初は支援というから、単純に後方で魔法を使った示威行為でもと思ったけど、それだと逆効果になる可能性もあるわけか……面倒くさいな。いっそのこと、『できることがない』って言って、もう帰ろうか？」

「賛成！　帰ってゴロゴロする！」

「私もアムールに賛成したいところだけど……依頼で来ている以上、一応現場に顔を出してから結論を出さないといけないし、そもそも辺境伯に会ってワイバーンのことも話し合わないといけないでしょ？　このまま帰るのはさすがにまずいわよ」

クリスさんの指摘に、ジャンヌとアウラが上げかけていた手を慌てて下ろした。

「そういえばそうだった。仕方がない、行くだけ行ってみるか。リオン、睨み合っている場所の地形は教えてもらったんだろ？　それを元に作戦を考えよう」

「おう、すぐにでも！　……と言いたいところだけど、先に飯にしようぜ。さすがに腹が減った」

横目で俺たちの席へと注文した料理を女将さんが運んできているのに気がついたリオンの言葉に、誰一人として反対する者はおらず、そのまま賑《にぎ》やかな夕食会へと突入することになった。食事の途中でじいちゃんが皆に酒を勧めたせいで、その後作戦を話し合うどころではなくなったのだが、その中でアウラが呟いた、「相手が反撃できない所でおいしいものを食べていたら、すっごい嫌がらせになりますね」という言葉を聞いて、使い方によってはかなりの効果があるのではないかとヒントとなりそうなものを得たのだった。

第四幕

「うっぷ……吐きそう……」

「ちょっとリオン、吐くなら外の離れた所に行ってよ！」

「依頼主側のリオンが、何で一番二日酔いがひどいのかな？」

「リオンだからだろ。それに、あいつは何もせず、何も言わず、ただ立っているだけの方が、一番効率がいい」

カインとアルバートは少し腹が立っているのか、いつもより声に刺《とげ》があった。まあ、それも仕方がないことだろう。何せ、一番働かないといけないはずのリオンが、昨日の夕食会で飲みすぎたせいで使い物にならない状態なのだ。何よりも、自分たちの近くで「吐きそう、吐きそう」と言われ続ければ、気が立ってしまうのも仕方がない。

そんなクリスさんもカインもアルバートも、多少昨日の酒が残っているようではあるが、移動に差し支えがないくらいなので許容範囲内と言えるだろう。

「うぅ……テンマ、薬ちょう、だい……うぷっ！」

ちなみに、アムールもかなり二日酔いがひどい状態ではあるが、アムールはリオンと立場が違うということもあり、皆から「飲みすぎだ」との注意だけで済んでいるのだ。

「二人共、一旦馬車を停《と》めるから、離れたところで楽になってこい。その間に薬を用意しておくから」

そう言って馬車を停止させると、二人は一目散に茂みに走っていき、盛大に胃の中のものを吐き出していた。

馬車の中にいるクリスさんたちには、二人の出した音は聞こえなかったみたいだが、御者をやっていた俺にはバッチリと聞こえてしまった。

「すっげぇ苦いやつを飲ませてやる」

じいちゃん用に持ってきていた二日酔いの薬の中で一番苦いものを準備しながら、行きよりも多少顔色の良くなった二人を待つ俺だった。


「ひどい目に遭った……」

「テンマは鬼……」

「文句言うな、良薬は口に苦しだ。ちゃんと薬は効いただろ？」

二日酔いの薬の味に文句を言う二人だったが、効果はテキメンだったようで、文句を言うくらいの元気は出てきたみたいだった。

「それよりも、予定だとそろそろ辺境伯軍が見えてくる頃だろ？　俺たちの正体を確かめる為に誰か来るだろうから、リオンはいつでも身分を証明できるように準備しておけよ。さすがにあの街みたいなことは勘弁だぞ」

「……わかってるよ」

そう言いながらリオンは、懐からハウスト辺境伯家の家紋が彫られた板を取り出した。

「クリス先輩、念の為に近衛兵とわかるものを用意しておいてくださいね。僕たちも、それぞれの家紋を用意しておきますから」

「そうね。それが無難ね」

何か言いたくても前例があるせいで何も言えないリオンを横目に、身分を証明できるものを用意し始める三人。俺も念の為、辺境伯からの依頼書とオオトリ家の家紋を用意した。

それぞれの用意が終わって数分後、予想通り数人の騎士たちが馬に乗って現れた。さすがに戦場に近い所とあって、武器こそ構えてはいなかったがいつでも攻撃態勢に入れるように警戒しているみたいだ。

「リオン、出番だぞ」

「よし、任せろ！」

これまでの汚名返上とばかりに張り切っているリオンだったが、その後ろでは……

「リオンがわからないに一〇〇〇Gね」

「それなら、僕もクリス先輩と同じく『わからない』に一〇〇〇G」

「ずるいぞ！　私もだ！　一〇〇〇G！」

「ん～……なら、私は二〇〇〇G！」

「乗ります。五〇〇G！」

「さすがに騎士なら、次期領主の顔くらいわかるじゃろうて……五〇〇〇G」

「え～っと、マーリン様と同じに五〇〇Gで」

と、賭けで盛り上がっていた。それを聞いていたリオンは、「馬鹿にするなよ」と、後ろの皆に聞こえないくらいの小さな声で怒っていた。そこで大きな声で怒らないあたり、本人も自信がないのかもしれない。

「そこの馬車……リオン様！　申し訳ありません！」

先頭にいた騎士は、近寄ってすぐに俺たちの馬車を停めようとしたが、俺のすぐ横にいたリオンに気づき馬を下りた。

「いよっしゃあ！　見たかっ！」

当然のことのはずなのにリオンは喜びを爆発させ、後ろにいる『わからない』に賭けた五人に咆《ほ》えた。

その様子を見ていた騎士は困惑していたが、とりあえず話を進める為に依頼書を見せてから俺の身分を証明し、援軍に来たことを伝えた。

ちなみに、俺たちを迎《警戒し》えに来た騎士は五人。そのうち、すぐにリオンの正体に気づいたと思われるのは三人で、残りの二人は一瞬迷って他の三人に動きを合わせたように見えた。まあ、リオンには言わなくてもいいだろう。さすがにかわいそうだし。


「こちらが作戦室になっております。今回の最高指揮官はハウスト辺境伯騎士団の副団長、ライラ・アグリッサ殿です」

そう言って案内の騎士は作戦室となっているテントの入口を開け、俺たちを中に通した。最初にこの戦場の責任者に挨拶をしておいた方がいいとのことで、俺とリオンに加え、クリスさんとカインとアルバートも一緒に行くことになった。じいちゃんは馬車に残るジャンヌたちの虫除《よ》け……という名のサボりだ。じいちゃんに行くかと訊くと、「面倒くさいから、残って茶でも飲むとするかのう。ジャンヌたちも心配じゃし」とのことだった。

入口の正面にいたのはライラという名の最高指揮官だろう。筋骨隆々といった感じの大柄な……女性だ。

「お久しぶりです、リオン様。それにカイン様にアルバート様。そして、援軍感謝する、オオトリ殿、クリス殿」

副団長はカインとアルバートとも知り合いらしい。三人は普通に挨拶を返していたが、俺はというと、普段聞きなれない『オオトリ殿』という呼び方に対し、若干反応が遅れてしまった。それを見た副団長は……

「いや、挨拶よりも謝罪が先だった。ククリ村の事件においては、完全に我々騎士団の落ち度だった。本当に申し訳ない」

と、頭を下げて謝罪の言葉を口にした。さりげなく『ハウスト辺境伯の』ではなく、『騎士団の』と言ったあたり、初めから俺の反応を見なくてもそうするつもりだったのかもしれない。ある種のパフォーマンスだろうが、本心から謝っているようではあったし、そもそもその話はリオンを通じて謝罪を受けているので指摘せず、副団長に合わせて演技した方が今後の行動もしやすくなるだろう。

「謝罪を受け入れます。気にしていないと言ったら嘘《うそ》になりますが、もう過去の話です。では、顔合わせも済んだことですし、これで一度私は下がらせてもらいますね。先ほど着いたばかりで、何の準備もできていないものですから。それと、私の眷属《けんぞく》を見かけても、攻撃しないように通達をお願いします。何せ、元は凶暴な魔物ですから、攻撃をされると何をするか私にもわかりませんので」

わざとトゲのあるような言い方をすると、副団長の周りで待機していた騎士たちから険悪なムードが漂い始めたが、俺はそれらを無視して副団長と握手し、テントを出ていった。テントを出る時に一瞬振り返ると、副団長は俺と握手した手を握り締めたまま、周囲の騎士たちをなだめていた。

「ちょっと、テンマ君。どうしたのよ?」

「別にどうもしていないですよ。馴れ合いに来たのではないですから、あれくらいでちょうどいいんです」

俺たちが着いてすぐに作戦室のテントに呼ばれたのが気になるのか、辺境伯家の兵士や雇われた傭兵《ようへい》、それに依頼を受けて来たらしき冒険者たちの間を通り抜けながら、驚いた様子のクリスさんを置き去りにするくらいの速度で馬車を目指した。

ちなみに、俺と一緒にテントを出てきたのはクリスさんだけで、残りの三人は立場上俺と一緒に出ることができず、テントに残るしかなかった。たぶん俺のせいで、テントの中の空気は最悪に近くなっているだろうが、それも貴族としては経験しなければならないことだとでも思って我慢してもらいたい。

「じいちゃん、俺たちの使える場所は?」

「おお、テンマの指定した通り、他のテントから距離があり、周囲に何もないところを使えるようにしたぞ」

「じゃあ、さっそく移動しよう」

じいちゃんが選んだ所は、周囲に視界を遮るものがなく一番近いテントでも五〇メートル近く離れている場所で、ここなら誰かが近づいてもわかりやすい。

「さっそくだけど、野営の準備をしよう。ジャンヌたちは馬車から少し離れた所で焚《た》き火おこしを頼む。アムールはこちらに近づいてくる奴がいないか警戒。じいちゃんはすぐ近くにテントを建てられないように柵を作ってきて。最低でも、馬車から二〇メートルは欲しい」

四人に指示を出して、俺は外で見張りをする人用のトイレの設置をすることにした……が、

「ちょっとテンマ君！　さっきの喧嘩《けんか》を売るみたいな態度はどうしたのよ？　もしかして、実際に顔を合わせてみたら、昔のことを思い出しちゃったの？」

クリスさんが心配して俺のそばを離れなかったので、少し話をしようかと思ったら……

「テンマ、どうしたんだ一体？」

「いきなりあんな態度になったもんだから、リオンが混乱していたよ」

アルバートとカインが戻ってきた。リオンは他の話があったり、俺のところに戻るのを戸惑っていたりで遅れるそうだ。

「二人共、おかえり。ところで、俺が出ていった後の騎士たちの反応はどうだった？」

「は？　いや、まあ、大体二通りに分かれていたかな？」

「やっぱり、テンマは恨みを忘れていなかった……っていう、半ば仕方がない的な反応と、昔のことがあったにせよ、あまりにも失礼ではないか……っていう、若干敵意を持ったような反応だったね」

「副団長の反応は？」

「それが、あまり気にしたような感じではなかったな。最初は驚いていたみたいだったけど、すぐに反感を持った様子の騎士たちをなだめていたし」

二人の話を聞いて、作戦の第一段階は成功したと思った俺は、思わず笑みをこぼしてしまった。

「うわっ……テンマが悪そうな顔をしてる」

「ということは、先ほどのあれはわざとか？」

「えっ？　何、テンマ君……もしかして私たちを騙《だま》したの？」

「まあ、そういうこと。本当は外で話すようなことじゃないんだけど……実はね」


「来たか」

「夜分遅くに失礼します」

そろそろ日付が変わろうかという時間に、俺は副団長のテントを訪れた。

「思ったより人がいますね」

テントの中には副団長の他に、騎士と思われる男女が五人いた。彼らは武装こそしていないが、明らかに俺を警戒している。思ったよりとは言ったものの、軍の責任者がいる所に思惑のわからない冒険者が夜遅くに訪れるということを考えれば、五人しかいないと表現するのが正しいのかもしれない。

「大丈夫だ。この子らは信用できる者たちだ。何せ、私の子たちだからな」

「子だくさんなんですね」

「他も、辺境伯の近くに五人ほど残してきたがな」

全部で一〇人ということか……何というか、すごいな。色々な意味で。

「それで、そんな話をする為に、わざわざ人目を避けて来たわけではないのだろ？」

そう言って副団長は、一枚の紙切れをポケットから取り出した。その紙切れは、俺がここに来た時に副団長と握手した際に、周りにバレないように渡したものだ。内容は、『今の状況を打破する為の策を話し合いたいので、日が変わる頃に確実に信用できる者だけで待っていてほしい』というものだ。

「こんな回りくどいことをしなくても、あの場で提案すればよかったものを……あの時の態度のせいで、余計な敵を作ったかもしれんぞ」

「別に知らない人に嫌われてもどうということはありませんし、そもそも辺境伯軍の関係者だけでもゆうに一〇〇〇を超え、今もなお増え続けているというのに、確実に信用できるのが五人ということは、副団長も俺と同じ心配をしているんでしょ？」

「スパイのことか……」

副団長は苦々しい声で呟いた。これだけの規模の軍勢なら、むしろいないと考える方がおかしいくらいだ。

「ほぼこちらが有利な状況になりつつあるというのに、相手に何も動きがないのは少し変ですから、スパイがいて一発逆転の機会を窺っていると考えて行動した方がいいでしょう」

「それで嫌々協力しているといった態度をとっておいて、こっそりと会いに来たわけか……で、どうするつもりだ？」

ここまで話すと、副団長についてきていた五人は、警戒を俺から周囲へと向け始めた。

「やること自体は単純です。まずは、あちらの望んでいる一発逆転の機会を潰します。次に、こちらの気勢を上げて、最後に武威を示します」

「確かに単純だが、問題はどうやってそれを行うかということだが……どれも方法を一つ間違えたら、敵がなだれ込んでくるぞ」

副団長の隣に座っていた男性の疑問はもっともだった。敵の帝国兵は、国境ギリギリの所まではやってくるそうだが、まだ一度も自国の領土から出ていないのでこちらから攻めるわけにはいかず、もしも攻撃準備などしたりしたら、帝国の領地に侵略しようとしているなどと言って逆に防衛目的などを建前に攻め入ってくる可能性もあるそうだ。

「それで勝ったら王国の領地を削り取り、負けて攻め入られれば、『あれは一部隊の暴走であって帝国の意思ではない。すでに主だった者は処分したので領地を返還してほしい』ですか？」

俺の言葉を聞いて、副団長と男性が頷いた。そうなったら、なるべくなら帝国と事を構えたくない王国としては、嘘だとわかっていても切り取った土地を返還しなくてはならないだろう。

「まあ、そうなるだろうな。もしそうなったら、こちらとしては大損だ。軍の維持費に冒険者たちへの支払いで、今ですら赤字だというのに」

敵と睨み合っているのに辺境伯軍の懐事情の心配をするのは、女性らしい考え方だと思った。

「これまでに消費したものはどうにもなりませんが、もし俺の策が成功すれば、長い目で見ればプラスになるかもしれませんよ」

「ほう……だが、その代わり高いのだろう？　君への支払いが」

口ではそんなことを言っているが、副団長は俺の作戦に興味があるようだ。

「格安にしておきますよ。まあ、これから辺境伯家には、何かと無茶を言ってしまうかもしれませんが」

「それはリオン様に任せるとしよう」

「では、交渉成立ということで」

即決でリオンを俺に売った副団長は、早くその策を話せとばかりに身を乗り出した。

「俺の作戦はですね……」

◆

「上手くいくと思いますか?」

「まあ、大丈夫だろう」

私の秘書をしている息子が、心配そうにしていた。よく見ると、他の四人も同じような感じだ。

「作戦の第一段階と似たようなことを、彼は過去に行っているそうだからな。第二段階はいつもやっていることを少し大げさにするだけだし、第三段階に至っては、我々が普段やっている仕事だからな」

テンマの言った作戦は、確かに単純だった。だが、成功すれば効果は高いし、長い目で見れば得すると言えるだろう。

「まあ、日が昇ればわかるだろう。明日……いや、今日か。忙しくなるから、もう寝ておけ」

息子たちにはそう言ったものの、私自身本心からテンマを信じ切れているわけではない。心の中では、「もしかしたら、本当は昔のことを許しておらず、わざと失敗するのではないか……」といった不安があったことは確かだ。そのせいで……

「朝早くから騒がしいな……少しばかり眠り足りない……」

本当は少しどころではないが、誰が見ているかわからない所で、組織のトップが体調の悪い姿を見せるわけにはいかない。

そういう思いで自室代わりのテントから出て、胸を張って周囲を見回したところで……

「ははは……これは目が覚めるわ……」

昨日まで……いや、寝る前までなかったものが、私たちの陣地を囲んでいた。

「本当に、赤字を取り戻したかもしれないな……」

◆

「こんな感じでどうですかね？」

夜明け前にひと仕事を終えて馬車で仮眠をとっていた俺は、聞こえてくる驚きの声で目を覚まし、眠気覚ましの散歩中に副団長を見つけて声をかけた。

「へあっ！」

副団長はよほど俺が作ったものに気を取られていたのか、声をかけた瞬間、変な声を上げて驚いていた。

「あ、ああ、上出来どころの話じゃない！　これを数時間で作ったなんて工兵たちに知れ渡ったら、仕事がなくなるかもしれないと夜も眠れなくなるぞ！」

興奮気味の副団長は、まくし立てるように絶賛している。

「それで、これはどうやったんだ！」

勢いのままに、副団長は俺がした方法を訊き出そうとしていたが……

「副団長！　そこまでだ！」

息を切らしながら走ってきたリオンに止められ、そこで初めて周囲に人が集まってきていることに気がついたようだ。

「ふぅ、ふぅ、ふぅ……副団長、傍からするとハウスト辺境伯軍の幹部が、一冒険者から利権を奪おうとしているとも見られかねんぞ。少なくとも、こんな所でする話じゃない」

「それに、もしこのことがマリア様にバレたりしたら、俺の首が飛ぶだろうが！」

「そう！　俺の首が……って、カイン！　俺の後ろで何を言っているんだ！」

リオンが副団長を叱っている後ろで、こっそりと近づいてきたカインがリオンのモノマネを披露した。リオンにしては貴族らしいことを言うと思ったら、そんな心配があってこその発言だったのか……まあ、薄々気がついてはいた。だって、リオンだし。

「とりあえず、副団長のテントに入ってはどうじゃ。ここでそういった話をしたいのなら止めはしないが、わしも何を口走るかわからんでのう……互いの為にも、ここでの話し合いはまずいじゃろう？」

リオンとカインが騒ぎ、副団長がこのまま話を続けていいのか戸惑っていると、二人を追いかけてきたじいちゃんが俺の横で副団長を牽制し始めた。どうもじいちゃんは、副団長に対して少し怒っているようだ。

「申し訳ありませんでした。つい我を忘れてしまい……正式に謝罪もしたいので、私のテントへお越しください」

じいちゃんの怒りに気づいた副団長は、俺とじいちゃんに頭を下げると、謝罪を理由に自分のテントへ招こうとした。ただ、招くといっても拒否権を使わせる気はないらしく、言い終わると同時にしっかりと俺の腕を摑んで、強制的にエスコートしようとしている。

「そうですね。俺も話したいことがあるのでお邪魔させていただきます」

振りほどこうと思えば簡単に振りほどけるが、ここでそんなことをすればせっかく築き上げた辺境伯《リオン》家との友好関係が崩れたと周囲に見なされる可能性があるし、何より事前にリオンから副団長の性格についての話を聞いているので、これくらいのことはするのではないかと予想していたのだ。なので、副団長の提案を受けることにしたのだった。

俺の返事を聞いた副団長は、ニッコリと笑うとそのまま俺の腕を引いて歩き出した。了承の言葉を聞いても、テントに入るまで腕を放すつもりはないみたいだ。

「よかったね、リオン。斬首を回避できて」

「……うるせぇ。カインも弟《ゲイリー》の方がやらかさないことを祈るんだな」

「うっ……」

俺と副団長の様子に安堵していたリオンは、カインの言葉にイラっときたようで、ゲイリーの名前を使って反撃した。カインはリオンの意外な反撃に、苦虫を噛み潰したような顔をして言葉を詰まらせていた。

　そんな俺たちに興味を持って近づこうとしていた冒険者たちに対して、

「ここから先は、関係者以外立ち入り禁止よ。故意に近づこうとする行為は、貴族に対して危害を加えようとしていると判断されても仕方がないからね！」

「テンマ様は怒ったら怖いので、ここから先は行かないようにしてくださ～い」

「本当に怖いので、下がってくださ～い」

「ガルッ！」

「そこ！　下がる！　これ以上近づいたら、テンマに『ひでぶ』される！　だから下がる！」

「アムールが何を言っているか私にはわからないが、テンマを怒らせれば間違いなく痛い目に遭うぞ！　あとついでに、サンガ公爵家とサモンス侯爵家とハウスト辺境伯家に睨まれたくないのであれば、ここから先には近づかないことだ」

　と、他の面々が遠ざけていた。近衛隊の鎧を身に着けているクリスさんや、冒険者の中でも名が売れているアムールにひと目で貴族とわかるアルバートは当然として、メイドの格好をしているジャンヌとアウラに対しても、その後ろで目を光らせているシロウマルがいる為、冒険者たちは俺や副団長に近づくことができずにいた。

　そうしているうちに騎士たちが集まってきて、クリスさんたちから冒険者たちを遠ざける仕事を引き継いでいる。

「スパイがいる可能性がある以上、これくらい厳重なのは仕方がないか」

「そのことに関しても、報告したいことがあります」

副団長の独り言に俺が答えると、副団長は一瞬驚いた顔をして、すぐにその報告がスパイに関することだと気づたようで、少しだけ歩く速度が上がった。

テントの中では、騒ぎを聞きつけてやってきた昨日の五人がすでに待機しており、会談の為の席のセッティングを終えている。

なお、副団長以外でテントの中に入るのは、俺とじいちゃんと三馬鹿で、ジャンヌとアウラはメイドという身分から、アムールは堅苦しい話を嫌がり、クリスさんとスラリンたちはジャンヌたちの護衛兼お目付役という感じで、外で待つことになった。

「先ほどは興奮してしまい、申し訳ないことをした。それで、我らの陣営を囲んでいる壁について教えてもらいたい」

よほど壁が気になるのか、副団長は謝罪をそこそこに済まして話を切り出した。

「副団長……」

「リオン、いいから……でも、詳しくは話せませんよ？」

「それでも構わない！」

副団長の態度に呆れた様子のリオンに声をかけてから返事をすると、副団長は待ちきれない感じで身を乗り出して頷いた。

「壁は、昔ククリ村で使った方法を応用して作ったものです。肝心のところは秘密ですけど、簡単に言うと魔法で堀を作り、その時に出た土で壁を作ったんです」

俺の答えに副団長は、「何当たり前のこと言ってんだ、こいつ？」みたいな顔をしているが、実際に、ゴーレムの核を地面に埋め込み、それを同時に起動させて堀になるところを作り、ゴーレムを並べて壁にしたので、簡単に説明するとああいった説明になってしまうのだ。ちなみに、ゴーレムを埋め込んだのはスラリンで、壁から核を回収したのもスラリンだ。隠密行動に優れているスラリンのおかげで、壁が出来上がる瞬間を目撃した者がいたとしても、突然地面から土が盛り上がって壁になったようにしか見えなかっただろう。

「まあ、強度に難がありますけど、それは後で補強すれば問題ないでしょう」

「あ、ああ、確かにそうだ、問題はない。たとえ脆《もろ》くとも、いきなり壁ができたというインパクトを相手に与えられたのは、非常に大きい……それで、スパイについての報告とはどういうことだ？」

副団長は先ほどまでの興奮した様子とは打って変わって、今度は真剣な顔になって俺を見つめてきた。

「最初に言っておくと、私に人を見ただけでスパイかどうかなど判断できるような能力はありません」

と一度言葉を切って副団長を見ると、副団長は黙って頷いた。その代わり、リオンをはじめとした俺の連れたちは、揃って首をかしげている。

「その上でスパイと判断した者を、勝手ながら拘束させていただいています。もちろん、スパイと思われる行動をしていた者たちのみですが」

「この状況で怪しい行動をした者を拘束することに問題はない。もっとも、私を納得させるだけの理由があればの話だが」

副団長は、チラリとリオンに目を向けた後で、俺へと鋭い眼光を飛ばしてきた。

「それはごもっともです。まずは拘束した者の確認をお願いします」

そう言って俺は、拘束している者たちを捕らえているディメンションバッグの口を開けて、副団長に中を確認するように言った。

「うむ……えっ！」

「副団長、一体誰がそこに……なっ！」

副団長と前回もその隣に座っていた男性が驚くのも無理はないだろう。何せ、ディメンションバッグに拘束されているのは、六名の冒険者に四名の辺境伯軍の制服または鎧を着た者たちだ。

二人共、辺境伯軍の者の中にスパイがいるだろうとは予測していたようだが、それでも驚いてしまう人物がバッグの中に囚《とら》われていた。その人物とは……

「何故、我が軍の部隊長がここに入れられているのだ！」

真っ先に俺に食ってかかったのは、副団長の隣に座っていた男だった。男は俺に詰め寄ろうとしたが、副団長に肩を押さえられて強引に椅子に座り直させられた。

「この者たちがスパイだと判断したのは、どのような理由があってのことだ？　リオン様の様子からすると、リオン様が納得するだけの根拠があったわけなのだろう？」

「ええ、その通りです。まず先にこの冒険者たちですが、この者たちは壁ができるとすぐに外部と連絡を取ろうとしていました。まずこいつですが、こいつはテイマーのようで、小型の鳥の魔物の足に手紙をくくりつけ、敵陣の方角へ放ちました。飛び立ったところで、私の眷属が魔物を捕らえました。その手紙がこちらです。そしてその横の男は壁をよじ登り、鏡を使って何らかの合図を敵陣の方角に送ろうとしていました。この二人はリオン立会いのもと、尋問を行い自白させています」

その他の冒険者は時間の都合上尋問できなかったが、壁の出現に驚く他の冒険者たちを尻目に、慌てた様子で陣地を離れようとしていたのを捕まえたのだ。もしかしたらスパイではないのかもしれないが、疑われても仕方のない行動を取っていたのだ。スパイだと判断されて捕まっても仕方がない。

「そしてこちらの軍人たちですが……尋問した冒険者の口から名が挙がった者たちです。こちらは確実にスパイだとは言い切れませんが、念の為捕縛しました。一応任意の同行を求めましたが、全員拒否した為このように縛っております」

捕まえた冒険者が適当に知っている名前を出しただけという可能性も捨てきれないが、次期辺境伯であるリオンの要請を拒否したのだ、十分すぎるほどスパイだと疑う理由になる。

「それともう一人、部隊長の口からスパイとして名前が挙がっている人物がいます……あなたのことですよ、秘書さん」

「何を言っているのだ！　この子がスパイなわけ……なあ、おいっ！」

副団長は俺の言葉を否定したが、リオンの沈痛な面持ちを見て勢いをなくし、最後に秘書である自分の息子を見た。そして、俺が言っていることが本当なのだと理解したようだ。

「何故……」

「副団長、疑問はもっともだが、まずはその男を捕縛させてもらうぞ」

リオンのその言葉で俺が男に近づくと、意外にも男は大人しく捕まった。抵抗されると思っていた俺としては少々拍子抜けした感じだが、まずは男を捕縛してから考えることにした。

　自分の息子がスパイだったということで、リオンの判断で副団長の潔白が証明されるまで軟禁することになり、一時的に指揮官不在となってしまうこととなった辺境伯軍は、そのことが外部に漏れないように気をつけながら、表向きは副団長が体調を崩した為、回復までの間リオンが臨時の指揮官に就任すると発表することになった。

「これでほとんど依頼を達成できたと思うけど……ついでだから、地形を変えておこうか。リオン、ちょっとした混乱が起きるかもしれないから対応を頼む」

「は？」

　副団長の軟禁が決まると同時に、残りの息子たちの行動も制限されることが決定し、そのことの言い訳と業務の分担をどうするかをリオンがアルバートとカインたちに相談している（二人は臨時で辺境伯軍に雇われることが決定した。肩書きは、これから援軍でやってくる予定の公爵軍と侯爵軍の代表代理。ついでに、臨時の相談役として、クリスさんとじいちゃんも参加が決定）最中に俺がそんなことを言ったので、意味が理解できなかったようだ。

「事前に仕込みはしてあるから、ちょっと行ってすぐ終わらせてくる」

　土壁を作るのと同時にある仕掛けを壁の向こう側に施してきたので、さっさと用事を済ませてこようと思ったのだ。相手の動きを止めた分だけ、リオンたちに余裕が生まれるので、俺なりの援護という感じだ。

「ちょっと待て、俺も行くぞ！　知らない所でとんでもないことをやられては、たまったもんじゃないからな！」

「そうだね。これからは、テンマがやらかしたことの責任は、そのままリオンの責任になっちゃうし、もしかすると、僕たちの責任にもなるかもしれないからね」

カインの言葉を聞いてアルバートも慌てて席を立ち、リオンたちの後ろに続くようにして俺を追いかけてきた。

「来てもいいけど、本当にすぐ終わるぞ」

じいちゃんとクリスさんは来る気がないようで、他の四人を監視しながらお茶を飲み、俺の出したお菓子を頬張っていた。お菓子の中にはせんべいみたいなものも交じっているので、もう少ししたらアムールとシロウマルが音と匂いに気づいて突撃してくるだろう。

そんなことを考えながら、俺は三人を引き連れて塀の上へ移動した。塀の近くには冒険者たちが集まっていたが騎士たちが厳しく監視していた為、塀に上がろうとする者はいなかった。まあ、最初のうちにそういったことをした者は捕縛すると告知していたことも関係しているのだろう。

なので、最初俺が塀の上に魔法で飛び上がろうとしたところ、近くにいた騎士に捕まりそうになってしまった。そのせいで三人（特にリオン）が、いつもの仕返しとばかりに大笑いしながらいじってきたので、近いうちにこの借りは絶対に返そうと決めた。

「それで、テンマはここで何をする気？　あと、謝るから仕返しは僕以外にお願い。あの二人に僕の分の仕返しを上乗せしていいから」

カインが塀の上に移動した目的を訊いてきた。ついでに他の二人に聞こえないように、こっそりと謝罪ついでに他の二人を売っていた。カインは念を入れて小さな声で話しかけてきているが、他の二人はスラリンによって順番に塀の上へと釣り上げられている最中なので、俺とカインが話しているところを見ても、気にする余裕はないだろう。

「いや、仕返しの時は三人一緒だからな。俺の中だと、三人揃ってこその三馬鹿だから。そんなことより、かなり揺れると思うから、三人はスラリンにしっかりとしがみついとけよ」

「ちょっと！　三人一緒って……揺れる？」

カインは仲間を売っても助からないということに抗議しようとしたせいか、一瞬俺の言っている意味が理解できなかったようで反応が遅れていたが、他の二人は瞬時にスラリンにしがみつき、準備ＯＫといった感じで握りこぶしを作って俺に向けている。

「それじゃあ、行くか！」

「ちょっと待って――――！　僕の準備がまだだから――――！」

俺はカインの悲鳴を聞きながら、地形を変える為に精神集中を始めた。そして、

「『アースクエイク』」

俺が魔法を発動させると同時に、辺境伯軍と敵軍の中間地点辺りから振動が広がり始めた。その振動は徐々に大きくなっていき、数分でまともに立ち上がれないくらいの激しさへと変化した。

「こんなものかな？」

「ちょっとこれ……すごすぎるんだけど……」

眼下の冒険者たちがまともに立ち上がれないくらいの大きさになったところで魔法を止め、目の前の結果に満足していると、俺にしがみついていたカインが惚《ほう》けたような声を出した。ちなみに、俺は魔法を使う寸前に『浮遊』の魔法で空中へと浮かび、カインはスラリンの所には間に合わないと判断したのか、俺の足に抱きついてきたのだ。まあ、それだけだと驚いて落ちる可能性があったが、スラリンが触手を伸ばして俺の足とカインを固定することで安全を確保している形だ。

他の二人もカインと同様に目の前の光景に驚き声を失っているようで、スラリンが体を固定していなければ塀の下に落ちていただろう。

そんな三人が驚いた光景とは……

「これはまた、すごい魔法を編み出したものじゃ。平原が岩場に大変身じゃのう」

騒ぎを聞きつけて俺のそばにやってきたじいちゃんの言う通り、目の前に広がっていた草原の緑色が、俺の魔法によって荒れ果て、盛り上がった岩（土）の茶色へと変わっていた。

「じいちゃん、いいところに来たね……悪いけどこの魔法、めちゃめちゃ魔力を使うせいでかなり疲れたから、ちょっと寝てくる。クリスさんたちへの説明とかよろしく……」

今回使った『アースクエイク』は『テンペスト』に匹敵する魔力を使う為、全力ではなかったとはいえ体のダルさを感じていたのだ。

「まあ、しょうがない。じゃが、起きたらテンマからも直接説明するのじゃぞ」

「りょ～かい～」

朝が早かったこともあり、俺はじいちゃんに適当な返事をして馬車へと戻った。俺の足にしがみついていたカインは、馬車に戻って寝ると言った瞬間にスラリンが回収し、リオンたちの横に下ろしたので、塀の上に大貴族の跡取り三人が呆然《ぼうぜん》とした様子で座り込むという、通常ではなかなかお目にかかることのできない光景が生まれていた……まあ、俺にとっては珍しくもない光景なので、特に注目することではなかったけど。

馬車にはジャンヌとアウラがいて先ほどの地震について訊かれたが、詳しくはじいちゃんに訊いてくれと言うとすぐに俺の仕業だと理解したようで、それ以上は何も訊かれることはなかった。つ

いでにこれから寝るからと言うと、アウラはジャンヌを馬車の中に送り込もうとしたが、ジャンヌが乗り込む前にドアの鍵を閉めたので、外から舌打ちをする音が聞こえてきた……アイナに報告することができたなと思い、アウラがアイナの前でどんな反応をするか少し楽しみになってしまった。

「くぁ～」

大体三時間くらい寝られただろうか？　外で我慢できなくなったらしいクリスさんが馬車のドアを叩く音で目が覚めた俺は、軽く身支度を整えてから外へと出た。

そこには案の定、事情を説明しろとでも言いたそうなクリスさんと、何故か不機嫌なアムールに、俺を待っている間クリスさんの相手をしていたらしい三馬鹿がいた。ジャンヌとアウラはそこから少し離れた所で昼の準備をしているようで、シロウマルとソロモンは俺が出てきても二人のそばを離れようとしなかった。

「おはようクリスさん。じいちゃんは？」

「マーリン様は今、私と交代で副団長たちの監視についているわ……そんなことよりテンマ君。私が何を言いたいのかわかっているわよね？」

「ええ、残念でしたね、クリスさん。ここにもいい男がいなくて……もういっそのこと、リオンで我慢してはどうですか？」

「そうなのよね……せっかくここまで来たのに、ろくな男がいなくて……でも、リオンで妥協する気はないわ。好き好んでハズレくじを引く人はいないでしょ……って、違う！」

少々長めのノリツッコミだったな……とか思っていると、クリスさんの後ろで笑いを必死にこらえている三人がいた。まあ、笑い声を上げてしまうと、クリスさんに何言われるかわからないから正解なのだろうが、リオンは自分が馬鹿にされているということがわかっているのだろうか？　まあ、笑っているくらいだから、わかっていないのだろう。

「冗談はここまでにして、寝る前に使った魔法のことですよね？」

「そうよ！　あんな魔法を使うのだったら、事前に言ってちょうだい！　おかげで馬や冒険者《テイマー》の眷属が暴れて大変だったんだから！」

それは確かに申し訳なかった。幸いにして、暴れた馬や眷属に怪我はなかったらしいし、暴れた際に怪我人などの被害は出なかったそうだが、一つ間違えたら規模の大きな被害が出たとクリスさんに説教を食らうこととなってしまった。これに関しては俺が悪いので反省の意味も込めて黙って説教を受けていたのだが、クリスさんの横で不機嫌さをあらわにしているアムールの意味がわからなかった。

「私も一緒に寝たかったのにっ！」

その一言で、気にする必要のないことだったと理解できた。アムールは無視しておこう。

「それで、副団長やその息子たちはどうしているの？　特にあのスパイだった秘書は？」

「あまり反省した様子は見られないわね……副団長をはじめとした他の息子たちは、職務に復帰しているわ。それでも完全に目を離すわけにはいかないから、いっときの間は監視をつけなければならないでしょうけど」

そういうことで、現在はじいちゃんが監視の任務についているらしい。まあ、監視といっても隅っこに座っているだけだそうで、特に行動に制限をつけているわけではないそうだ。

一応取り調べの結果、秘書を除いた副団長たちにおかしなところはなかったとのことだ。

「それと秘書のことだけど、ある程度スパイになった理由がわかったわ」

クリスさんの取り調べ（クリスさん主導で、じいちゃんとリオンも同席したそうだ）によると、秘書の男がスパイになった理由は、この争いを長期化して相手に攻めさせ、それを撃退するという手柄が欲しかったからだそうだ。

何でも、秘書は副団長の息子といっても実子ではなく、弟妹の全員も養子なのだそうだ。彼らは孤児で明日をも知れぬ身だったところを副団長に救われたそうで、何とか恩返しがしたかったらしい。そこで秘書の男が考えた恩返しが、『副団長の地位を継ぐ』というものだそうだ。だが、副団長とは辺境伯軍内での地位なので、実力と実績が伴わないと当然ながらその地位に就くことはできない。さらに運の悪いことに、秘書の男は秘書《補佐する能力》としては優れていても、腕っ節や軍を指揮する能力は並みしか持っていなかったそうで、このままでは無理だと悩んでいたらしい。そこへ部隊長にそそのかされた形でスパイのようなことをしてしまったらしい。部隊長から、「ここで攻めてきた敵軍を撃退できれば、誰しもが副団長につくだけの能力があると認めるはずだ」と言われて。

「まあそういうわけで、作戦行動中のスパイ《裏切り》行為ではあるけれど、そそのかされて手を染めたこととこれまでの本人と副団長の功績を鑑みて、罪を一段階減刑して奴隷堕ちということに決まったわ。ただ、奴隷となった秘書を、副団長をはじめとする弟妹たちは所有することができないから、そこはハウスト辺境伯に相談することになりそうね」

一応主犯格ではあるがもっと悪い奴がいたということと、男の命を助けて副団長に恩を売り、これからも辺境伯家への忠誠を期待するということで秘書は奴隷堕ちになるとこの場で決めたそうだ。

なお、部隊長に関しては完全に敵軍と繋がっていたということが共に捕まった騎士たちの証言で判明した為、有無を言わさず死刑が確定したそうだ。死刑はハウスト辺境伯の下に送った後執行されるそうで、すでに部隊長は数名の信用できる騎士たちによって更迭されたそうだ。残りの捕まった冒険者や騎士たちは奴隷堕ちが決定しており、ハウスト辺境伯のところから騎士が戻ってき次第送るらしい。こちらも死刑という話が出たらしいが、部隊長の情報を売ったことで減刑された形だ。

「何かもう、働きすぎたって感じですね……」

「そうね。その余波で私も仕事が増えたけど……お給料は増えないのよ！　何でなのよ！」

近衛兵の仕事の一つに裏切り者の監視というものがあるらしく、この場合は裏切り者の可能性がある者の監視ということで通常業務のうちだと判断されるだろうとクリスさんは嘆いている。

「それで、秘書の減刑の為にも、副団長と他の弟妹が張り切っているんですか……まあ、スパイがこれ以上いないとは限りませんけど、これだけ捕まえたら、他のスパイはそうそう動けないでしょうね。あと少しの辛抱ですよ、クリスさん……お給料のことは諦めてください」

副団長たちも、自分たちが成果を上げれば上げるだけ秘書の減刑に繋がる可能性があると思ったのだろう。上手くいけば、自分たちが奴隷に堕ちた秘書の主人になることはできなくとも、自分たちの知り合いに預けることができるかもと考えているかもしれない。秘書の身柄を辺境伯家が確保しひどい扱いをしなければ、副団長たちは決して裏切らない味方でいることだろう。

「それで話を最初に戻すけど、あの地震は何だったの？　テンマくんの魔法ということは想像がついたのだけど、一体どんな魔法だったのよ？」

「ああ、あれは『アースクエイク』という魔法で、規模で言ったら『テンペスト』と同格の魔法ですよ。ただ今回は事前に下準備をしていたし威力を抑えたから、昔使った『テンペスト』みたいに倒れることはなかっただけで、準備なしだったら威力を抑えていても、もうしばらくは馬車から動けなかったでしょうね」

「あれで抑えていたの……そもそも、『テンペスト』に匹敵する魔法って……テンマ君、本物の天災ね」

クリスさんの言ったてんさいは、天災と変換して間違いないだろう。まあ、『テンペスト《たつまき》』も『アースクエイク《じしん》』も間違いなく天災と呼ばれる現象なわけで、俺自身を天災というのも間違いではないのだが……やはり釈然としない。

「ちなみにだけど……他にそんな魔法はないわよね？」

「え～っと……内緒ということで」

俺の返答を聞いたクリスさんは、「他にもあるということね……」と呆れ顔だった。まあ、理論上できそうなものだったり、『テンペスト』と『アースクエイク』ほどではないが、規模の小さなものなら自然災害に似た魔法はいくつかできていたりする……というか、先の二つの魔法は、理論的にはそう難しいものではない。

『テンペスト』や『アースクエイク』は破壊力や規模が大きいせいで、とてつもなく難しい大魔法と思われがちだが、実際には『テンペスト』は竜巻の大きいもので、『アースクエイク』は俺がよく使う土壁を生み出す魔法を連続で使うだけの話だ。まあ、竜巻を発生させると同時に周囲の気圧を操ったり、範囲を設定して地面を連続で隆起させたりといったこともしているが……基本的には、俺の持つ大量の魔力による力技なのだ。

「まあ、規模の違いはあれど、やろうと思ったらじいちゃんもできるだろうから、別に特別な魔法というわけでもない……よ？」

別に特別なことではないからという風に言ってみると、

「テンマ君、そんなわけないじゃない」

と、クリスさんに冷静に返された。何だか、残念な子を見るような目で俺を見ている気もする。

「ぷふっ……くくく……」

リオンが笑いを必死にこらえていたが、そんなリオンをクリスさんは……というか、リオンを除いたこの場にいる全員が、もっと残念な生き物を見る目でリオンを見ている。もちろん、俺もだ。

「リオンのことは置いといて……あれだけ草原を荒らしたら、攻められにくくはなるわね。まあ、少しは手を入れないといけないだろうけど」

今のままだと人の背丈ほどある高さの岩もあるので、逆に隠れ蓑《みの》や盾にされる可能性もあるが、それらさえ壊してしまえば、あとは移動に手間取る荒れた岩場だけとなる。

「そのあたりのことは、辺境伯軍に頑張ってもらいましょう」

一応副団長の関係者にスパイがいたことや、副団長本人はスパイ行為に関係がないことをハウスト辺境伯に手紙で知らせているので、おそらくは追加の騎士がやってくるだろう。それらと交代でここを去るつもりではあるが、今現在クリスさんがやっている仕事（監視作業など）を交代できるほどの騎士がいなかった場合、予定を変更してこの場に残る日数を延長しなければならないだろう……いっそのこと、クリスさんとリオンを置いて、辺境伯の所に依頼達成の証《あかし》をもらいに行こうかな……

「テンマ君、私たちパーティーよね？　何かよからぬことを考えてはいないかしら？」

　どうやら考えていたことが顔に出ていたようだ。

「いえ、いざとなったら、リオンだけを置いていけばいいかな……と思っただけですから」

「そうね。それがいいわね。そうしましょう！」

「ちょっと姐さん、俺の扱いひどくないっすか！」

　リオンが抗議の声を上げたが、俺たちは誰一人として取り合わなかった。皆、帰れるものなら早く帰りたいのだろう。

「リオンのことは置いといて……それでテンマ、あとは何をするつもりなんだい？　このままだと、情報源を絶たれた上、塀や荒地を作られた敵軍が、焦って一気に攻めてこないとも限らないけど？」

　カインが言うことも一理ある。もし敵軍の指揮官、もしくはそれに近い地位の者が浅慮だった場合、なりふり構わず攻めてくるとも考えられる。

「確かにそうだな……それじゃあ、ワイバーンの首でも並べるか？　焦って攻めてくるような相手にも、ワイバーンはわかりやすい脅威だろう」

　少しでも相手側の好戦派の動きを鈍らせることができれば儲《もう》けものだ。ついでにこちら側の冒険者の士気が少しでも上がれば、さらに儲けものだ。

「テンマ、ワイバーン解体するなら、肉食べたい」

「ついでに冒険者たちにもワイバーンの肉を振る舞うか。必要経費ということで、後でリオンの名前で請求書を作っておけばいいだろう」

「お、おい、むぐっ！」

「リオンも賛成だそうだ。ハウスト辺境伯には、責任を持って請求すると言っている」

「だね。リオンもやっと出番が来たって喜んでいるよ」

リオンが何か言おうとすると、すかさずアルバートとカインがリオンの口を塞ぎ、動きを封じた。

「それじゃあ、一応副団長に報告してくるか。もちろん、リオンの許可は取ったって」

「テンマ君、これが許可証よ。リオンの名前を入れておいたから、これを出せばいいわ」

クリスさんがその場で簡易的な許可証を書き、リオンの名前を書き加えた。明らかな偽物だが、元々リオンの字は汚く、サインを書く時の字も安定していないので、これで十分誤魔化すことができるだろう。まあ、あの副団長ならたとえ偽物とわかってても気がつかなかったふりをするだろうし、特に今は秘書《むすこ》の為に少しでもいい結果を残さなければいけないと考えているはずなので、冒険者たちの士気を上げる為ならリオンが迷惑を被《こうむ》ろうともあえて無視するだろう。

「それじゃあ、ちょっと行ってくる。クリスさんは、ワイバーンを解体できる場所を確保しておいて。アムールはジャンヌとアウラに説明を頼む。アルバートとカインは、そのままリオンを拘束」

「「「「了解！」」」」

「むが────！」

四人の声に負けない大きさでリオンが吠えたが、すぐにアルバートとカインにより鎮圧された。

「よしっ！　許可する！」

副団長は、俺の提案を聞くなり即許可を出した。一応リオンのサイン（偽）入り即席許可証があると言うと、それを俺の手から奪い取った上で自分のサインを入れ、公式のものとして扱うとも言った。

「というわけで、料理を開始します。まずは、ワイバーンの首を切り落とします」

ワイバーンの中から、首がほとんど切れかけているものを取り出し、小烏丸《こがらすまる》で完全に切り離した。

「アムール、スラリン、これを塀の真ん中に飾ってきてくれ。敵陣に顔を向ける感じでバランスよくな」

「ん！　スラリン、行こ」

アムールは、ワイバーンの顔を体内に取り込んだスラリンを抱き上げ、塀に向かって走っていった。

「翼の部分は肉が少ないから、これも切り落として……あとは皮を剝いで手頃な大きさのブロック肉にすれば、ジャンヌたちでも料理がしやすくなるな」

「わしの方も準備が終了したぞい」

これだけの大物の皮を綺麗に剝ぐのはなかなか難しいので、翼を切り落としている最中にじいちゃんにワイバーンの皮にいくつか切れ目を入れてもらい、巨人の守護者《ガーディアン・ギガント》で一気に引き剝がす作戦を考えたのだ。

「おっ！　意外と綺麗に剝がれるものだな」

「何だか、少し気持ち悪くもあるけどね」

ペリペリと剝がれていくさまを見て、アルバートは皮に肉が付いていないことに驚き、逆にカインは綺麗に剝がれすぎるので少し不気味に感じたみたいだ。

「昔解体したドラゴンスネークもこんな感じで綺麗に剝がれたから、基本的に爬虫類《はちゅうるい》は皮が剝がれやすいのかもな」

「いやテンマ君……ドラゴンスネークもワイバーンも、爬虫類っていえば爬虫類だろうけど、普通はそんな簡単に解体できる大きさの生き物じゃないからね」

クリスさんの呆れたような言葉は聞こえないふりをしながら無視し、俺はせっせと皮を剝ぎ終えたワイバーンを、一～二キログラムサイズのブロック肉へと切り分けていった。

「ジャンヌとアウラにアルバートとカインは、切り分けたブロック肉を薄切りにしてくれ。味噌汁《みそしる》にするから、ついでに寸胴鍋も出しておいてくれ」

「テンマ、帰ってきた。任務は完了！　あと、騎士団の調理係が手伝いに来てる」

「スラリン、アムール、お疲れ様。アムール、メニューは味噌汁にするつもりだ。調理係の人たちと一緒に野菜のカットを頼む。野菜の大きさはアムールに聞いてくれ。スラリンはシロウマルとソロモンがつまみ食いしないように見張りをお願い」

「テンマ君、私は？」

「クリスさんは、え～っと……リオンと一緒に、こちらを見ている冒険者たちに説明をお願い。各自、自前のカップか騎士団が貸し出すカップを持って、大人しく待っているようにって。ついでに、どれだけ大きな器を持ってきても、一人に配る量は決まっているからとも」

「わかったわ！　ほら、行くわよリオン！」

「ういっす！」

料理において役に立ちそうにない二人に冒険者たちの対応を任せ、俺はワイバーンの解体を進めていった。

「内臓は腹の部分ごとバッグに入れておいて、時間のある時に処理すればいいか」

ワイバーンの大部分を解体し終えた俺は、調理係の騎士たちに味噌汁の作り方を説明し、お手本を見せ味見をさせてからそれぞれに作ってもらうことにした。多少のばらつきはあるだろうが、料理の経験者ばかりなので大きな失敗をすることはないだろう。

それからしばらくして出来上がった大量の豚汁ならぬ、ワイバーン汁……略してワイ汁（アムール命名）は、作るのにかかった時間の半分ほどで消費され、目論見通り冒険者たちの士気向上に貢献するのだった。


「では、これで依頼完了ということでいいですね」

「ああ、助かった。追加の騎士たちが布陣したことで、あの人数でこの陣を抜けるのはほぼ不可能と言っていいだろう。それもこれも、テンマ殿の作ってくれた塀のおかげだ」

ワイ汁を振る舞った日から数日後、辺境伯軍からの追加の人員と、他の貴族たちからの援軍が到着した為、国境軍は総勢一万を超える規模にまで膨れ上がったのだ。それは貴族の騎士や兵士たちだけでの人数なので、冒険者たちまで含めると、一万五〇〇〇近くになるのではないだろうか。

しかも、事前に援軍として来た騎士たちには、スパイが発見され捕縛したということも通達してあり、それぞれの軍から信頼の置ける者たちで憲兵隊を組織し、常に目を光らせるようにしたので、前よりもスパイたちは活動しにくくなっていることだろう。ちなみに、援軍に来た騎士たちには、すでに副団長の秘書がスパイだったということを伝えており騒ぎになりかけたが、事前にサンガ公爵軍とサモンス侯爵軍の幹部たちには事情を話して副団長の味方をするように命令が出されていたので、すぐに収まった。なお、その二つの援軍が占める割合は、合わせると全体の二割ちょっとしかないが、元々辺境伯軍が過半数を占めている状態だった為、他の貴族軍は合わせても全体の三割もない状況では何も言うことはできなかったようだ。

「塀もあれから強化していますから、少々のことでは壊れないとは思いますけど……相手の土魔法には気をつけてください。早めに補強した方がいいと思います。できれば石だけではなく、木や鉄なども使った方が魔法攻撃に対しても長持ちするようになります」

土壁をできるだけ圧縮してはいるが、土魔法で分解されれば結構脆い。なので石や木、鉄などで補強することで、少しでも破壊される時間を延ばす工夫が必要になる。そのことを副団長に伝えると、すでに材料は発注してあるとのことだった。

「それと頼みがあるのだが……」

「もし誰かに御子息のことで意見を求められても、我関せずを貫くつもりです……リオンにも聞かれましたけど、私は内部干渉する気はありませんし」

もしこのことで俺が口出しをしてしまうと、下手をすれば辺境伯家の中で変な派閥を作ってしまうかもしれない。もし辺境伯の親族で乗っ取りを考えている者がいた場合、俺の力を利用するくらいのことはしそうだ。何せ、俺の後ろには王家がいるし、世間では現辺境伯がククリ村の事件で加害者側とされてしまっているのだ。よからぬことを考えている連中にしてみれば、俺は都合のいい神輿《みこし》に見えるだろう。

なので、秘書の件に関して俺は中立を保つことにしている。もちろん、それなりに見返りを求めてのことだ。

「私としても、辺境伯様やライラ様とは、友好的な関係でいたいですしね」

知らない人が聞けば、俺が副団長を脅していると勘違いしそうなセリフだが、副団長は安心したみたいだ。その代わり、リオンの方は嫌そうな顔をしていた。何故なら、俺に対する辺境伯家の窓口担当はリオンだからだ。そして、苦労するのもリオンだからである。まあ、辺境伯や副団長の名前を出してはいるが、要はリオンをこき使いますということだからな。

「それじゃあ、辺境伯の所に行くか？　リオン、道案内を頼むぞ」

「ああ、任せろ……」

自分が報酬にされているのが気にかかるのか、いつもより元気のない返答だったが、すぐに元に戻るだろう……三歩で、ということはさすがにないだろうが。

「それじゃあ、まずはこの間の街ね。さあ皆、馬車に乗って！」

最初の目的地はここに来る前に寄った街で、最初の御者はクリスさんだ。クリスさんが張り切っている理由とは……

「姐さん……もう着る服がなくなったんすか？　洗濯くらいしましょうや、ぐあっ！」

「違うわよ！」

「リオン、服や下着はジャンヌとアウラが洗濯していたから、いくらクリスが家事下手でもそれはない！　きっと人には言えない、恥ずかしい汚れを作っただけ！」

「アムールも黙りなさい！」

リオンは呆れた表情でクリスさんを見ていたところげんこつを食らい、アムールはクリスさんの拳を軽くかわしていた。まあ、クリスさんが家事下手なのは今更のことだし、ジャンヌたちの仕事は俺たちの身の回りの世話なので別におかしいことではない。

そういう思いでクリスさんを見ていると、クリスさんは何やら弁明を始めたが皆軽く流して馬車に乗り込んでいった。まあ、その『恥ずかしい汚れ』とは、休憩の時に飲んだ酒で酔ってしまい、戻した時にできた汚れのことだろう。クリスさんは隠しているみたいだが、アムールの密告により、皆知っている。その後、もう一度リオンが殴られる音が聞こえたが、いつものことなので誰も何も言わなかった。

「とりあえず、この前の宿でいいよな？　あそこなら多少融通が利くし」

リオンの提案で前に泊まった宿へと向かったのだが……鍵を受け取る際に、「この前のような騒動は起こさないでくださいね」と目だけが笑っていない表情で言われた……リオンが。

「俺って、この領地の次期当主だよな？」

リオンの呟きに誰一人として答える者はおらず、それぞれ割り当てられた部屋へと足早に向かっていった。まあ、クリスさんはすぐに部屋を出て、衣服を扱っている店に買い物へと出かけていったが。

「しっかし、この町もだいぶ賑やかになったね」

「それはそうじゃろう。何て言ったってこの街は、ハウスト辺境伯領内で一番物の価値が上がっているところじゃからな」

まあ、戦争の時が一番物価の上がる時だろうから、それに近い状況になっている国境線近くのこの街は、商人にとって拠点にするには最高なのだろう。

「それも、国境線が安定するまでの話だろうけどね」

「じゃな。テンマの活躍のせいで、これから先のことを考えて皮算用している商人たちの中には、かなりの損をする者も現れるじゃろうな。まあ、自業自得じゃろうがな」

普通なら、これから拠点作りの工事や軍相手の商売などで、かなりの利益を見込める商いができるだろうが、そのうちの拠点作りで一番費用がかかると思われる塀は、すでに俺の魔法によって大まかながら出来上がっているのだ。しかも副団長は、すぐに浮いた予算で補強用の資材を発注しているという。つまり、商人が値段を上げる前に通常価格、もしくは割引価格で辺境伯軍に売っていることになるわけだ。

これから資材で儲けようと思っても、塀に関して言えばほとんど需要は見込めず、もし拠点が出来上がったのを見て敵軍が引き上げたとしたら、他の商売も儲けが薄い可能性がある。そうなると、良くてトントンか、悪ければ輸送費などで借金だけが増えることも考えられる。

「まあ、そこまで考える必要はないか。どうせ他人事だし、俺は辺境伯の依頼通りに動いただけだし」

「そうじゃの。辺境伯の方が、商人たちより上手《うわて》じゃった……ということにしておくのがいいじゃろうな」

何かあっても、それは依頼主である辺境伯に丸投げすればいいだろう。そもそも、今回の俺たちにはリオンも同行しているので、全ての責任はリオンにある。

「俺たちが得たものは、依頼料にワイバーン退治の栄誉と素材による利益、そして国境線のちょっとしたお手伝いによる手柄……で、いいよな？」

「「「異議なし！」」」

じいちゃんとの芝居がかった話を終え、振り返って後ろで聞いていた面々に問いかけると、アムールとアルバートとカインが大きな声で返事をした。これで過半数の賛成を得たことになるので、これを俺たちの基本方針とすることに決定した。

「いやぁ、辺境伯と会う前に意見の統一ができてよかった、よかった」

「いや、統一はできていないからな！」

リオンはこの場にいる者の中で唯一反対の姿勢を見せているが、当然のごとく却下された。

「ふぅ～……以前より高くなっていてまいったわ……って、どうしたのよ？」

「聞いてくださいよ、姐さん……」

リオンの意見を却下したところで、買い物を終えたクリスさんが戻ってきた。クリスさんは部屋の雰囲気に違和感を覚えたのか、一番近くにいたリオンに声をかけた。リオンは、ここぞとばかりに一人でも多くの賛同者を作ろうとしたのかもしれないが……

「当然、私も異議なし！」

となるのだった。まあ、どう考えても当たり前だろう。

これでリオンを除いた全員が、俺の味方になったというわけだ……というか、反論しているのはリオンしかいないとはっきりしたということだ。

「それじゃあ、夕飯まで解散！　各自、これ以降外に出かける時は、誰かにちゃんと報告してから行くこと！　特に、ジャンヌとアウラ」

　二人は以前、ナミタロウに何も言わず出かけ、そのまま攫われるといった失態を犯しているので、念の為名指しで注意した。さすがに二人共あの時から成長しているはずなので、そういったことは起きないと思うが、そういった時にこそ失敗するのがアウラなので、用心するに越したことはない。

「何で名指しなんですか！」

　アウラは不満みたいだが、ジャンヌは頷いていた。まあ、片方がわかっているなら大丈夫だろう。とりあえずアウラのことは無視して、それぞれ思い思いに散っていった。なお、名指しされたアウラは外出して何か言われるのが嫌だったのか、夕食まで部屋から出てくることはなかった。

第五幕

「あそこだ。あれがハウスト辺境伯領の中心地で親父が住んでいる『シェルハイド』だ！」

国境線近くの街を出発して二日後、俺たちはハウスト辺境伯領の中心地の街へと到着した。辺境伯領の中心地である『シェルハイド』は、街全体が広大な丘を利用して作られており、街の周辺を塀で囲まれていた。そして、街の至る所から湧き出ている水を利用した畑などが塀の内側にいくつもあるそうだ。これは隣国などから侵略を受けた際に、籠城戦を想定した造りとなっているかららしい。

「まあ実際のところ、籠城はこれまでに一度しかなかったそうだ。しかもかなり昔のことで、尚且つ数日で終わったそうだから、実際にどれだけ耐えられるかよくわからんみたいだけどな」

その籠城も直接囲まれたからではなく、敵軍の進軍経路にシェルハイドが重なっていたので、迎え撃つ為の籠城だったそうだが、近づかれる前に野戦で追い返すことができたのだそうだ。しかも、その後の反撃で領土拡大に成功したので、シェルハイドは国境線からだいぶ離れることになったのだとか。まあ、そう頻繁に籠城戦など起こったら、住民はたまったものではないだろう。

「特産物といえば、一応馬になるな」

「食用？」

リオンの説明にアムールがすかさず反応を示したが、残念ながら軍用馬のことだそうだ。

「この辺りは平原と丘が多くて、適当に放牧するだけでも、自然に馬の足腰が鍛えられるんだ」

そういった理由から、『シェルハイド』近郊で生産された軍用馬は高値で取引されているのだとか。まあ、そういった一流の軍用馬でも、ライデンとは比べものにならないだろうが。

「テンマ、ライデンが目立つチャンス！」

「いや、ライデンはここじゃなくても、十分目立つからね」

アムールの言葉に、カインが冷静にツッコミを入れた。アムールは、「それもそうか」と納得していたが、俺はしっかりと見ていた。今回御者をしているじいちゃんがアムールのその言葉に反応して、手綱を握る手に力を込めていたが、俺の視線に気づいて慌てて手綱から手を離したのを。

「リオン、一応訊いておくが……ここではさすがに、『あなたは誰ですか？』は起こらないよな？」

「大丈夫だ！　多分……」

「よし！　わからないに一〇〇〇G！」

「僕も！」

「私も！」

「乗った！」

「今度こそ！」

アルバート、カイン、クリスさん、アムール、アウラは、今度こそリオンはやってくれる！　と期待していた。対してじいちゃんとジャンヌは「「さすがにそれはない」」と、今回もわかる方に賭けていた。そして……

「あえて言うぞ……馬鹿だろ」

結果は当然のごとく、『わかる』だった。まあ、ここでもリオンの正体がわからなければ、リオンは後継者を辞退することも考えた方がいい。もしくは、わからなかった者たちにリオンの名で罰を与えるかだ。もっとも罰を与えれば、ほぼ確実にリオンの顔は知れ渡るだろうが、それは『後継者たる自分の顔を知らなかった者たちに罰を与えた男』という評判付きになるだろうけど。

「いや、さすがにわかっていたけどな」

「わかっていたけど……わからなかった方が面白いから、つい」

「いや、まあ……ここで私たちの期待に応えるのがリオンじゃない」

「リオンならやってくれると思ったのに……」

「お小遣いが……」

アルバートとカインは、結果がわかっていながらも面白そうという理由で『わからない《ロマン》』に賭けたようだが、クリスさんは『もしかしたら』という期待を込め、アムールとアウラは完全にわからないだろうと思って賭けたようだ……

「まあ、お遊びはここまでにして、ハウスト辺境伯に会わないといけないんだから、そろそろ気持ちを切り替えようか」

現在俺たちは、門番に呼ばれた騎士たちの案内で辺境伯の屋敷に向かっている最中だ。御者は賭けに勝った二人が担当していた。最初はジャンヌとアウラで御者をする予定だったが、じいちゃんが「もし何か不測の事態が起こった時の為に、外の様子を知っておきたいからのう」とか言って、アウラと交代したのだ。まあ、本音は『何か面白いものがあるかのう』といったところだろうが。

しかしじいちゃんのこの思いつきは、辺境伯家の騎士たちにしてみればたまったものではなかったようだ。何せ昔のこととはいえ、いざこざのあったククリ村の有名人を迎えるという緊張感が漂う中で、まずは御者に話しかけて心を落ち着けようとしていたら、いきなり（アムール、クリスさん曰く）ラスボス級の登場である。その為、じいちゃんと気がつかずに話しかけた騎士は、話しかけた数秒後にその正体に気づき、驚きすぎて固まってしまった。

「あの騎士、もしマーリン様の横に座っていたのがテンマ君だったら、ショックが大きすぎて心臓が止まっちゃったかもね」

と、クリスさんが騎士の再起動後に言っていたくらいだ。しかもそれを裏付けるかのように、固まってしまった騎士は、移動中に同僚の騎士に対し、

「寿命が縮んだ気がする……リオン様が座っていればよかったのに……」

とか、小声で言っていたくらいだ。騎士たちにとって将来の主に当たるリオンは、ある種の精神安定剤になっているのかもしれない。

「それにしても丘を利用して作られた街というだけあって、坂道が多いな。ライデンなら心配ないけど、他の馬だと大変だろうな」

「まあ、そのせいで他の街とは違う法律が多くてな。よそから来た商人なんかが、よく衛兵たちに注意を受けるんだ」

リオンの言う『法律』とは、シェルハイドの道路の大半が『歩行者以外、基本的に一方通行』というものと、『右折の制限』というものだそうだ。

坂道の多いシェルハイドでは馬車などがすれ違う際に起きる事故が多いらしい。その対策として、大通り以外の道では基本的に一方通行と右折を制限することで、馬車や馬の接触事故を減らす取り組みをしているそうだ。

一部道路が一方通行だったり、曲がり角の一部で右折・左折が禁止だったりというのは他の街でもあるが、街の大半で禁止というのはシェルハイドくらいらしく、初めて訪れた商人や冒険者の馬車が知らずに違反してしまうのだとか。なお、一度目の違反だと注意のみで、二度目からは罰金となるそうだ。あと、違反金は違反の累計回数と違反状況によって変わるらしい。

「どうやら到着したみたいだな」

俺は馬車が速度を緩めたのを感じて窓の外を見てみると、ちょうど大きな門の前で停止しようとしているところだった。

門番たちはライデンに驚いている様子だったが、同行した騎士とリオンの説明ですぐに門を開き、そのまま馬車を停めることのできる場所へと案内された。

「悪いが、先に行って準備をしてくる」

「私も一緒に行くぞ」

「僕もね」

リオンだけでなく、アルバートとカインの二人も一旦離れることになった。おそらく二人は、父親たちから何かしらの指示を受けているのだろう。

「案外、テンマ様の取り扱い指南だったりして……うっ！」

アウラが変なことを言った瞬間、隣にいたジャンヌがアウラの脇腹に抜き手を放った。「クリスさん経由でアイナに話が漏れたらどうするの」との注意付きで。

その言葉で自分の失言（決して俺に対してのではない）に気づき、慌ててクリスさんの顔色を恐る恐る窺ったアウラだが、クリスさんは面白いものを見たとばかりにニタリと笑った。それを見たアウラは大げさなほどに怯えていたが、正直言って俺もあのクリスさんの表情は怖いと思ったので、アウラの怯え方は仕方がないだろう。

そんな感じで馬車の中で待っていると、シロウマルが誰かが近づいていることに気づき俺に知らせてきた。そこでジャンヌが外に出て確認したところ、やってきたのは俺たちを辺境伯の所に案内する為に来たというメイド服の女性だった。

「こちらです」

女性の案内に従い、俺、じいちゃん、アムール、クリスさん、ジャンヌとアウラといった順番で後ろをついていくと、しばらく歩いた先に二人の騎士が守る扉があった。

「お客様を連れてまいりました。扉を開けてください」

騎士たちは一瞬戸惑うような素振りを見せた後で、すぐに一礼をして扉を開けた。

「ご苦労様です」

女性は騎士たちにそう言うと、俺たちの先頭に立ったまま部屋の中に足を踏み入れた。女性に続いて部屋に入ると、二～三〇メートルほど先に頑丈そうな椅子に座っている男性が見えた。状況的にあの男性がハウスト辺境伯だろう。その証拠に、男性の目の前まで続いている絨毯《じゅうたん》の横で、大人しく並んで立っている三人がいた。

三人は揃って何かに驚いているような顔をしていたが、さすがに場所をわきまえているのか声を出すようなことはしなかった。

俺たちを案内してきた女性は、辺境伯の前だというのに少しも気にした素振りを見せることなく歩き続け、

「ここでお待ちください」

と言って、辺境伯から一〇メートルほどの距離まで案内し、自分はそのまま辺境伯の横に移動した。ちなみに、ジャンヌとアウラは部屋には俺たちに続いて入ってきたが、入ってすぐに部屋の隅に移動していた。これは二人が俺の従者《メイド》という扱いなので部屋に入ることは許されているが、辺境伯の前に立つことは許されていないからだった。

「あっ……」

女性が辺境伯の横で俺たちと相対する形になった時、クリスさんは何かに気づいたような声を漏らした。そして、クリスさんからはかなり驚いた感じの雰囲気が漂ってきている。

「どうしたの、クリスさん？」

俺はすぐ後ろにいるクリスさんに、振り向かないまま小声で話しかけると、

「今気がついたけど、私たちをここまで案内したあの人……辺境伯様の奥様だわ」

といった言葉が、クリスさんから返ってきた。

その思いもよらなかった答えには、俺だけでなく聞き耳を立てていたじいちゃんやアムールも思わずクリスさんを一瞬見た後で、すぐさまその女性を思いっきり見てしまった。視界の端の方では、頭を抱えているリオンが見える。そんなリオンとは違い『奥様』と判明した女性は、いたずらが成功したような嬉《うれ》しそうな顔をしていた。

「遠いところ、わざわざご苦労だった。私がハウスト辺境伯家当主、ハロルド・フォン・ハウストだ」

メイド姿の奥様のことが気になっているうちに、辺境伯の自己紹介が始まっていた。

やはり辺境伯というだけあって、これまでに会ったことのある貴族の中でもかなりの迫力を持っている。見た目のタイプ的には、マスタング子爵に近いかもしれない……まあ、今のところ見た目だけの感想だが。

俺がここで『見た目だけ』と思った理由は二つある。一つは辺境伯が、俺の中で『ヘタレ&お馬鹿代表』となっているリオンの父親であるということ。

もう一つは、辺境伯自身が先ほどから、何故か俺よりも辺境伯の隣にいる『メイド姿の奥様』の方を気にかけているように見えるからだ。

「このたびのワイバーンの群れの討伐、並びに国境線の支援、感謝している」

辺境伯、ここで一度言葉を区切り、隣をチラリ。

「そして、我が騎士団の副団長のことでは迷惑をかけた。誠に申し訳ない」

頭を下げつつ、またもチラリと隣を確認する辺境伯。

「諸々《もろもろ》の報酬のことだが、まだ全ての報告が届いておらず、計算が終わっていない状況だ。すまないが、しばらくの間、ここに留《とど》まってもらいたい。もちろん、その間の費用はこちらが負担する。それと、この屋敷の客間を人数分用意しているが、もしこの屋敷でない方がいいというのであれば、この街にある最上の宿屋を用意してある。それ以外で気になることがあれば、遠慮なく家中の者に申し付けると良い」

そう言って辺境伯は終わったとばかりに腰を軽く浮かせ、椅子に座り直そうとしたのだが……

「何だか、偉そうじゃのう……」

じいちゃんがぼそっと言った一言を聞き、びくりと体を一瞬震わせて腰を浮かせた状態で静止した。じいちゃんにとっては何げない一言だったのだろうが、辺境伯にはかなり効果があったようだ。

まあ、辺境伯の態度には俺も引っかかってはいたが、それ以上に辺境伯が隣の奥さんを気にしているることに注目していたのだ。ちなみに、その奥さんの方はというと、辺境伯が話している間、ずっとニコニコとしていた。だが……

「う～ん、二〇……一五点かしら？」

奥さんがポツリと言った一言を聞いて、辺境伯はじいちゃんの時よりも大きく体を震わせていた。

奥さんはそんなことを言いながらも辺境伯の方を一瞥もせずに、ただニコニコと笑っている。

「初めまして皆さん、私はハロルド・フォン・ハウストの妻で、リオン・フォン・ハウストの母でもある、エディリア・フォン・ハウストです。今回の件、誠にありがとうございました。ワイバーン退治もですが、国境線でのオオトリ様の支援により、防衛上のことだけでなく経済的にも助かりました。また、息子のリオンがたびたびご迷惑をおかけしているようで、申し訳ありません。もしリオンが何かご迷惑をおかけしましたら、身分のことなど気にせずに性根を叩き直してもらっても構いません。それと……」

ここで奥さん……エディリアさんは言葉を区切り、辺境伯の方を見た。

辺境伯は大きく息を吸ってゆっくりと吐き、おもむろに椅子から立ち上がった。そして、

「六年前に起こったククリ村の事件は、こちらの失態であった。世間では派遣された衛兵たちの責任だという声もあるが、あれは辺境伯家……辺境伯である私の責任である。申し訳ない」

頭を深々と下げた。いきなりのことで俺とじいちゃんは軽く混乱し、どうしていいのかわからず、互いに顔を見合わせていた。その間も辺境伯は、頭を下げたままだった。

「テンマ君、マーリン様。とりあえず辺境伯様に話を聞いてみてはどうかしら？　それに、いつまでも辺境伯様に頭を下げさせたままなのはどうかとも思うし……」

　クリスさんのアドバイスを受けて、俺とじいちゃんは辺境伯に頭を上げてもらうように言ってから、詳しく事情を聞くことにした。

　頭を上げた辺境伯はその場で話を始めようとしたが、エディリアさんの提案により隣の会議室に移動することになった。会議室に入ると、すぐにエディリアさんがお茶の準備を始め、慌ててジャンヌとアウラも手伝おうとしたが、二人はエディリアさんに背中を押されて席に座らされた。

　エディリアさんのお茶が各自に配られたところで辺境伯が口を開いたのだが、意外にも辺境伯は口下手なのか、ところどころ言い直したりかんだりしていた。

　そんな辺境伯の話で最初に出たのは、六年前の事件について、ずっと俺とじいちゃんに謝罪をしたかったということだ。これまで辺境伯はククリ村の生き残りの人々に対し自ら謝罪に出向いたのだが、俺とじいちゃんだけはできずじまいだったそうだ。

　その理由は俺の行方が長いこと摑めなかったのと、所在がわかった頃から隣国の動向が怪しくなってきて、領地を離れることができなかったからだそうだ。じいちゃんに関しては、王都にマークおじさんたちと移り住んだ時にすぐに向かったそうだが、当時のじいちゃんは半分以上ぼけた状態にもかかわらず、ハウスト辺境伯という単語を聞くと凄《すさ》まじい暴れっぷりだったらしく、もし辺境伯が目の前に現れたなら、確実に殺されるだろうとの王様の判断によって面会謝絶となっていたのだそうだ。ちなみに、その時にマークおじさんたちにも謝罪したそうだが、事件があったばかりという時期だったこともあり、その場では謝罪を受け入れてもらえなかったそうだ。なお、じいちゃんを除く他の王都住まいの人たちに謝罪を受け入れてもらえたのは俺の居場所がわかる少し前で、辺境伯が最後に王都に訪れた時なのだそうだ。

「じいちゃん、そんなに暴れたの？」

「……全く覚えとらんのう」

「いや、本当にすごかったんですから！　……何度か、マーリン様のお屋敷の一部が壊れましたからね」

壊れたのは主にじいちゃんの部屋だったそうだが、そのまま放っておくと屋敷が全壊しかねなかったそうで、そのたびにディンさんが駆り出されたそうだ。

ちなみに、確認の意味を込めて三馬鹿や辺境伯の方を見てみたところ、アルバートとカインは苦笑しながら頷き、辺境伯とリオンは青い顔で震えていた。後にリオンに聞いたところ、「もし王都にいるのがマーリン様の耳に入りでもしたら、塵《ちり》も残さず消されるのではないかとビクビクしながら過ごしていた」とのことだった。おそらく、辺境伯もリオンと同じ思いだったのだろう。

「まあそのことに関して言えば、恨みが全くないとは言えませんが、許すと決めています」

このことは何度もじいちゃんやマークおじさんたちと話し合って決めているので、王都にいる元ククリ村住民の総意だと伝えた。

俺の言葉にじいちゃんも頷いているのを見て、辺境伯とエディリアさんとリオンは安堵の表情を見せていた。

「ただ、以前リオンに伝えた通り辺境伯家が俺に敵対、もしくは無理やり取り込もうとした時は、その限りではないと思っていてください」

続いて言った言葉に辺境伯は一瞬身構えたが、すぐに頷いていた。

「その件は聞いておる。何でも、サンガ公爵とサモンス侯爵の前で交わした約定だということも……馬鹿息子があの二人に乗せられた感じもするが、それは辺境伯家として同意したことだと家臣たちにも周知させよう」

さすがに辺境伯はあの二人の思惑に気がついていたみたいだが、リオンの方は驚いた顔をしていた。しかもその横にいたアルバートとカインが笑いをこらえきれずに吹き出したものだから、ますます混乱したようだ。

「それ以上は、こちらから言うことはありません。それと我々の宿ですが……」

「うむ、先ほど申した通り、我が家以外にもシェルハイドで最上と言われている宿屋も用意しておる。一度そちらを案内した方がよいか？」

「いえ、よろしければ、辺境伯様のお屋敷でお世話になりたいと思っています。以前リオンと辺境伯家に遊びに行くと約束していますので、ちょうどいい機会かと。ただ……」

「ただ？」

「部屋は男女で分け、互いに距離を置いた所でお願いします。未婚の男女ばかりなので、少しでもそういった中傷を避けたいのです」

俺の注文を聞いた辺境伯は大きく頷き、言う通りの部屋を用意すると約束してくれたが、逆にアムールとアウラは悔しそうな顔をしていた。そして、何故かエディリアさんも……

「では、部屋は用意ができ次第、家中の者に案内させよう。それまではこの部屋で休むといい」

そう言うと辺境伯とエディリアさんは、用事があると言って部屋から出ていった。部屋から出る前に、エディリアさんは一度クリスさんの方に視線を向けていたので、あの悔しそうな顔はクリスさん関係だったのだろう。

「はぁ～……何だか肩がこったわ。さすがにリオンと違って、辺境伯様と会うのは緊張するわね」

「そうですね」

「奥様もニコニコしている割には、何だか迫力みたいなものがありましたし……」

クリスさんが椅子に座ったまま伸びをしていると、ジャンヌとアウラもそれに同意した。ちなみに二人は、この部屋に移った時も後ろの方で立っていようとしたが、エディリアさんに半ば強引に座らされていた。

「辺境伯領みたいに他国と隣り合っていると、自然と迫力が出るのかもね」

「そうかもしれんのう。サンガ公爵やサモンス侯爵よりも、武人といった雰囲気が強かったのう」

「まあ、父上とサモンス侯爵様は、どちらかというと文官寄りの性格をしていますからね」

「もっとも、あの時の辺境伯様の迫力は、皆が思っているものとはちょっと違うと思うけどね」

その言葉に、じいちゃんたちは『どういう意味だ？』といった感じでカインを見たが、カインは笑いながらリオンの方に目を向けたのだった。それにつられて揃ってリオンを見ると、リオンはどこか複雑そうな顔をしていた。そして、

「あれは……あの時の親父は、ただ単に緊張していただけだ。親父は緊張しいで、人見知りするところがあるんだよ……」

と、思いもよらない証言が飛び出した。さすがにこれは何度か辺境伯と会ったことのあるクリスさんも知らない情報だったようで、一番驚いていた。

「そんなわけでリオンのヘタレも、遺伝というわけだ」

「父さんに訊いたら、そういったところはエディリアさんがカバーしているから問題はない……と言ってたけどね」

「最初の挨拶の時に偉そうに見えたのは、ただ単に緊張していたからというわけなのじゃな」

「それに言葉の最中に、やたら奥さんを気にしていたのも、人見知りが出ていたからなのか……だとすると、あの後でエディリアさんが言った一五点は？」

「多分、緊張しすぎて偉そうに言ってしまったこととか、感謝や謝罪をしている時の態度なんかを加味した評価点だろうな。おそらく今頃親父は、お袋に駄目出しされているはずだ」

どうやら辺境伯家でも、奥さんの方が強いようだ。

「辺境伯夫人は、どういった人なのじゃ？」

じいちゃんの質問にリオンは少し考えてから、

「自分から前に出ずに、親父を後ろから支えるような感じですかね？　元々お袋は子供の頃に辺境伯家へ行儀見習いで入って、親父の母親……先代辺境伯夫人《俺の婆さん》の目に留まって結婚したと聞きました。ちなみにメイド服を着ているのは、趣味の料理や掃除がしやすいからだとか。他にもお袋の実家が男爵家だったもんで、横の繋がりを重要視した家臣団が親父に側室を持たせようとしたらしいんですけど、親父の人見知りが災いして駄目だったとかも聞きましたね」

「それは……わしの知っておる中でも、珍しい部類の貴族じゃのう。逆ならよく聞く話なのじゃが」

「あ～……それで陛下の前で挨拶している時、最初に近衛兵のいる位置を確認した後は、一度も視線を向けてこなかったのね。あれは配置の確認というよりは、どの場所にいれば余計な人物と目を合わせずに済むかの確認だったのね」

「多分、姐さんの言う通りかと……」

クリスさんの合点がいったという言葉に、リオンが肯定するような返事をした。

「まあ、だからといって、決して甘く見ていい人物ではないのは確かだけどね。聞いた話によると、軍隊の指揮はもちろんのこと、武人としての力量も高いらしくて、父さんが言うには近衛隊長とも真正面からやり合えるそうだよ。もっとも、魔法なしの場合だそうだけど」

とのカインの言葉に、クリスさんは「有名な話ね」と続けていた。まあ、それくらいでないと、隣国と隣り合っている領地を治めることはできないのだろう。

「だとすると、リオンは相当頑張らないといけないな。主に政治面で」

俺の感想にリオンを除いた全員が笑い、オチが着いたところでエディリアさんが部屋の準備ができたとやってきた。クリスさんやアルバートにカイン、ジャンヌとアウラはタイミングがいいとしか思っていなかったようだが、『探索』が使える俺や勘のいいじいちゃん、一番野生に近いアムールに身内のリオンは、タイミングがいいのではなく、単にエディリアさんがドアの前で気配を消して待っていたからというのを理解していた。

その気配の消し方はアイナやクライフさんに近いものがあり、もしかしたらあの二人のように武の心得があるのではないかと思ったほどだ。

「こちらの四部屋が男性用、あちらの三部屋を女性用としてお使いください」

エディリアさんに案内された部屋は、俺の要望通り男女の距離を離していた。ただ、何故女性用の部屋が一つ少ない（ジャンヌとアウラはメイドなので二人でひと部屋なのかと思ったら、二部屋用意されていた）のかと思ったら、ちょうど女性用の部屋が三部屋しか掃除ができていなかったので、クリスさんにはリオンの隣の部屋を用意したとのことだった。

「なあ、アルバート、カイン。これって間違いないよな」

「ああ、間違いない」

「エディリアさん、リオンとクリス先輩をくっつけようとしているね」

クリスさんは、現辺境伯夫人に次期辺境伯夫人としてロックオンされたようだ。だが、前々から「リオンだけはないわ」と言っているクリスさんは、

「辺境伯夫人、お気遣いは無用ですわ」

と言って、俺の方へとにじり寄っていたアムールの首根っこを摑み、

「今回の旅にはこのような問題児《アムール》がおりまして、マリア様より目を離さないようにとの厳命を受けております。ですので、私はこの問題児と同じ部屋でないといけません」

「む〜」

と言って、クリスさんはエディリアさんの企みを回避していた。さすがの辺境伯夫人も、女性の中で最上位の権力を持つ王妃様の名前を出されては、手を引かざるを得ないといったところだった。

「そうだぜ、お袋。第一、姐さんが隣の部屋にいたら、俺が安心して過ごせない……すんません、何でもないです」

リオンがいつもの軽口を言い切る前に、クリスさんに睨まれて大人しくなった。その様子を見ていたエディリアさんは、すごく残念そうにしていた（おそらく、クリスさんを逃したことと、リオ

ンの出来の悪さの両方にだと思われる)。

その後、それぞれの部屋を決めて(俺は男性用の一番奥を確保し、クリスさんはアムールの意見を無視して、俺の部屋から一番遠い所を選んだ)、部屋で夕食の時間まで自由時間となった。

「さて、夕食までの数時間どう過ごすか……寝るか」

何をするにも中途半端な時間だったので、とりあえず軽く寝ることにした。

俺が借りた部屋はシロウマルたちを出しても余裕がある(本来の大きさではなく、首輪をした状態の大きさで)為、それぞれバッグから出て寝転んでいた。一応ドアに『夕食まで寝ます。起こさないでください』という札をかけたが、もし誰か来たらスラリンに対応してもらうか起こしてもらえるように頼んでから寝た。

そして、夕食直前。

「わふっ!」

「うぐっ」

シロウマルのお手で俺は起こされた。シロウマルは俺の肩か胸の辺りに手を置こうとしていたみたいだがちょっとだけ目測を誤ってしまったようで、俺の顔の中心に手を落としてしまったらしい……とても怪しいが、俺が怒るよりも先にスラリンに叱られて(エンペラー化したスラリンに拘束されている)いるので、代わりに任せるとしよう。

「お~い、テンマ。飯の時間だぞ!」

ドアの外からは、夕食の時間を知らせに来たリオンの声が聞こえてくる。

「今行く」

軽く身だしなみを整えてから、スラリンとソロモンを連れてリオンと合流した。なおシロウマルは、スラリンの体内（のディメンションバッグ）に飲み込まれたようで姿が見えなかった。まあ、スラリンなら適当なところで解放するだろうから、シロウマルだけ夕食抜きということにはならないだろう。

「さっさと行こうぜ！　皆は先に行ってもらったからよ！」

他の皆はエディリアさんが先に案内し、リオンは俺の案内の為に残ったそうだ。

「テンマが寝ているって知らなくてな、俺の部屋で遊ぼうかと思って迎えに行ったのに、スラリンに追い返されてよぉ」

仕方がないからいつもの三人でだべっていたそうだ。

「そういえば、俺とすれ違いにアムールも姐さんに回収されていたな」

「だとすれば、夜はちゃんと鍵をかけないといけないな」

などと話しながら、リオンの案内で皆が待つ食堂へと向かった。

食堂では俺とリオンを除く全員が揃っていて、俺とリオンが席に着けばすぐに食事が始められる状態になっていた。

「お待たせして申し訳ありません」

食堂に入って開口一番に謝罪の言葉を口にし、そのままリオンに俺の席へと案内された。長方形のテーブルの上座に辺境伯夫妻、夫妻の左手側面に俺、じいちゃん、アムール、ジャンヌ、アウラが並び、右手側面にリオン、アルバート、カイン、クリスさんと並んでいた。辺境伯の知り合いとそうでない者に分かれた形だ。クリスさんはどちらかというと俺と同じ方に並んでいそうだが、数のバランスをとったのと、エディリアさんの思惑が働いてあの席になっているのだろう……さすがにリオンの隣に座らせるような露骨な真似はしていないが、本音は隣の席にしたかっただろう。

「では、かんぱ……ん、んっ！」

俺とリオンが席に着いたのを見て、辺境伯がいきなり乾杯の音頭を取ろうとしたが、隣のエディリアさんに肘で小突かれて中断した。その隙に、数名のメイドがそれぞれのコップに飲み物を注いでいく。

「私はお茶をください。アムール、あなたは酒癖が悪いから、ジュースかお茶ね。ジャンヌとアウラもよ」

クリスさんはメイドがワインを注ごうとしたのを断り、向かいに座っているアムールたちにアルコールの入った飲み物を禁止した。まあ、アムールは（本人に自覚はないが）一応子爵令嬢なのに酒癖が悪いので、失態を防ぐ意味でも飲ませない方がいいし、ジャンヌとアウラは客扱いされているがメイドなので、飲まない方がいいだろう。本人たちも自覚があるようで、クリスさんの言う通りにしていた。ただ、クリスさんがお酒を断りお茶を指定したのは、三人とは違う理由からだろう。

クリスさんは、人並み以上にお酒は飲める。ただ、調子に乗るところもあるので、酔い潰れることもよくある。実際に、次の日が休日だからと家に遊びに来た時なんかは、昼間から酒を飲んで酔い潰れ、次の日の朝まで寝ていることもあるのだ。

まあ、そんな時はアイナが残って面倒を見ているし、いない時でもジャンヌとアウラが世話をしているので、俺とじいちゃんは接触しない（できない）ようになっている。しかし、辺境伯家で酔い潰れてしまった場合、クリスさんをリオンの嫁にと考えているエディリアさんによって、リオンの部屋に放り込まれてしまう可能性がある。

もし酔い潰れたクリスさんがリオンの部屋に運び込まれても、リオンが正常な判断ができる状態ならば、何事もなく部屋に戻《もど》ることができるだろう。しかし、リオンがこういった席で酒を飲まないはずがない。しかもここはリオンの実家なので、遠慮なく飲むだろう。そして酔い潰れることだろう。

そうなってしまっては未婚の男女が一夜を過ごすことになる。しかも、酔って寝ていたので身の潔白を証明できないのだ。あとは世間体がどうのこうのや責任がどうのこうのと言って、結婚しなければならないということになるだろう。

クリスさんはそこまで考えた上でお酒を断ったのだと思われる。そしてお酒を断ったクリスさんを見て、エディリアさんは悔しそうにしているように見える。

「このたび、ハウスト辺境伯家とオオトリ家が知り合えたことを記念し、ささやかながら宴《うたげ》の席を設けさせてもらった。存分に楽しんでもらいたい。では、乾杯！」

そんな水面下での駆け引きが終わり、全員に飲み物が行き渡ったところで、二人の駆け引きに気づいていなさそうな辺境伯が乾杯の音頭を取った。

その後の食事では、俺と辺境伯の間で会話が弾むことはなかった。まあ、俺と辺境伯の共通の話題といえば、一番に出てくるのが六年前のククリ村の事件だし、その他だとサンガ公爵やサモンス侯爵のことになるのだが、その両名の嫡男（しかも、俺と仲のいい）がいる為、イマイチ話が続かなかったのだ。

そんな俺と辺境伯を心配したのがリオンで、リオンにしては珍しく間を取り持とうと頑張っていたのだが、しかしそれはリオンがすることなので、効果はほとんどなかった。むしろ、辺境伯が話に加われそうなところで話を切り替えたりするので、いない方がよかったのかもしれない。

「全く、親父ときたら……んで、話は変わるが、明日はどうするつもりだ？」

食事が終わった後で俺はリオンに誘われて、リオンの部屋でボードゲームをやっていた。そしていつの間にかじいちゃんを除く男性陣で、総当たり戦が始まったのだ。ちなみに、じいちゃんはというと、自分の部屋で辺境伯領産のお酒を楽しんでいる。

今俺たちがやっている対戦種目はリバーシ。これは前世と形も遊び方も同じものだ。開発者はわからないそうだが、ほぼ確実に転生者が関わっているだろう。

そしてボードゲームはリバーシの他にも、将棋やチェス、すごろくに人〇ゲームのようなものまであった。それらで遊んでいる中でわかったことと言えば、四人の中だと俺は将棋やチェスが弱い方だということだった。まあ弱いというか、アルバートとカインに全く歯が立たないので、同じく二人に負け続けているリオンと最下位争いをしているという形なのだが……

そんな俺でもリバーシならマシということで、先ほどからリバーシ大会をやっているのだが、本当にマシというだけであり、勝率は良くなかった。

先ほどのリオンのセリフは、そんな最下位決定戦での発言だった。

「まあ、とりあえずは観光だろうな。ついでに冒険者ギルドで、ハウスト辺境伯領ではどんな依頼があるのか見ておきたい」

冒険者ギルドに行く理由は、手っ取り早く俺と辺境伯家の仲は悪くないとアピールする為なので、積極的に依頼を受けるつもりはない。ただ、手持ちの素材を収めるだけで済むような依頼があれば、いくつか受けようと思っている。それは金や冒険者ギルドの為ではなく、単に依頼を受ければギルドの記録に俺の名前が残るので、より強くアピールできると思うからだ。まあ、それだけでは辺境伯家との仲が良好だという証拠にならないだろうが、悪くはないという証明の助けにはなるだろう。

「よし！　勝った！」

「くそっ！　負けた！」

話しながら続けていたリバーシは、俺の勝利で決着した。これによりリオンは将棋とチェスに続き、リバーシを加えた逆三冠王の称号を得ることとなった。

「リオン、おめでとう！」

「あっ！　おいカイン、俺の部屋でゴミを撒き散らすな！」

「ゴミじゃないよ。お祝いの紙吹雪だよ！」

「俺にとってはゴミだ！」

先ほどからカインがこそこそと何かを作っていたのは気づいていたが、まさかこんな物を用意する為だったとは思わなかった。しかも、かなりの量がある……正直言って、紙がもったいない。

「しかし、テンマが将棋やチェスが不得手だったとは思いもよらなかった」

「そうだよね。まさかリオンといい勝負だとは、僕も思わなかったよ」

「俺といい勝負ってことは、平均かそれよりちょい上くらいだな」

「カードゲームだったら、もう少しまともな勝負になると思うんだけどな……」

自分でも何故なのかわからないが、盤上の戦局を先読みすることができないのだ。一応、一手二手先を予測することはできているのだが、さらにその先を読んで駒を動かすアルバートとカインにはかなわず、二人とやった対戦で敗戦率一〇割を記録し、続くリバーシでも八割を記録したのだった。ちなみにリオンは全てで敗戦率一〇割だった。なお、俺との対戦ではほぼ互角で、毎回泥仕合を演じている。

「もしかしてだけどさ。テンマの場合、全く同じ能力同士で戦うのが駄目なんじゃない？　それと、ほとんどソロの冒険者として活動しているのも原因の一つかも？」

「どういう意味だ？」

「つまり、テンマ自身の能力が高すぎるせいで、指揮官的な能力が低いってことだよ。将棋やチェスって、軍人が指揮能力を高める為にやったりするでしょ。でも、テンマはソロ活動している冒険者だから、指揮能力なんて基本的に必要ないし、パーティーを組んだとしても少数な上、実力の高い人たちばかりか、いざとなったらテンマが助けることのできる人数しかいないわけだから、必然的に先を読む能力が伸びなかったんじゃないかな？」

カインは疑問形で言っているが、自分の推測に自信があるようだ。俺自身、カインの考えに納得できるところもあるが、それを素直に認めることができないところもあった。何故なら、

「だとすると、テンマの本質は脳筋寄りってことか！」

そう言われると思ったからである。しかし、この中で一番の脳筋であるリオンに言われるのは腹が立つ……とか思っていたら、

「まあ、『古代龍のゾンビを倒した脳筋』と、『ワイバーンに殺されかけた脳筋』では、レベルが違いすぎて比べようがないがな」

アルバートが呆れたような顔を作ってそんなことを言っていた。

「たとえ脳筋だったとしても古代龍のゾンビを倒したんだから、テンマは間違いなく歴史的な英雄だと後世まで語り継がれるけどね。それに対して、ワイバーンに殺されかけたリオンは……良くて『まあ、頑張ったね』くらいかな？　下手すると、『英雄《テンマ》の足手まといになったお荷物』って語り継がれるかも？」

「そもそも、テンマは指揮官としての能力を求められていないのだから、その能力が多少低くても脳筋とは言えないだろう」

とカインの言葉に続けてアルバートも俺の擁護に回った。そんな敵だらけの状況でリオンは勢いをなくしながらも、「ワイバーンに殺されかけたのは、お前たちも一緒だろ！」と言ったが、「私（僕）たちは、リオンと違って、将棋もチェスも強いし」と言って反論した。リオンの言葉に対して、少し見当違いの答えじゃないかと俺は思ったが、リオンはその答えで崩れ落ちた。

「さて、あれは放っておいて、他のゲームでもするか」

「そだね。ボードゲームは飽きてきたし時間もかかるから、トランプでもやろうか」

ということになり、せっかくだからとジャンヌたちも誘うことになった。

「それじゃあ、リオン。敗者の罰ゲームとして、女性陣に声をかけてこい」

「ババ抜きとか簡単なやつだし罰ゲームなんかないからって、ちゃんと伝えるんだよ！」

二人の命令で女性陣を呼びに行くことになったリオンだったが、先ほどのショックが残っているのか、ゾンビのようにおぼつかない足取りをしていた。

リオンが出ていってすぐに、俺は先ほどのカインの言葉に違和感があったので訊いてみたところ、

「実はリオン、僕たちが学生の時に同じように同級生の女子をカードゲームに誘ったことがあるんだけど、誘った全員に『何か裏があるんじゃないか』って疑われて、誰も来てくれなかった恥ずかしい過去があるんだ」

「よっぽどその時のリオンは、いやらしい顔をしていたように見えたんだろうな。まあ、私たちにもそういった邪《よこしま》な考えがなかったとは言い切れないが、あれはそんな考えが顔に出やすい奴だからな。しかも、言葉足らずなところもあるし」

とのことだった。それを聞いて、一抹の不安を感じた俺だったが、あの頃からリオンも多少は成長しているし、見知った相手にそうそう失敗はしないだろうという二人の言葉を信じることにした。

しかし数分後、部屋にやってきたのは怯えた様子のジャンヌとアウラに、憤怒の表情をしたクリスさん、そんなクリスさんに襟首を掴まれて引きずられているリオンとアムールだった。

その様子を見た瞬間、「あっ……リオンの奴、何かやらかした……」と、俺たちはリオンを一人で行かせたことを後悔したのだった。

「アルバート、カイン、テンマ君……ババア抜きで楽しもうって、どういうことかしら？」

俺たちは一瞬、クリスさんの言っている意味がわからずに固まってしまった。再起動できたのは、憤怒の表情のクリスさんが、リオンとアムールの首根っこを掴んだまま、一歩足を踏み出した時だった。

このままではまずいと感じた俺たちは、必死になって弁明を始めた。その結果……

「じゃあ、始めましょうか！　ほらカイン、さっさと配る！」

何とかクリスさんの誤解を解くことに成功したのだった。ただそれは、俺たち三人への誤解であって、リオンとアムールが許されたわけではない。

許されていない二人はというと、廊下で正座させられている。しかも、開け放ったドアから見える位置に座らされているので、こっそりと足を崩すことができないのだ。

ちなみにクリスさんが怒っていた理由はというと、リオンがアムールに「ババ抜きで勝負だ！」と言い、アムールが「ババ抜き……じゃあクリス、ちょっと行ってくるね」と言ったところ、リオンが「そのババじゃねえよ！」と大笑いしたからだそうだ。実に馬鹿としか言いようのない理由であった。

なお、ババ抜きは縁起が悪いとのことで、ルールをジジ抜きに変えて勝負することになった。

「はいどうぞっと……それにしてもクリス先輩。最近、アムールに強いですね？」

カードを配り終えたカインは、自分の札を整えながらクリスさんに話しかけていた。確かに、わがままなところのあるアムールが、比較的クリスさんの言うことは聞いている気がする……まあ、あくまで『比較的』なので、抑えきれていないことの方が多いが、それでも言うことを聞かせられるだけすごいと思う。なお、王都にいる中でアムールが一番言うことを聞くのはじいちゃんで、ついでマリア様、クリスさんと続いている。

「ああ、それは簡単なことよ。アムールが調子に乗り出したら一言、『ハナさんに言いつけるわよ』って耳打ちするだけよ。ハナさんとは武闘大会でペアを組んでから、今後手紙のやり取りをしようって話になってね。その話の中で、「もしアムールが悪さをしたら知らせてちょうだい。おいたが過ぎるようなら、南部に連れ戻すことも考えないといけないから」って頼まれているのよ。まあ、私も鬼じゃないから、犯罪に手を染めない限りは知らせるつもりはなかったんだけど……私の

手に余るようだったら、ハナさんに知らせないと……ねぇ？」

「ごめんなさい、クリス様。お母さんには知らせないでください」

クリスさんが最後の方でチラリとアムールに目をやると、アムールは即座に土下座で謝罪を始めた。そんなに南部に連れ戻されるのが嫌ならば、クリスさんをからかわなければいいのに。

「条件反射って怖い……」

どうやらアムールは、クリスさんをからかわなければいけない病気にでも侵されているみたいだ。その答えにクリスさんは呆れたようで、アムールの正座は延長されることになった。ちなみに、二人のやりとりの間、リオンは全くの無言だった。その理由は、『足が痺れて口を開く余裕がなかった』から、だそうだ。

「まあ、あの二人を気にしてもしょうがないわ。早く始めましょう」

クリスさんがそう言うのでジジ抜きがスタートしたのだが、その間もクリスさんの監視の目は、廊下の二人に向けられている。それに気がつかないリオンは、時折足の位置をずらそうと動くのだが、そのたびにクリスさんに睨まれていた。アムールはリオンに比べて余裕があるようだが、それでも長時間の正座は辛《つら》いようで、

「うふゃい！」

「リオン、うるさい！」

リオンを生贄《いけにえ》にして、自分の足を楽にする瞬間を作り出していた。ちなみにその方法はというと、尻尾でリオンの足を叩いたり、くすぐったりして隙を作り出すのだ。まあ、何度目かの時にクリスさんにバレて、げんこつを食らっていたが。

「一抜けじゃ！」

数度のジジ抜きを経て、今度は大富豪大会を開催していた。発端はドアを開け放っていたせいで声が廊下に響き、それを聞いたじいちゃんがやってきたからだ。

じいちゃんが来たことでクリスさんが、「ジジ抜きはやめて、他のゲームにしましょう」と提案し、参加人数を五人にして平民が交代するというルールで行うことになったのだ。

「富豪に上がりました！」

大富豪はチェスや将棋などと違って、『革命』や『八切り』といった逆転可能なルールを適用したので、ボードゲームが苦手だと言っていたジャンヌやアウラでも上位を狙うことができた。ちなみに、じいちゃんが先ほどから大富豪か富豪に居座り、アウラは何故か貧民か富豪しかにしかならないので、この二人は一度も交代していない。

「あの～……俺たちはいつまで正座を……」

「あっ！　カイン、革命使うのが遅いわよ！」

「すいませ～ん。テンマ、交代だね」

こんな感じで、クリスさんとカインは先ほどからリオンの質問を無視している。なお、アムールは尻尾でお尻を支えることで、長時間の正座を楽にするという方法を編み出したみたいだ。現在、苦しむリオンの隣で静かに眠っている。

「うむ？　そろそろお開きにした方が良さそうじゃの。ジャンヌが限界みたいじゃ」

じいちゃんの言う通り、交代待ちだったジャンヌが舟を漕《こ》いでいた。

「ああ、もうそんな時間なのね。じゃあ解散にしましょうか？　アウラ、ジャンヌを連れていって。アムール、起きなさい」

女性陣は先に戻ると言うので、男性陣で簡単にリオンの部屋を片付けてから戻ることになった。

片付けている最中に、「アムール！　あんたの部屋はそっちじゃないでしょ！」という声が聞こえてきた。アムールが寝ぼけたふりでもして、俺の部屋に忍び込もうとしたからだろう。

「おっ、おうふぅ！　アルバート、カイン……助けてくれ、立てん……」

クリスさんがいなくなったことで解放されたリオンだったが、足が痺れて立つことができないらしく、変な声を上げながら二人に助けを求めていた。

「仕方がない。カイン、そっちを持て。二人で運ぶぞ」

「りょ～か～い」

「すまん、助かる……って、ちょっと待て！　引きずるな！　足がやばいんだって！　あがががぁ――――！」

二人はリオンの脇を抱えるようにして、勢いよくベッドまで引きずっていった。リオンは、痺れた足が床の段差や椅子などに当たり、そのたびに悲鳴を上げるのだった。その声の大きさは、帰ったはずのクリスさんが戻ってきて三人を叱るほどだった。クリスさんのそういうところが、エディリアさんに目をつけられるところなのだと思う。現に、クリスさんが三人を叱っている間にエディリアさんがやってきて、こっそりと三人を叱るクリスさんを見ながら何度も頷いていた。

「あっ！　テンマ君、シロウマルを貸してちょうだい！」

三人を怒った後で、クリスさんは思い出したようにシロウマルを貸してくれと言い出した。シロウマル自身、クリスさんには懐いているのでかまわないのだが、何の為なのかがイマイチわからなかった。

「抱き枕代わりですか？」

「それもあるけど、これはテンマ君の為でもあるのよ」

冗談半分で抱き枕と言ったのに、即座に肯定されて少し驚いたが、それ以上に俺の為と言われて、疑問の方が勝《まさ》った。

「ほら、私が寝入っている間に、アムールがテンマ君の部屋に忍び込まないとは言い切れないでしょ。さすがに鍵を壊してまで入ることはないと思いたいけど、アムールは時に思いもよらない行動を起こすことがあるから……その対策に、シロウマルを部屋に連れていきたいのよ」

たとえ野性的な動きをするアムールとて、本物《まもの》の動物にはかなわないだろうとの判断だそうだ。

もっとも、今のシロウマルにアムールを凌駕《りょうが》する野性的な部分がどれだけ残っているのか不安ではあるのだが……俺の部屋にはスラリンもいるから、もしシロウマルが期待に応えることができなくても大丈夫だろう。

「ありがと。じゃあ行くわよ、シロウマル！」

「ウォフッ」

「あれ？　どこ行くの、シロウマル？　……ああ、おトイレか。寝る前に済ませとかないとね」

バッグから呼び出したシロウマルは、クリスさんの後に続いて廊下に出たかと思うと、そのまま窓から外に飛び出ていった。一瞬、焦った声を出したクリスさんだったが、シロウマルの行動を見て納得していた。

「とりあえず、水をぶっかけてっと。シロウマル、アムールの見張りは頼んだぞ」

「ウォン！」

本当にわかっているのか不明だが、シロウマルはひと吠えすると、今度はちゃんとクリスさんについていった。

「それじゃあ、おやすみ」

じいちゃんたちに挨拶を済ませた俺は、トイレに行ってから自分の部屋に戻った。これで鍵をしっかりとして、スラリンにもアムールの対策を頼めば、あとは朝まで寝るだけだ。

「ソロモン。間違ってもおやつに釣られて、鍵を開けるんじゃないぞ」

「キュッ！」

「心外な！」、という感じのソロモンの抗議の鳴き声を聞きながら、布団に潜った俺だった。

第六幕

「じいちゃん。そろそろ、切り上げようか？」

「そうじゃの。さすがにこの年になると、テンマの相手は疲れるのう。小さかった頃が懐かしいわい」

大富豪大会の翌日、朝早くに目が覚めた俺は、同じく早くに目を覚ましたじいちゃんと組手をやっていた。最近のじいちゃんは年だとか疲れるとかをよく口にするが、王様やディンさんによると「昔しごかれた時より、技のキレが増している」などと言われており、アーネスト様に至っては「確実に若い頃より強くなっているじゃろ」と断言しているのだ。

「おはよ～う……もしかして、もう終わった？」

じいちゃんと訓練終わりの整理体操をしていると、気だるげなクリスさんがやってきた。

「何じゃクリス。近衛隊を離れているからといって、気が抜けておるのではないか？」

「違いますよ。これは、夜中に何度もアムールに起こされたせいです」

夜中にアムールがやってきた気配がなかったので、さすがに他所《よそ》様の家で無茶はしないかと安心していたのだが、実際はクリスさんが水際で防いでくれていたからだったようだ。なお、じいちゃんの屋敷ではアムールが何度も俺の部屋の鍵を外から開けようとしたせいで、俺の部屋の鍵は通常のものに加えて、閂《かんぬき》のような金属棒で塞いでいるのだ。ちなみに素材はミスリルである。

「お疲れ様です、クリスさん。そしてありがとうございます。今、クリスさんの好きな紅茶を用意しますので、少々お待ちください」

「お願いね～」

俺はテーブルと椅子をクリスさんの前に持っていき、急いでお茶の準備の為に部屋へと戻った。

俺のマジックバッグの中には、ダンジョンや森の中でもすぐに食事ができる状態の食べ物や飲み物が保存されているのだ。

「紅茶をお持ちしました！」

「ご苦労様」

急いで戻ると、クリスさんが貴族の子女のような真似をして出迎えたが似合っておらず、慣れていないのがバレバレだった。まあ、俺はリオンと違うので、失言をすることはなかったのだが……この時の俺は完全に忘れていた。それは、クリスさんが縁を切ったとはいえ『準男爵家出身の令嬢』で、近衛隊ということで『男爵（相当）』の地位を持っており、武闘大会で優勝したこととこれまでの功績を合わせて、将来的に『準子爵』か『子爵』の地位をもらえることがほぼ確定しているということに。つまり、貴族の子女のようなではなく、貴族だったのだ。

この時はバレなかったのだが、後日リオンたちの前で不覚にも口が滑ってしまい、そこからリオン経由でクリスさんにバレてしまうことになるのだった。

「アムールったら昨日廊下で座りながら寝ていただけあって、夜中に何度も部屋から出ていこうとするのよ。最初はトイレだとか言っていたけど、こっそり後をついていったらテンマ君の部屋に行こうとするし……最後の方は、シロウマルにドアの前で寝てもらったのよ。気持ちのいい抱き枕だったのに」

「本当にお世話になりました……それで、今日のご予定は？」

「そうね……買い物も行きたいけど眠たいから午前中は寝て、午後から街に繰り出そうかしら？ テンマ君は？」

「適当に街をぶらつこうかと思ってます。まずは冒険者ギルドに行って、どんな依頼が出ているのかを確認し、できれば素材を提出するだけの依頼を受けられたらなと。その後は街を散策するつもりです」

「だったら、リオンをお供にしなさい。辺境伯家との友好をアピールするなら、それが一番効率いいでしょ。ついでに、ジャンヌとアウラも連れていった方がいいわよ。リオンだけだと、変なお店に行こうとするかもしれないから」

　クリスさんは、自分がいない間のストッパー役に、ジャンヌとアウラを使うつもりみたいだ。リオンを誘うとなると他の二人も来るだろうし、ジャンヌとアウラが一緒となると、当然アムールもついてくるだろう。

「わしはギルドまで一緒に行って、それから別行動するかのう。マークやマーサたちに、土産の一つでも買って帰らんとな」

　じいちゃんも辺境伯家との友好をアピールする為にギルドまで来るそうだが、それ以降は完全に一人で行動するつもりだそうだ。まあ、じいちゃんと一緒だとリオンたちが緊張するだろうから、それを考えてのことだろう。

「お～い、テンマ。そろそろ飯の時間だぞ。マーリン様、クリス先輩、おはようございます」

　三人で今日の予定を話していると、アルバートが一人で呼びに来た。他の面々はどうしたのかと訊くと、リオンとカインは寝坊して身支度の最中で、ジャンヌとアウラは朝食の手伝いをしようと厨房《ちゅうぼう》に向かったそうだ。アムールは見かけていないので、まだ起きていないかもしれないとのことだった。

「幾度も私の眠りを妨げたくせに、自分はぐーすかと寝坊だなんて……いい度胸しているじゃない」

クリスさんは夜中の恨みを晴らさんとばかりに、アムールの眠る部屋へと向かっていった。

「それじゃあじいちゃん、行こうか」

「そうじゃの」

「まあ、いつものことか……」

俺たちはクリスさんを見送りながら食堂に向かうと、そこには気まずそうに座っているジャンヌとアウラがいた。

「あれ？　二人はエディリアさんを手伝ってるんじゃ……」

俺が何げなく言った言葉を聞いて、二人はびくりと体を震わせた。

「いや、その、あの……」

「違うんです！　決してサボってるわけじゃ……お姉ちゃんには言わないで！」

ジャンヌはともかくとして、ひどく怯えた様子のアウラは明らかに怪しかったので、どうしようかと思っていたところ、

「どうせ、お袋に手伝わせてもらえなかったんだろ？」

と、カインと共に食堂に入ってきたリオンが申し訳なさそうな顔をしていた。

「お袋、昔っから人の世話をするのが好きなんだよ。でも、辺境伯夫人っていう肩書きがあるせいで、親父や婆さんに止められてな……そこから色々と交渉して、最終的に自分を訪ねてきた客か、親しくて理解のある客限定でってことになったらしい。今回の場合、辺境伯家の客だけど息子の友人って解釈したんだと思う。だから断られたのは、他人を入れたくないとか信用していないとかじゃないはずだ。間違ってても、二人に非があってのことじゃない」

リオンの説明を聞いた二人は、先ほどまでと違ってほっとした表情になっていた。

「安心しました……何か知らないところでやらかして、怒ってらっしゃるのかと……それがお姉ちゃんに知られたらと思うと……」

ほっとした表情になったのも束の間、アウラはアイナが怒っているところを想像してしまったようで、顔を真っ青に変化させていた。

「そうか……」

怯えるアウラに対し、俺はそれだけしか言えなかった。ジャンヌもアウラほどではないが顔を青くしており、食堂は重い空気に包まれていた。

「何、この雰囲気……」

そんな中現れたクリスさんたちによって、若干雰囲気が軽くなった気がした。まあ、それはクリスさんの手柄ではなく、クリスさんに運ばれているアムールのおかげだが。

「クリスさん、アムールはどうしたんですか?」

アムールは服こそ普段着に着替えているものの、枕を抱いた状態で眠っており、そんなアムールをクリスさんが後ろ襟を両手で掴んで引きずっているのだ。

「この子、部屋に行ったらまだ寝ていたから、叩き起こして着替えさせたまでは良かったんだけど……少し目を離したすきに枕を抱いて寝ていたのよ。だから、引きずってきちゃった」

そこまでしなくても、寝たいだけ眠らせておけばいいものを……と思っていたら、「私が寝不足できついのに、アムールだけ眠っているのは腹が立つじゃない」とのことだ。その後で、「寝るなら朝食を食べた後の方がいいし……」とも言っていたが、それは明らかに後付けの言い訳だった。

「まあ、とりあえずはアムールを起こした方が良さそうだな。おい、ア……」

「実は寝たふりしているだけで、テンマが近づいた瞬間に抱きつく作戦だったりしてな！」

「テンマ君、危険だから下がりなさい」

と俺がアムールに声をかけようとした瞬間に言ったリオンの言葉を聞いて、クリスさんは俺がアムールに近づくのを禁止した。そして、

「アムール、もし起きているのなら、三つ数える間に自分の足で立ちなさい。でないと、これまでのことを誇張してハナさんに伝えるわ。三、二、い……」

「ちっ」

クリスさんが数え終わる前に、アムールは舌打ちをしながら立ち上がった。

「油断も隙もないんだから……本当に一度、ハナさんに相談しようかしら」

「許してください」

クリスさんの言葉を聞いた瞬間、アムールは素早い動きで土下座を決めた。そのあまりの早業に俺たちは驚いたのだがクリスさんは、「いつものパターンね」とか言っている。つまり、俺たちが知らないだけで、クリスさんの前ではよく土下座をしているということなのだろう。

「ほらアムール。手が汚れたから、さっさと洗ってきなさい。ついでに顔も」

「うむ」

さっきの土下座は何だったのかというくらい、アムールはあっさりと立ち上がって手を洗いに食堂から出ていった。

「アムール、何だか偉そうだったな……絶対に反省してないだろ？」

「それを流すクリス先輩も、慣れた様子だったな」

「あそこまでが、あの二人にとっては日常だということだろうね」

三人の推測は、おそらく当たっているのだろう。それくらい自然な流れだった。クリスさんも、口ではアムールに厳しいことを言ったりしているが、結構甘いようだ。

「何だか、姉妹みたいじゃのう」

「そんな感じかもね」

皆もじいちゃんの意見に納得したようで、自然と笑いが起きていた。

「何？　どうしたの？」

「クリスのせいで除《の》け者にされた！」

普通に考えたら、除け者になったのはアムールのせいだと思うのだが、当の本人はそうは思っていないようだ。そして、いつものようにクリスさんのツッコミ《げんこつ》を食らっている。そして、笑っていた理由を話すと、クリスさんとアムールは同時に嫌そうな顔をした。本当に姉妹のような二人だった。

「飯も食ったし、そろそろ行くか！」

リオンを先頭に、俺たちは街へと繰り出した。当初の予定通り、クリスさんは眠るらしいが、昼からは合流するかもしれないとのことだった。一応、シロウマルを置いていこうかと言ったが、シロウマルが俺たちと一緒に行くのを選択したことと、街の人たちにリオンがどこにいたのかを聞いて歩けば問題はないだろうとのことだった。

「それじゃあ、まずはギルドだな。ワイバーンやゴブリンの群れの討伐が済んだ後だから、あまり大きな依頼はないかもしれないな」

「いや、リオン。大きな依頼を受ける暇はないからね。受けたいなら、リオン一人で行くといいよ。その間に僕たちは、街の観光をしているからさ」

「そうだぞ。ここには何度か来ているし、衛兵たちにも私たちがこの街に来ていることは伝わっているからな。いざとなったら、彼らを頼ればいいだけのことだ」

今回ギルドを訪れる目的が、辺境伯家での実績作りということをリオンは忘れていたのかもしれない。即座にカインとアルバートに突っ込まれて、大人しくなっていた。

「確か、ギルドはこっちのはずだよ。行こうか」

静かになったリオンを置いていくかのように、今度はカインが先頭を歩き始めた。さすがに親友同士なだけあって、『シェルハイド』の大まかな地理は知っているようだ。

「ここがこの街の冒険者ギルドだ。朝のうちに通達は出しているから、騒ぎは起こらないはずだ」

「自分の手柄のように言っているが、それは朝にエディリアさんがしたことだろうが。お前がなかなか起きてこなかったせいで、私の方からも伝えてくれと頼まれたから知っているぞ」

リオンにしては手回しがいいなと思ったら、どうもエディリアさんが手配したらしく、アルバートがさらりと暴露していた。

「それじゃあ、エディリアさんに感謝しながら入ろうか？」

俺の言葉で、リオンを除いた全員が笑いながら扉をくぐった。ギルドでは、すでに俺たちが来ることが告知されていたのか、かなりの人数の冒険者たちがいたが、誰も近づいてはこなかった。唯一、俺たちを見て寄ってこようとした中年男性も、リオンが手で制止すると大人しく椅子に座り直している。

「あれがここのギルド長だ。一応、覚えといてくれ」

とリオンに言われて男性の顔を確認したが、正直言って、この街を離れたら忘れる自信がある。それくらい、特徴のない人だった。

とりあえず、周りのことは気にせずに、さっさと予定を済まそうと依頼を貼ってある掲示板の方へ向かうと、それまで掲示板の前でたむろしていた冒険者たちが、揃ってその場からどいた。もしかしたら、ギルド長から何か言われていたのかもしれないが、せっかくなので遠慮せずに依頼を見せてもらうことにした。

「王都と似たような依頼ばっかりか……どれにしようかな？」

「ここに一つだけ、毛色の違いすぎる依頼があるんだけど……」

王都と同じく、薬草や魔物の素材などを納める依頼がいくつかあったので、そのうちのどれかを受けようかと悩んでいたら、他のところを見ていたジャンヌが、呆れたような声で一つの依頼を指差した。

「え～っと……ワイバーンの素材の納品。部位はどこでも良い。丸ごとなら、別途報酬あり……」

依頼人は辺境伯ではなかったが、おそらく辺境伯の関係者だろう。張り出した日付は今日になっており、明らかに俺に合わせた依頼だろう。

「リオン。この名前に心当たりは？」

「ん？　どれどれ……え～っと……これは確か、お袋の実家のお隣さんの名前だな。その家は商家で、色々な種類の品を扱っていたはずだ」

辺境伯の関係者と判断していいか微妙なところだが、報酬が丸ごとなら二〇〇〇万Gとなっているので、かなり割のいい依頼だろう。

「それじゃあ、これを受けるか……というか、俺が受けなかったら、他に受ける人はいないんじゃないか、これ？」

「間違いなく、辺境伯家が絡んでいるだろうな。報酬のいくらかは辺境伯家持ちで、確実にテンマの名前を残す為……といったところだろう」

下手に自分たちで買い取るよりも、第三者を入れた方がいいとの判断かもしれない。特に問題はなさそうなので、このまま受けることにした。

「なあ、テンマ。今度、公爵領に遊びに来た際には、うちにあるギルドにも何か卸してくれないか？」

「あっ！　僕のところもお願いね！」

辺境伯家の思惑を察したアルバートは、少し考えてからそんな提案をしてきた。そして、ちゃっかりカインも便乗しようとしている。

「機会があったらな」

この二人の所に遊びに行ったとしたら、どのみちそこにあるギルドを見に行くと思うので、そのついでに納品の依頼を受けるくらいはいいだろう。


「ワイバーンの依頼ですか！　少々お待ちください！」

依頼票を持って受付に並んだ瞬間、受付嬢が俺の顔を見てすぐに引っ込んでいった。

「まだ、何も言っていないのに……」

「多分、事前にテンマがワイバーンのやつを受けるかもって、通達されていたんだろうね……この隙に、他の依頼とすり替えてみる？」

「いや、さすがにそれは悪趣味すぎるだろう……まあ、リオンが受付をやっているのだったら、それもありだろうが……一般人相手ではかわいそうだ」

カインとアルバートの言葉を聞いたリオンが、「俺ならやるのかよ！」とか言っていたが、二人は、「「当たり前だ！」」と返していた。

そんな三人のやりとりを見ていた、多くの冒険者は声を殺して笑っていたが、何故か憎々しげに三人と俺を睨んでいる者が数名いた。

「テンマ、目を合わせるな。他の皆もだ。理由はあとで話す」

リオンは二人の方を向きながら、小声で忠告してきた。ジャンヌとアウラは、あと少しで目を向けそうになっていたが、アムールが咄嗟に二人の脇腹をつついて注意をそらせていた。まあ、少しばかり力加減を間違えたようで、二人共もかなり痛がっていたが、じいちゃんが咄嗟に「こんな所でふざけるでない！」と叱ったことで、傍目からはじゃれているようにしか見えなかったと思う。

「お待たせしました。もしワイバーンの素材をお持ちでしたら、今ここで出していただけませんでしょうか？」

受付嬢に代わって対応しに来たのは、先ほどリオンにギルド長だと言われた男性だった。

「ギルド長じゃな。ここのギルドには、守秘義務はないのかのう？」

「これは申し訳ありませんでした！　今回の依頼は、当ギルドのお得意様より急ぎだと言われたのですが、ワイバーンを狩ることのできる冒険者がおらず、どうしようかと頭を抱えていたところだったのです。それと恐縮ではありますが、ワイバーンだという証拠を一部だけでも見せてはもらえませんでしょうか？」

「おい！　ギルド長！」

「まあ、いいですけど……一部でいいんですね？」

「はい」

リオンはギルド長を止めようと手を伸ばしていたが、ちょっと気になるところがあったので、言われるままにワイバーンの一部を取り出すことにした。

「ちょっと待ってくださいね……こいつがいいか」

どこの部位を出すのがいいかと少し考え、どうせならインパクトがあるところがいいかと思い出したのは、

「ひぃっ！」

「ぎゃぁあああ！」

狩った中で一番大きなワイバーンの頭部だった。出した瞬間に聞こえた悲鳴は、ジャンヌとアウラが出したものだ。二人はワイバーンと目が合う所にいたらしく、いきなりのことで驚いたみたいだ。

「こいつの頭部以外も、このマジックバッグに入っていますが、ここで出した方がいいですか？」

「いえ、これだけで十分です。ご無礼、平にご容赦ください」

ギルド長は先ほどまでの挑発的な態度から一変し、深々と頭を下げた。その様子に、ギルド長に摑みかかろうとしていたリオンは唖然《あぜん》としていた。

「何か、事情がありそうじゃな。どこか、邪魔が入らない所はないかのう？」

「奥の貴賓室をご用意しております」

そう言ってギルド長は、受付嬢の一人に何かを言付けてから、俺たちをギルドの奥へと案内した。


「さて、リオン。ギルド長の話を聞く前に、さっきの冒険者たちのことを訊きたいんだが？」

「いや、あいつらは……その……」

ギルドの奥にある貴賓室に通された俺は、全員が椅子に座ったのを見計らってリオンに先ほどのことを質問した。リオンはどう答えていいのだろうかといった感じで、なかなか答えてくれなかった。

「先ほどの冒険者たちとは、受付をしている時にテンマ様たちを睨んでいた者たちのことですね？

彼らは、ククリ村の件で処罰された兵士たちの関係者たちです。近しい肉親ではありませんが、遠

「おい！」

「リオン様、別にかまわないでしょう。あの件については、完全に辺境伯家に責任があります。辺境伯家は、その実行犯とも言える者たちに対して責任を持って処罰したに過ぎません。それについて辺境伯家を恨むのならともかく、被害者であるテンマ様を恨むのは筋違いというものです。仮にそのことで、あの者たちがテンマ様に危害を加えようとするのならば、私はシェルハイドの冒険者ギルドの長として、あの者たちの首を切ります。比喩ではなく、言葉の通りの意味で」

なのに、あっさりと冒険者を切り捨てると発言したギルド長に、リオンは一瞬だけ驚いた顔をして立ち上がったが、すぐに椅子に座り直した。

「お忘れですか、リオン様？　あの者たちの親戚や親友のせいで、このギルドは経営破綻寸前まで行ったのですよ？　正直、立て直せたのが不思議なくらいです。それなのにもう一度、このギルドを破綻の道に進ませようとするのならば、事前に手を打つのは当然のことです」

その考え方は、トップとしては当たり前のことだろう。このギルド長は、別に俺に味方をしているのではなく、このギルドにとっていい結果となる方を選ぶだけというだけのことだ。

「それで、あそこでワイバーンの一部を出させたのは、あの場にいた他の冒険者たちに宣伝する必要があったから、というわけですか。もしかして、俺が頭部を出すと予想していましたか？」

「ええ。翼や胴体の可能性もありましたが、出しやすさや見た目を考えたら、ほぼ頭部しかないと思っていました。あの場でワイバーンの頭部を見た者は、他のギルドに行った時に、色々な所で話をするでしょう。私たちが宣伝するよりも、第三者から聞いた方が信憑性は増しますから」

「この依頼の、本当の依頼主の狙いと一緒ですね」

「ですね」

このギルド長は、冒険者というよりも商人寄りの考え方をするようだ。

「一応言っときますけど、こちらのギルドを利用することは、ほとんどないと思いますよ？」

「それでも、テンマ様の『一回』と、奴らの『これまでとこれからの達成回数』では、価値が比べものになりません」

自分の所の冒険者に、そこまで言うのはどうかとも思うが、俺としてはそれくらいの方がわかりやすいし、後腐れもなさそうなのでありがたいとは思う。まあ、何度も利用したくはないが。

「では、話が終わったところで、これが今回の報酬となります。達成金の二〇〇〇万Gと、その他の部位の納品で一八〇〇万Gの、合計二〇〇〇〇万Gとなっております。お確かめください」

ギルド長は、報酬を入れた袋を二つ持ってこさせ、説明しながら俺の前に置いた。

「相場より、かなり高額ですね」

「宣伝の利用代も含まれておりますので」

その答えに納得した俺は、枚数を数えることなくマジックバッグに入れると、ギルド長は一瞬感心したような声を漏らした。

「ねえ、テンマ。テンマの『一回』と、あの人たちの『今後の達成回数』はどう違うの？　それに宣伝の利用代って？」

ギルド長に見送られて外に出て少し離れると、すぐにジャンヌがそんなことを訊いてきた。

「多分、俺の一回は、『辺境伯家と和解した』と他の冒険者に思わせることで、彼らの『これまでとこれからの達成回数』は、今後俺と和解した辺境伯領に、昔いた冒険者たちが戻ってくる可能性に関係しているんだと思う。もし彼らが今後、俺と和解した辺境伯家に不満を持って辺境伯領から離れたとしても、ベテランが戻ってくれれば問題ないと考えているんじゃないかな？　多分、事前に俺が来ることを昔馴染みなんかに流すくらいのことは、すでにやっていると思う。宣伝の利用代は、その時に俺の名前を出したことや、辺境伯領で依頼を受けてワイバーンを丸々納めたと、他のギルドに伝えるつもりのことだと思う」

「まあ、そうじゃろうな。それと、『辺境伯家やギルドにとって、多少都合のいいような情報になるかもしれないが、目をつぶってくれ』もあるじゃろう」

「何か、ちゃっかりしているというか……冒険者ギルドのギルド長っていうより、商人みたい」

「抜け目ないですね」

「うむ！」

俺とじいちゃんの話を聞いて、ジャンヌも大体俺と同じような感想を抱いたようだが、アウラとアムールは適当に言っているだけだと思う。何故なら、二人の手にはいつの間にか串焼きが握られており、口元には串焼きの油がついていたからだ。

おそらく、ギルドの近くに出ていた屋台で購入したものだと思われるが、ギルドから出てすぐに買い求め、何事もなかったかのように食べている二人も、十分抜け目がないと思う。

「それじゃあ、わしはそろそろ別行動をするかのう」

じいちゃんは予定通り、冒険者ギルドの後は別行動をするそうだ。

「わかった。ちゃんと夕食時には戻ってきてね」

「うむ。テンマの方も、ジャンヌたちを連れて変な店に行かぬようにの」

「私は別に行ってもいい」

アムールが何か言ったみたいだが聞こえなかったふりをして、余計なことを言ったじいちゃんを睨んだ。じいちゃんは俺に睨まれても気にせず、笑いながらフラフラと周囲の店先を覗きながら離れていった。

「それじゃあ、行こう。適当に、リオンおすすめの店に連れていってくれ……リオンの好きな、『大人の店』以外でな」

「いや、そんなとこに連れていかねぇって」

「そうだよ、テンマ。シェルハイドでそんな店に行っていたら、エディリアさんの耳に入るじゃないか。いくら頭の出来に不安たっぷりのリオンでも、さすがにそこまでじゃない……はずだよ？」

大丈夫だよね、リオン？」

「いくら俺でも、そこまで馬鹿じゃねぇって！」

「まあ、リオンの主戦場は王都だからな。さて、まずは大通りをぶらついて、気になった店で食事をするというのでどうだろうか？」

その提案に賛成した俺たち（リオンとカインを除く）は、提案者のアルバートの先導で大通りを歩き出した。カインにペースを乱されたリオンは、「俺の地元なのに……」などと呟いていたが、アルバートの提案を上回るものを出せなかったので、大人しく後ろをついてきた。

『シェルハイド』は辺境伯領で一番大きな街ということだが、賑わいはグンジョー市と同じか少し上といった感じだった。まあ、それでもリオンに言わせると、ククリ村の事件の後と比べてだいぶ賑やかになったということだが、それでも最盛期の半分くらいなのだそうだ。

「テンマのワイバーンで、どれだけ賑わいを戻せるかだな。せめて、昔いた腕利きの冒険者が半分……いや、三分の一でも戻ってきてくれれば、領内の依頼がだいぶ楽になるんだけどな」

今現在、ハウスト辺境伯領で難易度の高い依頼や仕事を冒険者に回そうとしても、その難易度に合う冒険者の数が足らず、王都や他の所で活躍している冒険者に依頼を出さなければいけないことが多いそうだ。

「今回の俺のようにか？」

「そうだ。まあ、ワイバーンの群れが相手というのは稀なことだが、街の近くに単体でとか、ペアで現れたとかいうのは年に数回はあるからな。そのたびに軍を出すわけにもいかないし、かといって放置するわけにもいかない。だから、その時に対応できる冒険者が必要なんだが……」

「毎回都合よく、その状況に対応できる冒険者が空いているとは限らない……というわけか」

「ああ。だから、以前辺境伯領で活動していて地理に詳しく、後進の指導もできるようなベテランに戻ってきてほしいんだ。まあ、そこまで都合良くはいかないだろうから、せめてワイバーン相手に、数人で対応できるくらいの冒険者が増えてほしいところだな」

「冒険者は基本的に自由だから、一度離れるとなかなか戻ってくれないかもな。かくいう俺も、正式ではなかったにしろ、ハウスト辺境伯領（ククリ村）からサンガ公爵領（グンジョー市）に移って、今は主に王都周辺やセイゲンで活動しているしな」

辺境伯領から移動した冒険者の中には、昔を懐かしんで戻ってくる者もいるだろうが、よそに移ってその場所で根付き、その周辺から移動できない者もいるだろう。

「そうなると、以前いた冒険者に戻ってきてもらうよりも、新規の冒険者を呼んで根付かせた方が早いかもな」

「でも、辺境伯領が欲しいくらいの腕利きは、当然よそも手放したくないだろうし、難しい問題だよね」

俺とリオンの会話に、アルバートとカインも加わってきた。二人もいずれは実家の領地を経営しなければならないし、将来はリオンと同じ悩みを持つことになるかもしれないので、他人事ではいられないのだろう。

「いっそ辺境伯領全体で、冒険者優遇策をやってみたらどうだ？　辺境伯領で活動するのなら、一定の期間の税金を免除するとか？」

「それだと、その期間が終われば出ていくんじゃないか？」

「そこは辺境伯領に来れば、拠点となる建物を格安で貸出したり販売する……とか言って、居着きやすくしたりしてさ」

「う〜ん……まあ、一度親父に進言してみるか」

今リオンに言った話は素人の思いつきなので、そう簡単に上手くいくとは思えない。リオンもそう思っているから歯切れが悪いのだろうが、言うだけならタダであり、最終的に判断するのは辺境伯なので、言うだけは言ってみるという感じだった。

「テンマ、リオン様。お話中、申し訳ないのだけど……皆は好き勝手に動いているわよ」

「「は？」」

ジャンヌの言葉で振り返ってみると、いつの間にか俺とリオンとジャンヌ以外は、それぞれ好きに動いていた。

「あいつらまで……」

まあ、話し込んでいた俺たちが悪い。もう昼時だし、そろそろ飯にしようか。

「お～い、アムール、アウラ。そんなに食べていると、せっかくリオンが奢《おご》ってくれるって言っているのに、腹に入らなくなるぞ！」

「ちょい、待て！」

「大丈夫！　まだ、腹一分目！」

「私も、まだまだ行けます！」

「私はいつでも行けるぞ！」

「僕のお腹も、すでに準備できてるよ！」

アムールとアウラの気合に、アルバートとカインも乗っかってきた。そんな四人にリオンが反抗していると、

「それでは仕方がない、代わりに私が奢るとしよう」

「あっ！　僕も出すよ」

「よっ！　太っ腹！　イケメン！」

「さすが、次期公爵様に侯爵様！　器が違う！」

四人で何かやり始めた。アルバートとカインは若干棒読みだし、アムールとアウラは、時折リオ

ンをチラ見しながら、大げさに二人を褒めていた。さすがのリオンでも、こんな小芝居に引っかかりはしないだろうと思っていると、

「わかったよ！　俺が払うよ！」

と、思い切り引っかかった。そして、次の瞬間、

「「「「ゴチになります！」」」」

と、四人揃って頭を下げていた。

完全にはめられた形のリオンだったが、一度口に出してしまった以上引っ込みがつかないのか、財布の位置と厚みを確かめ、肩を落としながら歩き始めた。


「ふぅ……満足！」

「全体的に安めの値段だったけど、味は良かったね」

「まあ、物価が安いのも関係しているのだろうが、それでも手間賃を考えればかなり頑張っているようだな」

「これだけいると、色々な種類が頼めるから楽しいですね！　ねっ！　ジャンヌ！」

「アウラは、もう少し遠慮した方がいいわよ……今回の話がアイナの耳に入りでもしたら、一体どうなることやら」

「うぐっ！」

大満足と言ったアムールを先頭に、それぞれ店の感想などを話しながら、また大通りを歩き出した。五人は食後のデザートのつもりなのか、先ほどから果物や甘味を売っている屋台を覗いては、

何度か買い食いしていた。

「遠慮なく食いやがって……」

「ごちそうさん」

先頭集団が満足しながら歩いているのとは反対に、リオンは薄っぺらになった財布を握り締めながら、愚痴をこぼしていた。

食堂に入るまでそこそこの厚さがあった財布は、支払い後にはほぼ財布自身の厚みしか残っていなかった。今のリオンには、屋台でちょっとした甘いものを……ということすらできないようで、アルバートとカインを睨んでいる。

「それはそうと、リオン。気がついているか?」

「何にだ?」

先ほどから俺たちの後をつけてきている者たちがいるので、リオンが気がついているのか訊いてみたが、全く気がついていないようだ。

「さっき食堂を出たあたりから、俺たちの後をつけてきている奴らがいるぞ。まあ、後をついてきているだけだから、大した問題はないが……かなりの手練《てだれ》のようだ」

「まじか！　いてっ！」

リオンが慌てて周囲を見回そうとしたので、相手に気がつかれないように、肘打ちでやめさせた。

「相手に気がつかれるだろうが……リオンは、このまま皆と合流してくれ。俺は少し先にある脇道に入って、何とか相手の後ろを取ってみる。誰かつけてきていることは、皆には内緒だぞ」

これがアルバートやカインなら、「何で内緒に？」とか言いそうだが、リオンはそこまで考えることなく頷き、皆のいる方へと歩き出した。

俺は、目的の脇道のところでリオンを追い抜くふりをして、リオンの体に隠れて脇道に入った。そして、すぐに屋根の上を移動して、後をつけてきていた者たちの後ろに回った。そして、

「動くな。怪しい動きをしたり、こちらを向こうとしたら、その首を落とす」

と脅しながら、二人の首筋に、屋根の上で拾った木の棒を添えた。しかし、

「そちらこそ、動かないでほしいですな」

さらに俺の後ろから一人の男性が現れて、俺に刀を向けた。

「その刀が届く前に、俺はこの二人の首を確実に落とせますが……どうしますか？」

しばらくの間、その状態で動きを止めていると、

「それでは、降参しますぞ。でも、さすがにその得物では、二人同時に首は落とせませんぞ」

と言って、男性は刀を放り捨てて両手を挙げた。それに対して俺は、

「ですね。できて、ラ・ニ・タ・ンの首だけでしょう」

と返して、棒を捨てた。

「だから、ラニ・タンタンですって！　テンマ様までふざけないでください！　っていうか、私だと気がついていないのかと思って、本当に怖かったんですから！」

俺たちの後をつけていたのは、狸の獣人であるラニさんと、同じく狸の獣人の男性と女性だった。

「レニなんて驚きすぎて、さっきからずっと固まってますよ。親父も、いつの間にかいなくなっているし」

「それは、二人が未熟なだけだぞ。私は事前に、テンマ様がこちらに向かいそうだと察知して、

こっそりと逃げ出したからな」

　確かに、いつの間にかいなくなっていたのには驚いたが、近くにはいるだろうと思って、親父と呼ばれた男性のことはあえて無視していた。ラニさんとレニと呼ばれた女性は、俺の接近と男性の離脱に気がついていなかったせいで、背後を取られてひどく驚いたようだ。

「第一、南部でも腕利きの密偵と言われているのにあぐらをかいて、尾行中なのに周囲に気を配っていなかったお前が悪い。お前の怠慢のせいで、かわいそうなことにレニまで犠牲になって……ところで、レニは死んでいないよな？」

　あまりに動きがないので、男性が女性の頬をつついて確かめていた。確かレニといえば、ラニさんより腕の立つ妹の名前だったはずだ……が、本当にラニさんより腕利きなのか、今のところ疑問しかない。

「はっ！　驚きすぎて、心臓が止まったかと思いました……」

　男性がつついているうちに、レニさんは意識を取り戻したようで、男性とラニさん、そして俺を見て、何が起こったのか理解したようだ。

「兄さん、気をつけてくださいよ。私はそういうことが苦手なんだから、兄さんが気を配ってくれないと！　テンマさん……でいいですよね？　テンマさんも、か弱い女性を驚かさないでください！」

　と俺とラニさんに抗議していた。

　そのまま互いに自己紹介をしたところ、レニさんは以前アムールが言っていたラニさんの妹で間違いなく、男性は二人の父親のドニさんとのことだった。

「遠慮なく、『ドニタン』と呼んでいいですぞ！」

「私も、『レニタン』でいいですよ」

この二人はラニさんとは違い、アムールが付けたというあだ名を気に入っているみたいだった。

「それで、三人は何で俺たちの後をつけていたんですか？」

「そのことですが、私たちが後をつけていたのは、お嬢様なのです。まあ、お嬢様は皆さんと一緒に行動していたので、皆さんの後をつけていたのは間違いないですけど」

レニさんの説明によると、元々ハウスト辺境伯領に来たのは、アムールが辺境伯領に行くという情報を、ハナさんがある筋より入手したので、辺境伯領の情報を入手してくるついでに、アムールの様子を見てこいとの命令があったからだそうだ。

「まあ、父さんと兄さんは情報収集が主な任務ですけど、私はちょっと違いまして……」

普段レニさんは、こういったよその領地の情報収集には加わらないそうなのだが、ハナさんにアムール関係で頼まれごとがあったので、二人についてきたそうだ。

「とりあえず、アムールたちと合流しましょうか？　別に、問題はないんですよね？」

「テンマ様にバレてしまいましたし、すでにお嬢様に関して欲しい情報は得られたので、問題はないですぞ！」

と、ドニさんの了解を得られたので、四人揃ってかなり先へと進んでいるアムールたちの所へと向かった。なお、ドニさんの口調は、家族以外に使う時にはこれが普通なのだそうで、家族だけだともう少ししっかりとした口調なのだそうだ。

「おっ、じょうっ、様〜！」

「む……レニタン！」

レニさんはアムールを視界に捉えると、一目散に駆け出した。アムールもレニさんを確認すると、駆け寄っている。そして抱きついた。

「お嬢様、しばらく見ない間に……ブサイクになりましたね」

「!!!」

さらりと毒を吐いたレニさんに、驚くアムール。二人を見ていた俺たちも、いきなり毒を吐いたレニさんに驚いていた。

「お嬢様……ハナ様から色々と聞いて、とても信じられなかったのですが、今のお嬢様をこの目で直接見て、それは真実だったと理解しました」

レニさんの言葉を聞いて、何を言っているのかわかっていない感じのアムール。それは、一緒に行動していたドニさんやラニさん、そして、俺たちにもわからなかった。

「いや、レニ。お嬢様は、昔と変わっていないと思うのだが？」

「外見に変化がないのは仕方がありません。成長は個人差がありますから。でも、内面はとてもブサイクになりました！　昔はこんなんじゃなかったのに！」

ラニさんの発言をレニさんは一蹴し、両手でアムールの顔を挟んだ。

「小さな頃のお嬢様は、それはそれは素直で愛らしい、とてもいい子だったのに……こんなにガツガツ、ガツガツと、異性にも食べ物にもがっつくようになってしまって……」

「レニひゃん、いひゃい……」

そしてレニさんは、涙を流しながらアムールの頬を引っ張り始めた。レニさんの引っ張る力はかなり強いようで、アムールは半泣きになりながら頬から指を外そうとしている。しかし、外せる様子は全くなく、それどころか逆に力が強くなっているようで、徐々にアムールの体が浮きかけてきた。

「そこまで！」

そろそろ、アムールの頬が本気でヤバイという時、ドニさんがレニさんの目の前で手を叩き、レニさんを正気に戻した。

「レニ、やりすぎだぞ。アムール様、申し訳ない」

ドニさんがアムールに謝罪した瞬間、レニさんの視線が一瞬だけアムールから外れ、ドニさんへと向かった。そしてその隙を逃すまいと、アムールは脱兎《だっと》のごとく俺の方へと逃げ出そうとしたが、

「お嬢様。まだ話は終わっていません！」

「ふぎゅっ！」

レニさんに服を摑まれて、変な声を出して捕獲された。

アムールは、それでも助けを求めて俺たちを見ていたが、何となくレニさんが怖かった俺たちは、揃って視線をそらしてしまった。それは、先ほど止めに入ったドニさんと、一蹴されたラニさんも同じだった。

アムールに味方はいない。そう思われた時、忘れられていたあの人がやってきた。

「ああ、ここにいたのね。なかなか見つからなかったから、入れ違いに戻ったのかと思ったわよ」

現れたのはクリスさんだ。クリスさんは十分な睡眠がとれたのか、朝より格段に元気だった。

「クリス、ヘルプ！」

「え～っと……今、どういった状況？」

見知らぬ人が三人増え、そのうちの一人にアムールが捕まっているが、俺たちが誰一人として助けに入ろうとしていないのを見て、まずは状況把握に努めようとするクリスさん。

そこで、俺が代表して説明をすると、

「ふ～ん……あなたがレニね。話はハナさんから聞いているわ」

「そういうあなたがクリスですね。私も、ハナ様より話は聞いています」

二人は、互いに存在だけは知っていたようで、しばし睨み合っていた。その状況を見て、アムールは助かるかもと期待しているような目でクリスさんを見ていた。そして、

「よろしく！」

「頑張りましょう！」

二人はガッチリと握手を交わした。

その様子に、思わずズッコケそうになる俺たち。それはドニさんとラニさんも同じようで、何が起こったのかわからないといった顔をしていた。唯一アムールだけは、二人が握手をした瞬間に敵が増えたことに気がつき、再びレニさんから逃げ出そうともがいていた。

「アムール、暴れない！」

「お嬢様。危ないですから、大人しくしていてください」

レニさんに加えて、クリスさんまでもがアムールの腕を取って動きを封じ、そのまま二人に連れられてどこかへと移動させられ始めた。

「ちょっと、クリスさん。アムールをどこに連れていくの？」

「そういえば、どこに行くのかしら？」

「お嬢様は、このまま私が泊まっている宿へと連れていこうと思います。そこで、淑女としての再教育を施そうかと」

　クリスさんはノリで歩き出しただけのようで、俺の質問にはレニさんが答えていた。

「ではお嬢様はしばらくの間、私の方で預からせていただきます。お嬢様も、もし逃げ出したりしたら、南部へ強制的に連行しますので、変なことは考えませんように」

　と言って、レニさんは一通の手紙を取り出してアムールの目の前に広げた。その手紙を読んだアムールは一切の抵抗をやめ、レニさんとクリスさんに手を離されても逃げ出そうとはしなかった。

　何が書かれているのか気になった俺は、アムールとレニさんに許可を取ってその手紙を読んでみた。アムールを諦めさせたそれは、簡単に言えば『子爵家当主《ハナさん》の命令書』だった。内容的には、『レニさんに淑女のあり方を教えてもらえ』であり、もし逃げ出したり拒否したりするなら、強制的に南部に送還する。迎えには、ブランカをはじめとする、南部の上位者を同時に差し向ける……といったものだった。ブランカだけでなく、他の上位者も出すと書いてあるあたり、ハナさんの本気が伝わってくる手紙だった。

　さすがに上位者総出で来られては、どうすることもできないと観念したのだろう。アムールは大人しく、レニさんとクリスさんにドナドナされていった。

「アムールのことは南部の子爵家の問題なので、俺が口を出すことではありませんが……そもそも、情報収集に来たのに、辺境伯家の次期当主《リオン》の前に出てきてもいいんですか？」

「別に問題はありませんぞ。悪さを企んでいるわけではないですし、やましいところはありませんから！　まあ、情報収集のついでに、少しは稼いで帰ろうかとは思っていましたが……やりすぎなければ大丈夫ですぞ！　多分」

『シェルハイド』で情報を集めた後、ドニさんとラニさんの二人は国境線近くの砦《とりで》に向かって、そこでちょっとした商売をするつもりなのだそうだ。

「ですので、できれば辺境伯家の方に許可をもらいたいので、こうして現れたのですぞ！」

リオンの前に現れたのも、そういった考えがあったからだそうだ。つまり、リオンから簡単に許可をもらえると思っているらしい。

「まあ、リオンだったら、『テンマとアムールの知り合い』って聞けば、話くらいはできそうだからね」

「そして少しおだてれば、簡単に許可くらいなら出しそうだからな」

カインとアルバートの言う通り、リオンなら簡単に許可を出すかもしれない。

商売に問題がなければ、砦で副団長にでも申請すれば許可はもらえるだろうが、どうせなら辺境伯家に直接もらった方が、他の商売敵《がたき》に差をつけることができるので、価値は確実に上だろう。

「まあ、駄目で元々といった感じですけどね」

とラニさんは言っているが、十分に勝算があると思っていそうだ。

「まあ、テンマとアムールの知り合いなら、話は聞きたいところだが……そんな話を聞いた以上、この件は親父に持っていくぞ」

とリオンは言ったが、二人にしてみればそれで十分すぎるだろう。

そしてリオンはドニさんたちが泊まっている宿を訊き、辺境伯の返事を聞き次第、家中の誰かに知らせに行かせると約束をした。

リオンから少し離れた所では、

「そこは、あの二人が何の商売をするつもりなのかを先に訊いて、それから辺境伯様に知らせた方が良かっただろうな」

「だよね。あれだと、二度手間三度手間になりそうだよね……面白そうだから言わないけど」

と、アルバートとカインがダメ出しをしていた。


「やっぱり、怒られたな」

「予想通りすぎて、逆につまらなかったね」

アルバートとカインの言う通り、リオンはドニさんとラニさんの対応で、エディリアさんに叱られた。声を荒らげてとか、嫌味を言われてではなかったが、淡々と悪かった点を指摘され、それをどうすれば良かったのかを考えさせられて、一つ一つ答えさせられたのだった。なお、その間の辺境伯は完全に空気であった。リオンが言うには、面識のないドニさんとラニさんに会う必要が出てきたのが、とても憂鬱だったのだろう、とのことだった。

「たっだいま～！」

クリスさんは夕食前に、辺境伯の屋敷に一人で帰ってきた。アムールはシェルハイドにいる間、レニさんが付きっきりで教育するとのことで、クリスさんは夜に屋敷に戻り、朝になってレニさんと合流するということになったそうだ。

「いや～、レニの話が結構面白かったのよ。何でもレニは、ナナオで一番のモテ女なんですって」

レニさんはナナオで一番モテる女性だと、アムールから聞いたそうだ。その経験話を、レニさんはアムールの参考にという形で話していたらしいが、クリスさんにとっても面白くて色々と為になったそうだ。

「それを実践すれば、姐さんもモテモテっすね！」

いつものようにリオンがクリスさんを茶化したが、いつものようにクリスさんの拳がうなることはなかった。意外な展開に俺たちは驚いたが、中でもアルバートとカインの驚きはすごかった。

「全く、リオンはいつまで経っても学生気分が抜けないんだから」

アムールと一緒にレニさんの話を聞いたことで、クリスさんの中で何か思うところがあったのだろう。今回のアムールの件は、クリスさんにも効果が出てきているのかもしれない。まあ、まだ始まったばかりなので、拳が固く握られているのは仕方がないだろうが……この調子だったら、クリスさんに彼氏ができるのは、そう遠くないだろう。

ジャンヌとアウラはレニさんの話の内容が気になるのか、クリスさんに色々と質問していた。

そんな様子を見ながら、

「なあ、テンマ。姐さん、何か悪いもんでも食ったのかな？」

と、本気で心配している奴がいた。リオンは、クリスさんの半分でもいいから成長した方がいいだろう。視界の端に見えるアルバートとカインも、リオンのその言葉には呆れ顔だった。

その夜、昨日みたいに夜遅くまで大富豪大会でもするのかと思っていたら、女性三人が揃って不参加を決めた。その理由は、『お肌に悪いから』だそうだ。

「年頃の娘が、ようやく気にするようになったか……といった感じじゃな。『八切り』からの上がりじゃ！」

「さすがはマーリン様……それじゃあ、僕は『革命』で上がり、っと！」

「んげっ！」

「カインは、さっきからリオンを狙い撃ちだな……はいよ、上がり」

「それで、私が貧民で上がりか……リオンは、これで一〇連敗だな」

女性陣がいないので、今日は交代なしでやっているのだが、相変わらず、じいちゃんが大富豪の座を独占しているし、リオンは大貧民の座を独占していた。まあ、じいちゃんは運の良さと読みの強さでその座を死守しているのだが、リオンは自身の運のなさと読み間違えに加え、カインの妨害によって大貧民から這い上がることができずにいた。

「あ～くそっ！　あそこでカインが邪魔さえしなければ……」

「妨害したのは確かだけど、してない時でも負けてるからね。しかも、してない時の負けの方が多いから」

「あ～……今日は何だか、調子が悪いぜ」

「いつものことだろ」

リオンの言い訳は、全てカインとアルバートに突っ込まれていた。

「ちょっと休憩しようや……そういえばテンマ、今後の予定はどうなっているんだ？」

リオンはそんな二人のツッコミを無視し、違う話で時間を稼ごうとしていた。まあ、いくら時間を稼いでも、再開する時はリオンの大貧民でスタートするわけなのだが。

「今後か……せっかくハウスト辺境伯領に来たから、この機会にククリ村に行こうかと思ってる」

「ぬぅ……大丈夫なのか？」

俺の言葉に真っ先に反応したのは、じいちゃんだった。これまでマークおじさんたちといても、ククリ村の話題はほとんどしなかったから、俺が言い出したことに驚くのは当然だろう。

「ククリ村には、もう一度行かないといけないと思いながらも、遠いからとか、怖いからとか理由をつけて行かなかったからな。今回を逃したら、また何やかんやと理由をつけて、行かない気がするしな」

「テンマがそれでいいなら、わしは何も言わぬが……途中でダメだと思ったら、無理せずに引き返してもいいからのう」

じいちゃんの言葉に、アルバートとカインも頷いていたのだが……ここでも空気の読めない男が、存在感を発揮した。

「ククリ村は辺境伯領の中でも端の方になるから、『シェルハイド』からはかなり遠いぞ。まあ、それでも王都からよりは近いけどな。もし途中で引き返しても、大丈夫な時に王都から行けばいいさ！」

リオンが言い終わった瞬間、アルバートとカインが即座に動き出し、

「「そういう問題じゃない！　空気読め、この馬鹿！」」

と殴っていた。ちなみに、アルバートは脇腹を、カインは鳩尾《みずおち》をほぼ同時に殴って、リオンを悶《もん》

絶《ぜっ》させていた。

「さすがに今のは、わしも少しイラッときたのう……」

とか言って、じいちゃんまで動き出した。

「マーリン様、やってください！」

「お好きな所をどうぞ！」

じいちゃんが立ち上がると同時に、二人は両脇からリオンの腕を取って動きを封じた。

「ちょ、まっ、すんま……うごっ！」

「さすがに拳はかわいそうじゃから、これでかんべんするかのう……安心せい、峰打ちじゃ」

じいちゃんの攻撃方法は、デコピンだった。何が峰打ちかわからないがその威力は半端なものではなく、リオンの頭は勢いよく後ろにのけぞり、軽い脳震盪《のうしんとう》でも起こしたのか意識が飛びかけていた。

「何の音！」

騒ぎの音はクリスさんたちの部屋まで届いたらしく、三人揃って慌ててやってきた。

「クリス、廊下をドタバタと走るでない。昨日までのクリスに戻っておるぞ」

「あははは……って、それよりも、先ほどの音は何ですか？　まるで、ムチで何かを打ったような音でしたけど？」

「別に大したことではないですよ。いつも通りにリオンが馬鹿を言って、マーリン様に折檻されただけです」

「まあ、『マーリン様が』というのはいつも通りではないですが、あれは仕方がありません。むしろ、あのくらいで済んだことに、リオンは感謝しないといけないですね」

カインとアルバートの説明を聞いて、半分納得したクリスさんだったが、さすがにもう半分のじいちゃんによる折檻の意味がわからなかったそうだ。

「いや、今後の予定をリオンが訊いてきたので、ククリ村に墓参りに行こうかと話したんですけど……そこで、リオンが空気を読まなかっただけです」

この説明で大体のことがわかったのか、クリスさんはそれ以上のことは訊かなかった。ただ、何故、ククリ村を目指すのかだけは言わないといけないと思ったので、そのまま話を聞いてもらうことにした。

「そういうことだったの……私は、ククリ村に向かうこと自体は賛成よ。ただ、無理にでも行かないといけないという使命感だけで決めたのなら、今じゃなくてもいいと思うわ」

「大丈夫です。色々と考えた上で決めたことですから」

「それなら、私は何も言わないわ」

クリスさんとの話はそこで終わったが、ジャンヌとアウラはイマイチ事情がわかっていないようだった。まあ、万が一反対したとしても二人を辺境伯家に置いていくことはできないので、どうあっても連れていくしかないのだ。

「テンマの決めたことに反対はできないし、ここに置いていかれても困るから、そのククリ村？　に行くのはいいのだけど……今その村はどうなっているの？」

「あの事件の後、村は人が住める状態じゃなくなったらしく、今は廃村になっているらしい」

「では、ククリ村には日帰りで行くんですか？」

「いや、できたら何泊かしたいと思っている。廃村になってどうなっているかは知らないけれど、墓参りの後は、掃除と簡単な整備をしたいからな」

簡易的ながら父さんと母さんの墓があると聞いているので、周囲を綺麗にして、墓があるとすぐにわかるくらいには整備しておきたいのだ。

「そういうわけだから、アルバートたちは別にそこまで一緒しなくてもいいぞ。ククリ村からの帰りにも、何か所か寄り道すると思うし」

ククリ村まで行くとかなり遠回りになり、そこからさらに寄り道するとなると、王都に帰るのは月単位で延びることも考えられる。その為、三人とはここで別れようと思ったのだが、三人は頷かなかった。

「ククリ村から王都までの帰りで寄り道するとなると、その中にはグンジョー市も含まれているのだろう？　だったら、私としては視察も兼ねて、プリメラに会いに行きたいと思う。もし寄らないのだとしても、途中まではご一緒したい」

「僕もだね。サモンス侯爵家の領地は、さすがにルートが外れすぎているから無理だけど、ここまで来たら久々にサンガ公爵家の領地も訪ねたいしね。今でさえ他の領地に遊びに行く機会がないのに、今後はさらにその機会が減るだろうし」

「俺の方は、すでに目的を達成している状況だしな。あとは自由にしていいはずだ。それに、ここでテンマと別れたら他の貴族から、『辺境伯家の利益の為だけに、テンマを利用した』とか言われそうだしな」

といった感じで、三人もついてくることに決まった。クリスさんは近衛隊の仕事の関係上、これ

以上は無理だと思ったのだが、

「ついていくに決まってるじゃない！　今回の私は、『仕事でテンマ君についてきている』のよ。テンマ君が旅行の延長をするのなら、自動的に私の任務も延長になるわ！」

　完全に旅行と言っているが、辺境伯家の依頼が終わったのでこの先は旅行と言っても間違いではない。まあ、クリスさんの理屈が通用するかは不明だが、ここで王都に一人で戻ったとしても、それはそれで問題になりそうなので、怒られたとしても、『その時点での判断は正しかった』と主張することはできそうだ。

「じゃあ、そういうことで。とりあえず、細かいところは未定だけど、大まかには、ククリ村に行って、ラッセル市を通って、グンジョー市に寄る……といった感じで考えている。まあ、大体俺が王都まで通った道だな」

　正確に言えば、ラッセル市を通ってグンジョー市に行ったわけではないが、ククリ村からグンジョー市の途中にある都市なので、しっかりとした休息をとるのにちょうどいいのだ。

「ふむ、その辺りの地理ならば、辺境伯家よりわしの方が詳しいかもしれんの」

「なら、途中までは俺が案内して、ククリ村の近くになったら、マーリン様に替わるのがいいですかね？」

　リオンの案内とは、辺境伯家所有の地図を使ってのものだろうが、先ほどの失態を取り戻そうと考えているのか、張り切ってアピールをしている。

「それがいいかもしれんのう」

「ですね。私もククリ村へは、ラッセル市を経由して行ったことがありますけど、あの時はクライフさんが御者をして、私は護衛に回っていましたから……オークの奇襲を受けましたけど」

「オークキングの率いる群れでしたしね。しかもオークにしては、かなり頭の良さそうな」

自嘲気味に言うクリスさんを軽い気持ちで援護すると、クリスさんは、

「そうなのよ！　オークにしては、めちゃくちゃ知恵が回る奴だったのよね！　しかも、あの時の責任者は近衛隊副隊長のジャンさんだったから、下っ端だった私は意見することもできなかったし！」

と、オークキングの評価を高めた上に、さらっとジャンさんの責任だと言い切った。まるで、自分が責任者だったらああはならなかったとでも言いたそうだが、クリスさんは自分の言った意味に気がついていなかった。まあ、この場には、ジャンさんに告げ口しそうなのは俺くらいしかいないので、このまま黙っていてもいいだろう。

ちなみに、何故俺くらいかというと、アルバートたち三人はそんなことを気軽に話せるほどジャンさんと親しくはないし、ジャンヌとアウラは立場上、告げ口することはできない（仮にしたとしたら、アイナが黙ってはいないだろう）。じいちゃんには可能性があるけれど表情を見た限りでは、『鬼のいない間に、少しくらい羽目を外してしまうのは仕方がない』とでも思っていそうだし、一番やりそうなアムールはこの場にいない。よって、一番告げ口しそうなのは、俺くらいというわけだ。

クリスさんは、俺がそんなことを考えているとは気がついていないみたいで、あの時のことを多少誇張して、アルバートたちに話している。

「テンマ……」

皆がクリスさんの話に気を取られている隙に、カインが小さな声で俺の名前を呼び、

「証人になるからね」

と言って、親指を立てていた。それに対して俺は、無言で親指を立てて返した。そしてじいちゃんは、そんな俺たちを呆れた顔で見ていた。だが、注意はしなかった。

「もう、トランプをやる感じでもなくなったし、時間も遅いから寝るとするかの」

「そうっすね！」

じいちゃんの言葉に、食い気味に賛成したリオン。このまま続けても、大貧民から抜け出せないと思っているのだろう。

「そうですね。じゃあ、中断ということで。次回は、マーリン様の大富豪から始めましょう。そして、大貧民は、当然リオンで」

「いやいやいや！　次回は、当然最初からだろ！　ですよね？」

「わしはどちらでも良いぞ」

「では、二位だったカインに決めてもらおう」

「今回の結果は持ち越しで」

「ちっくしょ————！」

カインの即決により、次回のリオンは大貧民からというのが決定したのだった。そして、この時の叫び声は館中に響き渡り、リオンはクリスさんだけでなく、エディリアさんや屋敷のメイドたちにも怒られていた。

翌日。

「辺境伯様に会えると思うと、緊張しますな！」

「いや、絶対親父の方が、緊張してるから」

ドニさんとラニさんが、辺境伯に商売の件で呼ばれた。

本来ならこういった許可は役所などに書類を提出し、役所が許可を出してもいいのかどうかの判断がつかない時に、辺境伯の所に話が来るのだが、今回はリオンがはっきりと『親父に持っていく』と言ってしまった為、いくつかの手順をすっとばして直接面会することになったのだった。

リオンは朝早くから二人の所を訪ねて事情を話し、屋敷へと案内してきたのだ。リオンが出向いたのは、軽はずみなことをしてしまった罰だ。ちなみに、レニさんはここに来ていない。そして、クリスさんも屋敷にはいない。何故なら二人は、アムールに教育を施すという使命があるからだ。

「それで、何故俺まで？」

「テンマ様には、お嬢様の代理をお願いしたいのです。形だけでも、私たちの身分を証明する者がいた方がいいのですが、お嬢様は今、色々とお忙しいですし……ご迷惑をおかけしますが、どうかお願いします」

忙しいアムールの代わりが、俺ということらしい。

アムール以外でラニさんと面識があるのは、俺とじいちゃんにジャンヌとアウラだが、今回のパーティーのリーダーは俺ということになっているので、そのせいではないかとのことだった。

「まあ、特にすることはないだろうからいいけど……」

そして面会後、

「本当にすることがなかったな。俺、いなくても良かったんじゃないか？」

「そんなことはありませんぞ！　テンマ様がいたから、私たちの話を聞いてもらえたということも考えられますし、何よりもテンマ様が私たち側にいるというのは、辺境伯様にとってはかなりのプレッシャーだったはずですぞ！」

「利用したみたいで申し訳ないですが、確かに助かりました」

ラニさんが言う『助かった』というのは、俺が二人の身分を保証する形で紹介したということは、断ったり無下に扱ったりした場合、俺の面子を潰すということであり、そんなことは俺に負い目のある辺境伯にはできなかったのではないか……という感じらしい。

「そんな一面もあるだろうが、テンマがいなくても親父は二人の話を聞いただろうから、別に気にするようなことじゃないぞ。むしろ、これまで交流のなかった南部と縁ができたんだから、商売の許可を出すくらいどうってことはない……みたいなことを、お袋が言ってた」

エディリアさんの受け売りだと言わなければ、『さすがは腐っても大貴族の後継者！』みたいな感じでドニさんとラニさんの評価が上がったかもしれないのに、あっさりとバラしてしまうところがリオンらしい。まあ、あのまま黙っているよりは、俺としては好感が持てるけどな。

なお、最後のセリフを省いたものをアルバートとカインに聞かせたところ、

「「リオンに、そこまで考える頭があるわけがない！　絶対に、誰かが入れ知恵したはずだ！」」

と声を揃えて言い切った上に、その後すぐに「「リオンから、真相を聞き出す！」」とか言って、リオンを捕まえに行った。

「それで、食べ物を出す商売をすると言っていましたけど、何を出すんですか？」

「それは、『豚汁』ですぞ！」

「何でもテンマ様は、ワイバーンを使った味噌汁を出して喜ばれたとか。ですので、それに似た『豚汁』で勝負しようかと思いまして」

『ワイ汁』が受け入れられたのだから、似たような見た目の『豚汁』も大丈夫だろうし、辺境伯領では『味噌』は珍しい食材なので、真似される可能性も低い。そういった理由から、勝算は高いだろうと判断したそうだ。

「それだけだと、冒険者や労働者には物足りないでしょうから、おにぎりを付けて売るつもりです」

「ああ、それだったら、豚汁にぶち込んでもおいしいし、腹持ちもいいですからね」

俺が何げなく言った言葉を聞いて、一瞬驚いた顔をしたラニさんだったが、すぐにニヤリと笑い、

「さすがテンマ様、よくわかってらっしゃる」

とか言い出した。まるで、俺が悪代官か何かのような言い方だ。

「それに、近くの街で安い野菜を仕入れて、日替わりみたいな感じで具材を変えれば……稼げますね」

「ふっふっふっ……当然ですよ。すでに仲間を近くの街に先行させて、安い食材を大量に仕入れさせています……他の同業者よりも高い値段をつけて」

多少材料費が高くなったとしても、豚汁は水の量である程度かさ増しができるという強みがある。それを考えた上で、商売敵の仕入れルートを断つつもりなのだそうだ。

「できれば、ワイバーンの肉も仕入れたいところなのですが……」

「確実に、予算オーバーになりますよ。それも、儲けが赤字に変わるくらいの」

「ですね。残念ですが、諦めます。最終日の目玉にしたかったのですが、儲けが出ないのであれば意味がありませんし」

仮にワイバーンの肉を相場より安く売ったとしても、ワイ汁を作るだけの量となったら儲けは出ないだろう。俺の時は自分で狩ったワイバーンを使った上に、これも依頼のうちだと割り切っていたので、あんな大盤振る舞いができたというだけの話だ。売りものにするのなら、肉の量をあの時使った量の一〇分の一くらいにして、お椀《わん》一杯で一〇〇G以上は取らないといけないだろう。

王都の屋台で出すならぎりぎり儲けが出るくらいには売れるかもしれないが、物価の安い辺境伯領の冒険者や労働者が相手では、せいぜい給料日の贅沢程度にしか売れることはないと思う。それでは商売にならない。

「まあ、薄利多売を心がけて、豚汁とおにぎりで頑張ります。でも、ワイバーンの味は気になるので、個人的に売ってもらえますか？」

将来、ワイバーンの肉を取り扱った時の為に、その肉の味を知っておきたいので、確実に手に入る今のうちに確かめたいとのことだった。もちろん、友情価格で……

まあ、俺もラニさんからは、いくらか割り引いた値段で物を売ってもらったりしているので、値引きするのは別にいいのだが……その初めての値引きをワイバーンの肉の交渉に持ってくるあたり、さすが行商人という感じだった。

「ところで、ドニさん。ラニさんよりレニさんの方が、諜報員《ちょうほういん》として実力が上だっていうのは本当なんですか？」

ラニさんが国境線の砦での商売のことでリオンと打ち合わせをしている隙に、俺は二人について気になっていたことを、父親であるドニさんに訊いてみることにした。

「それは、ある意味では正しいですぞ」

ドニさんは俺の質問に少し驚きながらも、アムールから聞いた話だと知ると、納得した感じで話し始めた。

「諜報員といっても二人はタイプが違うので、一概にどちらが上だとはっきり言えませぬが、平均では一回の仕事で集める情報の量は、確実にレニの方が多いですな」

ドニさんが言うには、ラニさんの方は俺と初めて会った時のように相手を訪ねて情報を集めたり、サンガ公爵軍に忍び込んだ時みたいに情報を盗む他に、妨害や戦闘行為をするのが得意だそうで、レニさんは相手とは直接会うことはあまりせずに、その周辺から情報を集める（例えば、ターゲットの住んでいる地域の酒場などで働いたりして、関係者から話を聞いたりする）のが得意なのだそうだ。

ラニさんの場合は、重要な情報であることも多いがその分危険も多く、レニさんの方は、玉石混交の情報ばかりではあるが、多角的な情報が集まりやすいとのことだ。

「必要なものでなくても、情報には変わりありませんからな。それにレニの場合、人付き合いが上手いというか、男をおだてるのが上手いというか……集める情報の量が同じ方法で情報を集めている他の者より、桁違いで多いのですぞ。親としては、少々複雑ではありますが……」

そこらへんが、レニさんが『ナナオで一番のモテ女』というのに関係しているのかもしれない。

「あまり、リオンと二人で会わせない方がいいかも……」

「それがいいでしょうな。こう言っては何ですが、リオン様だと丸裸にされてしまうかもしれませんな……辺境伯家の情報的な意味で」

さすがに出来立てホヤホヤの縁を、数日で壊してしまうようなことはしたくないそうだ。それに辺境伯家の情報は欲しくても、やりすぎて敵に回すようなことも避けたいというのもあるらしい。

そういうわけで、俺はアルバートとカインを呼び寄せて、理由を話して協力してもらうことにした。二人も、俺とドニさんの話を聞いてリオンならあり得ると言い、即座に協力を約束してくれた。

「私の方からも、レニには言い聞かせますが……本人にそういったつもりはなくても、自然と仕掛けてしまうかもしれませんからな。まあ、職業病というやつですな」

「リオンの方も、ある意味似たようなものですから」

カインに言わせれば、リオンのうっかりは職業病のようなものらしい。

「まあ、レニさんはアムールにつきっきりだろうから、リオンの方に常に誰かがついていれば問題はないだろう」

といった感じで締めくくった時、ちょうどリオンとラニさんの方も話が終わったみたいだった。

二人の顔を見る限りでは、ラニさんに有利な条件で話はまとまったのだろう。

この後、ドニさんとラニさんを誘って街に繰り出そうかという話になったのだが、二人は商売の準備と打ち合わせもあるらしく、そのまま宿に戻るそうだ。

「それじゃあ、どうするか……ジャンヌとアウラは、マーリン様と出かけているんだろ？」

「ああ、じいちゃんが、『堅苦しいのは嫌じゃ！』とか言って、シロウマルの散歩を兼ねて、二人に何か依頼を受けさせるらしい。何でも、いつもと違う場所で依頼を受けさせるのは、二人にとっていい経験になるし、ランクを上げる際にも、他の所で依頼を受けたというのはプラスになるそうだからな」

俺の場合、グンジョー市とセイゲンに王都に南部といった感じで、いくつかの領地で依頼を受けたのも、Sランクに上がる際に加味されたらしい。ジャンヌとアウラはセイゲンと王都（共に王家の直轄地）くらいなので、この機会にハウスト辺境伯領の実績を作らせるのだそうだ。

「ということは、男だけでの行動となるのか……」

「リオン。わかっているとは思うけど……エッチなお店はなしだからね」

「そういった店は、王都に帰るまでおあずけだからな」

「わかってるって！」

二人の間髪を入れないツッコミに対し、リオンは少々不機嫌になりながら答えていた。ちなみに、アルバートとリオンの二人も、そういった夜の店（キャバクラのような所）には前に何度か行ったことがあるらしいが、ここ数年は全然らしい。その理由として、カインに婚約者ができたことが関係しているそうだ。

アルバートの婚約者であるエルザは、男がそういった所に行くのはしょうがないと考えている上に、遊びで済ませるなら多少のことは許すという考えだそうだが、カインの婚約者はそうではないらしく、カインがそういう所に行くのを気にするタイプなのだそうだ。その為、カインはそういった店に行くことがなくなったらしい。元々カイン自身、あまり興味がなかったというのも関係しているそうだ。

「どちらかというと、僕は気の合う仲間だけで飲みに行く方が好きだからね」

それとなく訊くと、カインはそんな風に答えていた。俺もそんな感じなので、カインの考えに同意した。アルバートはどちらでもいい感じで、リオンは気の合う仲間と女性のいる店に行くのが好きなのだそうだ。

「そういえば、エルザには何度も会っているけど、カインの婚約者とは会ったことがないな」

「そう？　でも、彼女の方は何度かテンマと会ったことがあるらしいよ。会話したことはないそうだけど」

詳しく話を聞くと、確かにそれらしい女性を見かけた記憶があった。名前は知らなかったが、王城の書庫や、王都の図書館で何度か見かけたことがあるので、目が合った時には会釈くらいはしたはずだ。

「さすがに僕の婚約者だからといって、僕のいない所で挨拶するのも変だから声をかけなかった……って言ってたけど、本当は恥ずかしかったからだろうね。彼女、人見知りするから」

「ああ、確かにそんな感じだな。エルザはそんなことを知らずに話しかけて、『怖がらせたかもしれない』とか言って気にしていたからな」

「テンマが気にしないのであれば、今度暇な時にでも紹介するよ。どのみち僕と結婚すれば、テンマとも会う機会が増えるだろうからね」

ということになった。なおこの会話の最中、婚約者どころか恋人すらいないリオンは、一言も喋《しゃべ》らなかった。その顔には、焦りの色が見えている。

「アルバート、カイン。マジで、リオンはレニさんに近づけない方がいいな。それどころか、他の女性にも近づけない方がいいかもしれないぞ。今の状態のリオンは、ちょっとでも好みの女性に優しくされたらイチコロだ。それが、どんなに性格の悪い女性でも」

二人も同じ考えだったらしく真剣な表情で頷き、しばらくの間はリオンに女性を近づけさせないと誓い合った。この時のカインは、それはそれは素晴らしい笑顔を見せていた。

そして数日後、

「お土産良し！　食料良し！　通行証良し！」

ククリ村を目指すということで、予定より少し早く『シェルハイド』を離れることになった。その為、急いでお土産などを買い求め、明日には出発できるように準備を終わらせたところだった。

「テンマ様。ちょうど準備が終わったところですかな？」

お土産などの仕分けを終えてマジックバッグに入れていると、ドニさんが俺を訪ねてやってきた。今『シェルハイド』にいるのはドニさんとレニさんの二人で、ラニさんは国境線の砦の方へと許可証が発行された日に向かっていった。

「ええ、明日には出発しようかと思っています。早めに向かわないと、王都に帰るのがいつになるかわかりませんからね」

「それがいいでしょうな。王都より南の方はあまり心配ありませんが、それでも遅くなりすぎると、雪が降ってくるかもしれませんからな」

現在は、前世で言うところの一〇月あたりだ。このまま順調に目的地を回ったとしても、あと一か月ちょっとはかかるだろう。順調にいったとしても一一月の半ばの気候であり、何かのトラブルや予定外のことがあれば、一二月に突入してしまうかもしれない。

「ライデンだけだと雪は問題ないでしょうが、馬車の方はそうもいきませんからね」

通常のものより、はるかに高性能な馬車を使っている自覚はあるが、それでも車輪は通常のものより頑丈なくらいなので、雪の上をスイスイ行けるわけではない。

「雪の具合によっては徒歩で移動して、休憩時に馬車を使った方が早いかもしれませんな。まあ、それでも十分羨ましいことではありますが」

ドニさんの言った方法は、大容量のマジックバッグやディメンションバッグがあってこその方法なので、普通は命懸けで寒さに震えながら移動するか、冬の間は移動しないかのどちらかなのだ。

そう考えると、雪の中で家と変わらない休憩場所があるだけでも、十分すぎるかもしれない。

「それと相談……というか、お願いがあるのですが……」

ドニさんのお願いとは、ある意味当然とも言えるようなことだった。


「各自、準備はできているわね」

クリスさんが、皆……というか、三馬鹿を見ながら最後の確認をしていた。

予定より早めの出発ではあったが、それぞれ準備は事前に済ませており、忘れ物はないみたいだった。

「姐さん。そんなに心配しなくても、大丈夫だって！」

リオンは笑いながらそんなことを言っている……が、その後ろには、大きなバスケットを抱えたメイドの集団がいる。

「リオン……数日分の食事を用意しておくから、食堂まで取りに来なさいって言っておいたでしょ?」

メイドの集団の先頭にいたエディリアさんが、にこやかな笑みを浮かべながらリオンを責めていた。

「……すまん、お袋」

食事を準備してくれていたのを、リオン以外は誰も知らなかったということは、俺たちに伝えることすら忘れていたということになる。

「アルバート、カイン！　二人でリオンの持ち物を確認しなさい！」

「「はっ！」」

命令された二人は声を揃えて敬礼すると、リオンの荷物を確認し始めた。その結果、

「先輩、リオンの武器と防具がありません！」

「財布もありませんでした！」

「財布なら、机の上に置きっぱなしでしたよ」

二人の確認の結果、旅で重要なものが抜けていた。カインはエディリアさんから財布を受け取ると、その場で中身を確認して、

「中身もありません！」

と財布を逆さまにして、空っぽなのをアピールしていた。

それを見たエディリアさんがため息をつきながら、屋敷の中に戻っていった。多分、お金を取っ

てくるのだろう。その間にリオンは、駆け足で自分の部屋へと武器と防具を取りに行っていた。

「他に忘れ物をした人はいないわよね？」

「まあ、わしはマジックバッグに入れっぱなしじゃから、忘れ物はないのう」

「俺も」

「私もないです」

「私も……大丈夫みたいです」

リオンを見た俺たちは一斉にもう一度確認をして、大丈夫だと判断した。若干アウラが怪しかったが、ジャンヌが最後に部屋を確認したというので、おそらく大丈夫だろう。

「アムールは大丈夫か？」

「それは私が確認したから、問題はないわ。少なくとも、部屋に忘れ物はないはずよ」

「宿の方も私が確認しましたから、問題はありません」

クリスさんに続いて、レニさんも問題なしとのことだった。

先ほどから静かなアムールはというと、二人が大丈夫と言った後でもう一度荷物を確認し、身だしなみを軽く整えてから頷いていた。

「ジャンヌ、やばいです。アムールが進化しようとしています」

「いや、別にアムールが成長するのはいいことだと思うけれど……それよりも、レニさんが一緒についてくる気満々なのが気になるんだけど……」

「あ～……悪い、二人に言うのを忘れてた」

昨日ドニさんに頼まれたこととは、レニさんを王都までの旅に同行させてほしいとのことだったのだ。

一応建前としては、旅をするにあたり、南部の子爵令嬢であるアムールにお付きの者が必要である為、というものだが、本当はアムールの教育が終わっていないとレニさんが言い出し、無理矢理にでも俺たちについていくと言い出したので、正式にレニさんの同行を頼んできたのだった。

この話はじいちゃんにクリスさんも賛成したので、三馬鹿には事後承諾（アルバートとカインには、「リオンに女性を近づけないと誓ったばかりなのに」と若干嫌味を言われたが）という形で話をしたのだが、ジャンヌとアウラに伝えるのを忘れていた。

「テンマが決めたことなら、私たちは何も言わないけれど……王都に着いたらどうするの？」

「王都では、アムール次第だそうだ。ただ、どういう状態であるにせよ、王都に長く滞在するつもりはないそうだ。何でも、ナナオに『恋人』がいるからだとか」

ちなみに、王都に着くまでにアムールに成長が見られないとレニさんが判断した場合、アムールを南部に連れて帰るそうだ。そして、南部で腰を据えて教育を施すらしい。

「「恋人……」」

二人は俺の説明で納得したみたいだが、同時にレニさんに興味が出たようだ。まあ、これまで身近な所で恋人がいる女性は少なかったし、しかも簡単に話せる（話してくれる）相手でもなかったので、レニさんは二人の好奇心を満たすのにちょうどいい立場にいるのだろう。

「そういうわけだから、レニさんとも仲良くしてくれると助かる」

「大丈夫！」

「任せてください！」

頼もしいくらいに、張り切って返事をしてくれた。

「すまん、すまん！　これで、忘れ物はなしだ！」

自分の武器と防具を取りに行ったリオンが、エディリアさんからお金を受け取って、準備は万端だとマジックバッグを叩いてアピールしている。

「揃っているようだな」

全ての準備が終わり、あとは出発するだけとなった時、屋敷からハウスト辺境伯がやってきた。

「そういや、親父がいなかったな。んで、何しに来たんだ？」

「いや、何しに来たも何も、見送りに来たんだよ」

カインのツッコミに、「それもそうか」と納得顔のリオンだったが、その場にいたリオン以外の全員が、「それくらいわかるだろ！」といった顔をしていた。

「今回は大変世話になった。これを受け取ってほしい」

辺境伯が渡してきたのは、『遠吠えする狼』が刻まれた家紋と一通の手紙だった。

「家紋の方は、ハウスト辺境伯領内であれば色々と役に立つであろう。少なくとも、リオンよりは使えるはずだ。そしてこの手紙は、領内の治安維持に回っている騎士団長に会った時に渡すといい。何かと便宜を図るようにと書いてある」

「ありがとうございます」

辺境伯領内の街や村に寄る時に、辺境伯家の家紋と通行証、それにリオンがいれば大抵の所は通ることができるだろう。

「それとククリ村だが、その周辺や『大老の森』に依頼を受けて行った冒険者の何名かが、行方不明になっているという報告が入っている。その他にも、負傷者なども多いそうだ」

行方不明の冒険者は、そのほとんどが『大老の森』初心者の若い冒険者か新人の冒険者なのだそうだ。ギルドの見解では、欲をかいたり引き際を誤ったりで森の奥へと入ってしまい、強い魔物にやられたのではないかとのことだ。現にベテランと呼ばれる冒険者や、『大老の森』に入ったことのある冒険者は負傷者こそいるものの、無事に戻ってきているそうだ。

「それに、昔のククリ村と『大老の森』を知っている冒険者や騎士の話だと、昔と比べて森の規模はさほど広がってはいないが、不気味になったとの話だ。規模はともかく、不気味なのは昔より人の立ち入りが少なくなったことも関係しておるだろうから、あくまで個人的な感想といった話だが、気をつけるに越したことはなかろう」

それと、もし『大老の森』を目指している冒険者とすれ違ったりした場合、それとなく注意してくれとのことだ。

「それくらいであればやりますが……」

同業者の話を聞かない冒険者もいるだろうが、辺境伯家の家紋を見せて元ククリ村の住人だと言えば、気に留めておくくらいことはするだろう。そこから先は当人の問題だ。俺にはそれ以上の責任はないし義務もない。

「それ以上のことはしなくてよい。こちらからもギルドを通じて注意喚起を促すつもりだが、そういった問題は、最終的には本人の責任だ」

とのことだった。騎士団長が辺境伯の元を離れて行動しているのも、そういったことに対する注意喚起といった目的もあるからなのだそうだ。

「色々とお世話になりました」

「うむ。達者でな」

辺境伯も俺たちに少しは慣れたようで、いつもより口数が多かったが、それでもサンガ公爵やサモンス侯爵のような気安さはなかった。まあ、あの二人は俺がこれまで会った中でもコミュニケーション能力が高い人たちなので、比べるのは無理があるような気がする。

「じいちゃん。さっきの辺境伯の話だけど、そんなに行方不明になるものかな？」

「まあ、『大老の森』で採れる薬草などは、他の産地と比べても上等な部類じゃと言われておるからのう。稼ぎの少ない若手や新人の中には、あと少しを繰り返してしまう者もいるのじゃろう。以前なら、村人が案内に付いて、危険の少ないところに案内しておったが、それも今となってはできぬからのう」

「俺たちも気をつけないとね。ククリ村を離れてから何年も経つし、もう俺たちの知っている『大老の森』ではないと考えておいた方がいいかもね」

「そうじゃの。村の周辺はそこまで変わっておらぬじゃろうが、森の生態系はどうなっておるかわからんからのう。もしかしたら、ドラゴンゾンビに追いやられていた魔物などが、森の浅い所に棲み着いてしまっておるかもしれんからの。お主らも、決して一人で森に入るでないぞ」

じいちゃんの忠告に、皆揃って返事をした。さすがに冒険者としての知識と経験値が違うじいちゃんの言葉は、重さが違うのだろう。これが俺の言ったセリフだったら、リオンあたりはもっと軽い返事で済ませただろうな。

そんなことを思いながら辺境伯たちに最後の挨拶をして、ライデンを馬車に繋いで御者席に座った。俺の隣には、道案内兼身分証代わりのリオンが座っている。さすがに辺境伯のお膝元である『シェルハイド』周辺では、もらった通行証よりリオンの方が役に立つ……と思われるからだ。

「出発だ！」

リオンが張り切って号令をかけたが、ライデンは微動だにしなかった。何故なら手綱は俺が握っているし、基本的にライデンは俺かスラリンの命令しか聞かないからだ。最近では、じいちゃんやジャンヌたちの言うことも聞くようにはなったが、それは『命令』ではなく簡単な『お願い』であり、じいちゃんたちよりも付き合いが短く接点も少ないリオンの命令を、そんなライデンが聞くはずはないのだ。

「行くぞ、ライデン」

俺が手綱を軽く引くと、ライデンはゆっくりと歩き出した。

それを見た辺境伯やエディリアさん、そして見送りに来ていた辺境伯家の関係者たちは、リオンの恥ずかしがっている姿を思いっきり笑っていた。

第七幕

「なあ、リオン。ククリ村までは、あとどれくらいで着く予定だ？」

「ええっと……地図通りに来ているなら、二日から三日くらいじゃないか？　さすがにうちの領地だといっても、隅々まで正確に把握しているわけではないからな。それに俺、ククリ村に行ったことがないし」

リオンが言うには、今いる所はシェルハイドからククリ村までの道のりを半分くらい過ぎた辺りで、周囲に街や村がない場所なのだそうだ。

「それにしても、見渡す限りの範囲には誰もいないな」

今現在、草原を通り抜けている最中なので、馬車の半径数キロメートル先まで見渡せるのだが、人の姿は影も形も見えなかった。

「まあ、この辺りは大したものはないからな。春から夏くらいだったら、伸びた草を刈りに来るのがちらほらいるくらいだろうな」

その刈られた草は馬や牛といった家畜の餌になるらしく、経験が浅く稼ぎの少ない新人冒険者の貴重な収入源になるのだとか。もっとも、一〇キログラムで一〇〇Gを少し超えるくらいの値段だそうで、たとえ一〇〇キログラムを集めて売ったとしても、その日の宿代と食事代でほとんど消えてしまうのだとか。

「それでも、安宿を利用したりして効率よくやれば、安全でそこそこの儲けが出るみたいでな。それで貯《た》めた金で少し上のランクの武器や防具を買ってから、討伐系の依頼を受けて経験を積む……というのが、この辺りで活動する新人冒険者にとっての基本だな。それと草刈りの最中に、たまに角ウサギみたいな弱くてもそれなりの収入になる魔物も現れるからな。草刈りの依頼を一定回数受けた冒険者は、辺境伯領内でそれなりに優遇されるようになっているし」

儲けは少なくとも臨時収入や経験を積める依頼であり、馬が特産物になっているシェルハイドにとっても冒険者にとっても、なくてはならない依頼なのだそうだ。ちなみに受けられる優遇措置とは、次回の草刈りの依頼でもらえる報酬が少し上がったり、ギルドや辺境伯家が経営する宿や食堂の料金が、少し安くなったりするものらしい。

「収入の少ない新人にとっては、かなりありがたい話だな」

それくらいの恩恵があるから、この依頼が新人冒険者の基本となっているのだろう。そうでなければ、王都やダンジョン都市のような、仕事が溢《あふ》れている場所を活動拠点にするだろう。

「もっとも、宿屋や食堂の割引は、ククリ村の事件の後に追加されたんだけどな」

少しでも冒険者の流出を防ぎ、出ていった冒険者を呼び戻す目的もあったそうだが、それでも即戦力になるような冒険者は戻ってこなかったそうだ。まあ、即戦力になるような冒険者は、草刈りのような依頼は受けないだろうし、それくらいの優遇では別に辺境伯領に移らずに、今の所で活動した方が儲けを出せるからだろう。

「まあ、この先の戦力の確保という意味では、意味のある政策だと思うけどな」

「ああ、育った戦力を逃がさなければな」

それはどこの領でも抱えている問題なので、成長するまでにどれだけ愛着を持ってくれるかだろう。もしくは、出ていっても戻ってきてくれるだけの魅力のある所にしなければならないと思う。

「そこは、将来の辺境伯の仕事だな」

「ああ、頑張るぜ！」


「テンマ、そろそろ代わるよ」

リオンと話していると、カインが交代を申し出てくれたのでありがたく受け入れることにした。

「それじゃあ、アルバート。こっちも交代してくれ」

リオンも俺に合わせて交代しようとアルバートに声をかけたが、

「リオンは駄目だよ。道案内がいなくなったら、迷っちゃうじゃないか！」

カインによって阻まれていた。その後、「まっすぐ突っ切るだけなのに、道案内なんかあるか！」というリオンの声が聞こえたが、再度アルバートを呼ぶ声が聞こえなかったので、カインに言い含められたのだと思う。


「ねえテンマ、マーリン様」

しばらく何もないまま進んでいたのだが、突然カインが窓を開けて声をかけてきた。

「この先に、リオンが聞いたことのない沼みたいなのがあるんだけど」

カインが言うには、今いる場所から五〇メートルほど先にある窪地《くぼち》に、沼のような泥水がたまっているとのことだった。

じいちゃんと一緒に馬車を下りて確認してみると、確かに泥水がたまった沼のようなものが確認できるが、明らかに怪しかった。

「じいちゃん、どう見てもあの沼、作られたものだよね？」

「そうじゃ。おそらく、『カエル』が潜んでおるぞ」

じいちゃんは、沼を作った主に心当たりがあるようだ。一応、『探索』で沼を見てみたが、沼の中に『マッドポイズンフロッグ』という魔物が数匹潜んでいた。数がはっきりしないのは少し距離があるせいか、カエルが『隠蔽』を持っているせいなのかはわからないが、どちらにしろそんなに多くはなさそうだ。

馬車の中にいた皆もカエルの魔物がいると聞いて、興味深そうに外に出てきた。

「沼の中にいるのは、ほぼ間違いなく『マッドポイズンフロッグ』といってな、冬が近づくと複数の個体が寄り添って、冬眠用の寝床《ぬま》を作り出すのじゃ。通常は森や林といった場所に作るのじゃが、たまに草原のような開けた場所に作る時もあるのじゃ。まあ、草原で寝床を作っても、風を遮るものがないせいで、ほとんどの場合が凍死してしまうのじゃがな」

カエルと聞いて侮って挑んだ冒険者がよく返り討ちに遭い、冬眠の為の栄養にされることがあるのだとか。

「カエルといっても、数メートルくらいの大きさがあるからのう。わしが昔見た奴は、五メートル近くあったぞ。しかも毒ガエルという名前から敬遠されがちじゃが、肉はなかなかうまい。それに、素材としても使い勝手がいいのじゃ」

肉は鳥肉に近い味で皮は伸縮性があり、筋は弓のつるなどに使われるそうだ。ただ、素材として

も食料としても旨味《うまみ》の多い獲物ではあるが、その分厄介なところもあり、

「まず、打撃が効きにくい。カエルの皮と肉が衝撃を吸収するせいで、ハンマーのような打撃武器は効果が薄い。刃物は普通に通じるのじゃが、カエルの皮の表面に毒があるからのう……肉を捨てるのなら、武器として使えるぞい。ただ、接近戦はあまりおすすめしないがのう」

カエルの特徴といえば、『周囲に合わせて自分の色を変える』『舌を伸ばして獲物を捕らえる』『高い跳躍力』などが思い浮かぶが、『マッドポイズンフロッグ』にも当てはまるそうだ。

「つまり、接近する前にカエルの舌が襲いかかり、近づいても自慢の跳躍力で離れていく。打撃は効きにくく、斬撃は素材をダメにするのじゃ。つまり、効率よく倒すなら魔法。しかも、凍らせるか痺れさすのがベストじゃな。そのせいで、魔物自体の強さはC～Bといったところじゃが、素材目当てならAランクの難易度じゃな」

ちなみにじいちゃんが倒した時は、素材目当てではなかったので風魔法で首を落とし、毒が肉に回る前に皮を剝いで、後ろ足の部分だけを食べたそうだ。その為、肉は多くは処分することになったが、皮は綺麗な状態だったので、卸先のギルドに喜ばれたのだとか。

「それじゃあ、俺一人で行った方がいいかな？」

「そうじゃの。わしは一緒に行くよりも、テンマの魔法から逃れて馬車に向かってきた場合に備えていた方がいいじゃろ」

打撃や斬撃が効きにくいということで、リオンとアムールの前衛組は少しがっかりした様子だったが、それよりもおいしい肉が手に入るということで、期待するような目で俺を見ていた。その後ろでは、シロウマルとソロモンの食いしん坊組も同じような目で見ていたので、合計で四組の目で

見つめられた俺は、絶対に失敗はできないと気合を入れたのだった。

「まずはゴーレムを出して……っと、前進！」

沼に近づく前に、ゴーレムでカエルをおびき出した方がいいとのじいちゃんのアドバイスで、俺は人と同じくらいの大きさのゴーレムを五体ほど出した。素材は足元にある土なので、カエルの一撃で簡単に破壊されるだろうが、ゴーレムの核を破壊されなければいいし、何より囮《おとり》なので壊されるのは問題ない。

命令を受けたゴーレムたちは、横並びになって沼に接近した。そして、

「かかった！　……って、危なっ！」

沼に接近したゴーレムのうち、四体がカエルの攻撃を受けたのだが、想像以上にカエルの攻撃がすごかった。想像以上とは、カエルの攻撃速度と威力だ。

ゴーレムが沼まで一〇メートルというところまで近づいた時、接近に気づいたカエルが沼の中から姿を現したので、ゴーレムの後ろを隠れるように歩いていた俺は、カエルの攻撃に対して雷魔法を食らわせようとしたのだが、俺が魔法を放つより先にゴーレムが爆散した。それも、四体同時に。そのゴーレムのかけらがすごい勢いで飛んできたので、俺は慌てて後ろに飛びのいたのだ。

「本体の動きは遅いのに、舌の速度は弾丸並みだな。まあ、ここは射程外みたいだけど……なっ！」

俺が飛びのいた位置はカエルの舌が届かないみたいで、俺に向かってゆっくりと近づこうとしていた。ただ、油断していると跳んでくるかもしれないので、その前に雷魔法の『スタン』で仕留め

た。

さすがに弾丸並みの速度を出す舌を持っていても、射程外ではどうすることもできなかったようで、『マッドポイズンフロッグ』は揃ってその場にひっくり返った。

「沼の中には、もういないみたいだな。とりあえず、埋めておくか」

唯一生き残ったゴーレムに、破壊されたゴーレムの核の回収と沼の埋め立てを命令して、俺は倒したカエルの表面を水魔法で洗浄することにした。

「ゴーレムが破壊された時は焦ったが、無事に終わったようじゃの」

カエルの討伐が終わったのを確認したじいちゃんたちが、揃って俺の所までやってきた。

「うわぁ……小さい奴は可愛らしいけど、ここまで大きいと気持ち悪いね」

「私は気持ち悪いよりは、怖いという感じかな」

「どっちにしろ、俺の倍以上もあるカエルはあまり相手にしたくはないな。特にあのゴーレムのやられ方を見た後だとな」

リオンの言葉で、皆一斉にやられたゴーレムの方を見た。破壊され飛び散ったゴーレムの体は、生き残ったゴーレムに核を回収された後で次々に沼の中へと放り込まれ、埋め立ての材料の一部となっているところだった。

「お嬢様がカエルの相手をしていたら、ああなっていたかもしれないんですね」

「アムールだけじゃなく、リオンもだね」

レニさんの言葉にアムールが顔を青くし、カインの言葉にリオンが顔を引きつらせていた。まあこの二人は、じいちゃんの説明がなかったら真っ先に向かっていっただろうから、その可能性は高かっただろう。ちなみに、リオンが向かっていった場合、そのサポートに向かったであろうアルバートと、リオンを止める為に沼に近づいたであろうクリスさんも、若干顔を青くしていた。

「ジャンヌ。これから外に出る時は、テンマ様にもらったゴーレムをいつでも出せるように気をつけておきましょう……」

「そうね……」

過去に攫われて危機に陥った二人も、今更ながらゴーレムの確認をしていた。

「皆が改めて危機感を持ったのが、一番の収穫じゃな。それはそうと、テンマ。カエルのさばき方は知っておるのか？」

じいちゃんの質問に、「普通サイズのカエルならさばいたことがあるけど、このサイズはさすがにない」と答えると、休憩の時に教えてくれるとのことだった。

「リオン。この近くに、水場はあるか？」

「ここから一番近い所だと、一〇キロくらい先に川が流れていたはずだ。そんなに大きな川ではないが、この周辺で休憩するならそこがいいと思う。それと、その川を遡った所に小さな村があるが、目的地からはさらに二～三〇キロ先になるぞ」

一〇キロメートルくらいなら、ライデンで三〇分もあれば余裕で着く距離だ。さらに先の村でも、二時間もあれば着きそうだ。

「それじゃあ、川のほとりで休憩しよう。そして今日の宿泊は、その先の村かその近くの場所を借りようか」

そのまま、川を遡った先にある村に直接向かっても問題はないだろうが、カエルをさばいたりすることを考えれば、村のそばでは迷惑になるかもしれないしな。

というわけで、リオンが最初に言った川のほとりを目指すことにした。ちょうど行き先を決める頃には、ゴーレムが沼の埋め立てをほとんど終えていたので、そのゴーレムの核も回収して馬車に乗り込んだ。


「着いたぞ！」

予定より少し早く川に着いた俺たちは、手分けして休憩の準備に入った。まあ、いつも通り馬車の近くに椅子などを出し、軽く周辺を見回るだけなので大した時間はかからなかった。そして、休憩で一番大事と言える食事の用意だが、今回はレニさんが担当してくれることになった。いつもは俺を中心に、ジャンヌとアウラが手伝う感じなので、俺の時間が少し空いた形だ。

「じいちゃん。待っている間に、カエルのさばき方を教えてくれない？」

「いいぞ。まあ、テンマならすぐに覚えるじゃろう。それと、手が空いておって興味がある者も、ついてくるといい。ちょっと変わったやり方じゃから、いい経験になるじゃろう」

じいちゃんに言われて、クリスさんにアルバートたち三人が参加することになった。アムールも参加しようとしたが、レニさんに捕まって料理の方に連れていかれたので、生徒は俺を含めて五人だった。

「それじゃあ、ちょっと行ってくるから、スラリンたちは周囲の警戒を頼むな」

周辺に脅威になりそうな生き物はいないみたいだが、念の為にスラリンたちに警戒を頼んで、俺たちは川へと向かった。

「まずカエルのさばき方じゃが、大きく分けて三つじゃ。一つ目は、普通に皮を剝いで切り分けていく方法。二つ目は、カエルを木などに吊《つ》るしてさばく方法。三つ目は、少し凍らせてからさばく方法じゃ。一つ目の方法は、カエルの皮を押さえる役目の者がおらぬと綺麗に解体できぬが、一番基本的なさばき方じゃな。二つ目の方法は、カエルを吊るせるだけの大きさのものがないとできぬし、それに吊るせるだけの力がないといかぬが、慣れれば地面に寝かせてするよりも身を綺麗に分けることができるようになる。そして最後の方法じゃが、完全に凍らない状態にしなければならぬので、その分だけ魔法の技術と魔力を必要とするが、肉などの鮮度を保ちつつ、皮も楽に剝ぐことができる方法じゃ」

なので、クリスさんたちは一つ目と二つ目の方法で、俺は三つ目の方法でカエルをさばくことになった。まあ、個人的には二つ目の方法が『アンコウの吊るし切り』みたいで興味があるが、試すのは先に三つ目の方法を成功させてからだ。

「あと、カエルをさばく時は、さばく前に念入りに表面を洗うのじゃぞ。カエルの表面には毒があることが多いし、何より汚いからのう。それと、今回のカエルは肩甲骨の近くに毒袋を持っておるから、先に取り除くのじゃぞ」

毒といっても、基本的に人を殺すほどの強さはないそうで、大体の場合が痺れて動きが鈍くなるくらいだそうだ。それでも子供や老人、免疫力の弱い者などには危険だし、成人でも誤って多量に摂取すればショック死したり、目に入れば失明したりすることもあるので、気をつける必要があるそうだ。

「昔はこういった毒を使って漁をしていた所もあったのじゃが、たまに捕まえた魚から毒が抜けきらなかったり、小さな川のような狭い範囲じゃと根こそぎ取り尽くして全滅させてしまったりする恐れもあって、今では禁止されている所が多いのじゃ」

なので、カエルの毒を川の中で洗い流すことはせずに、バケツなどで水を汲んでから、川から少し離れた所で綺麗にするように気をつけた。

「一気に行くぞ！　せいやっ！」

「こっちは結んだぞ！　カインの方はどうだ？」

「こっちも大丈夫！」

三人はじいちゃんが魔法で作った二つの土壁に、カエルをどうにか吊るそうと奮闘している。多分、吊るしてから、カエルを洗うのだろう。

「うぅ……ヌメヌメ、ブニョブニョしてる」

クリスさんは一番小さなカエル（小さいといっても、一メートル半は余裕で超えている）を、たわしを使って一人で洗っていた。

「皆は大変そうだな」

俺は、二体のゴーレムにカエルを抱えさせて、水魔法を高圧洗浄機のように使って汚れと滑《ぬめ》りを取っていた。

洗浄中、背後から視線を感じたので振り返ってみると、クリスさんがじっと俺を見ていた。そして、無言で差し出される手。

「お手ですか？　いや、冗談です」

軽くボケてみたが、クリスさんが無言で足元にたまっていた滑りを両手ですくい始めたので、急いで中型ゴーレムの核を二つ渡した。

ゴーレムを使い始めたクリスさんの作業速度は格段に上がり、すぐに俺やアルバートたちを追い抜いていった。まあ、そもそも一番小さなカエルだったのに対し、作業員が三人（しかも、嫌な作業を文句も言わず行う労働力が二人分）に増えたのだから、当然といえば当然だった。

そんなクリスさんを見ていたアルバートたちも、当然のようにゴーレムを使いたがったが、すでにゴーレムが一番必要なカエルを吊るす作業が終わっている以上、人数の揃っているアルバートたちには、逆にゴーレムは邪魔になるので使う必要はなかった。

「それぞれ綺麗にできたみたいじゃの。あとは他の動物を解体するように、内臓を取り出して皮を剝ぎ、手頃な大きさに解体するだけじゃ」

滑りと汚れを取ったらあとは普通の手順だったので、特に難しいことはなかった。強いて言えば、吊るして解体していたアルバートたちが、一番やりやすそうだったというだけだ。

「身は綺麗な色だな。見た目も弾力も鶏肉に近い感じだから、同じような料理に使えそうだ」

身を少しだけ切り取り、軽く焼いてから試食してみたが、思った通り鶏肉に近い味だった。

「おいしいけれど……カエルを思い浮かべながら食べると、何だか複雑ね。思い浮かべるだけで、おいしさが少し落ちたような気がするわ」

「そんなもんですかね？　俺は気になりませんけど」

「私はクリス先輩の気持ちがわかるな。このカエルは、確実に見た目で損をしている」

「まあ、知らないで食べたら気にならないから、切り分けた肉の状態なら何も問題はないね」

と、揃って味だけは絶賛していた。やはり、食べ物は見た目も大事ということだろう。

「肉はこの旅の間の食料にするとして、素材の方は俺の総取りでいいんだな？」

「問題はないわね。テンマ君がやらなかったら、ほぼ確実にリオンは大変なことになっていただろうし、他の面々も、マーリン様を除いて大怪我をしていた可能性があるわ」

ある意味あのカエルは、初見殺し的な性質を持った魔物だったのかもしれない。カエルを倒す為に近づいたら舌の攻撃が来るし、防御しようにもあの威力は危なすぎる。

「このカエルの存在は、村に寄った時にでも広めた方がいいじゃろう。この辺りが新人にとって基本の場所ならば、このカエルはあまりにも危険すぎる。こやつらがどこから来たのかはわからぬが、実際にこの場所に潜んでいた以上、もう一度やってこないとは言い切れんからのう」

じいちゃんの忠告に、リオンは真剣な表情で頷いていた。まあ、新人に経験を積ませる場所で、こんな危険な魔物が潜んでいたら、この場所を活動拠点にする冒険者がいなくなってしまう可能性もある。そうならない為にも、辺境伯家の依頼という形でベテラン冒険者に調査を出してもいいかもしれない。

「何にせよ、面白そうな素材が手に入った俺としては、ありがたいことだ。肉もうまいみたいだし、この素材を使った道具も、いくつか作ってみたいしな」

今のところカエルの素材で使えないのは内臓だけだった。それは、こういった泥の中に潜む生き物の中では、内臓が臭かったり雑菌だらけだったりするからだ。薬にならないこともないらしいのだが、その為の処理が大変で、しかもあまり値段がつかないというので、穴を掘って焼却処分した。

その他の素材で一番面白そうだと思ったのは、舌の筋肉だ。軽く調べた限りでは、ゴムに近い性質を持っているようで、これがゴムの代用品になるならば、色々なものに使えるだろう。ただ、舌の筋肉でゴムに似ていた部分は実験に使えるほどの量が取れなかったので、代用品の代用品として、カエルの皮や筋で色々と試すことになるだろう。

何個かの設計図を頭に思い浮かべながら、俺たちは食事の準備が終わっているであろう馬車の所へと戻っていった。

「こいつはうまい！　絶品だ！」

「ただ、塩振って焼いただけですよ」

リオンが、先ほど解体したばかりのカエルの味を絶賛している。相手は料理を作って持ってきたレニさんだ。

「すまないが、ジャンヌとアウラでレニさんを引き止めておいてくれ。私とカインは、リオンを馬車の後ろに連れていく。それと、アムールも協力を頼む」

リオンがレニさんにアピールしていることに気づいたアルバートは、すぐにリオンとレニさんを引き離しにかかった。その中でアムールは、何も知らないリオンに残酷な真実を突きつける役目を頼まれたのだった。

「私は？」

「クリス先輩は、レニさんに注意をお願いします」

レニさんへの注意は、アムールのことで気が合うクリスさんが担当することになった。まあ、そういった男女間の注意は、年齢の近い女性がした方がいいからだろう。もっとも、俺やじいちゃんにその役目が回ってきたとしても、何を話していいのかさっぱりである。

「一体、何の用だよ。せっかく楽しく話していたのに」

　無理やりアルバートとカインに引っ張られてきたリオンは、少しばかり不機嫌だった。大方、レニさんといい雰囲気だったとでも思っているのだろう。

「そんなリオンに、残念な話がある」

　アムールは、不機嫌なリオンの前に腕を組んだ状態で仁王立ちした。そして、

「レニタンは……恋人がいる！　それも将来を誓った仲で、近々結婚する！　……と、ナナオでは噂になっている恋人がっ！」

「ま……じ、か……」

　リオンは、アムールに突きつけられた真実に少しの間固まった。そして、言葉を搾り出すと同時に両手両膝を地面についた。

「俺に優しくしていたのは、一体何だったんだ……」

「いや、誰彼関係なくあんな感じだったから」

「そうだな」

　実際に、俺に対してもじいちゃんに対しても、クリスさんやジャンヌたちに対してもレニさんの態度は変わっていない。それはアルバートたちにも同じだったので、当然リオンに対してもだった。唯一レニさんの態度が違ったのは、アムールだけだ。レニさんはアムールに対し時に甘く、時に厳しく、そして甘く接していた。それに周りをよく見ていれば、自分への態度が普通なのだと気づきそうなものだが……リオンは浮かれていたのか、全く気がつかなかったそうだ。

「恋の女神は、俺に微笑んではくれないようだ……」

何だかカッコ良さげなことを言ってはいるが、女神が微笑む云々の前に、レニさん側が条件を満たしていなかったのだから、可能性はほぼゼロだっただろうに……リオンの妄想通りの展開になったとしても、それはそれで問題になるだろう。

「さてと……あちらも終わったみたいだし、食事を再開するか」

「そだね」

俺の提案にカインは返事をしたが、アルバートとアムールはかわいそうなものを見る目でリオンを見ていて返事をしなかった。そしてリオンは、地面に四つん這いになったままの状態から、少しも動く気配を見せない。

「行こう、皆。ああいったものは、時間が解決してくれるさ」

カインはそう言って俺たちの前を歩き出したが、俺はすれ違う時に笑いをこらえているカインの顔をしっかりと見ていた。

「申し訳ありません」

「いえ、今後は気をつけていただければ……」

レニさんの謝罪に対して、リオンの代わりにアルバートが答えたのだが、元はといえばリオンの勘違いが原因なので、アルバートはそれ以上のことを言えなかった。そもそも、レニさんに責任があるとは言えないし、レニさんの謝罪にしても、相手《リオン》が貴族だからせざるを得なかった為、両者の間には微妙な雰囲気が漂っていた。

「まあ、この話はこれでいいでしょ！　今後レニは、リオンになるべく近づかない。リオンは今回のことを反省して、浮かれる前に誰かに相談する！　いいわね、リオン！」

クリスさんが、かなり強引にこの場を収めた。レニさんもクリスさんの言葉に頷き、リオンも先ほどの体勢のまま、何とか片腕を上げて反応していた。

「よし、早く昼食を再開しましょう！」

リオンをチラ見しただけで締めくくったクリスさんは、早々に食事を再開した。俺たちも、クリスさんに倣って食事を再開したが……リオンは動かなかった。そんなリオンを見て、ジャンヌとアウラが食事を持っていこうか悩んでいたが、クリスさんが「レニみたいに勘違いされたいの？」という言葉で、椅子に座り直して食事を再開した。

その後も、食事中に何度かリオンの様子を窺って見たが、姿勢を変えることはなかった。

「食事も終わったし、そろそろ出発しようか。行くよ、リオン！」

カインに呼ばれたリオンは、ようやく立ち上がって俺たちの方へとやってきた。まあ、レニさんを見ないように、あからさまに顔をそらしていたが……さすがに誰も突っ込むような真似はしなかった。それは、いつもリオンをからかっているカインもだ。多分、食事が終わってすぐに出発すると言い出したのも、リオンをあのまま放ったらかしにしない為だったのだろう。

「それじゃあリオン、御者をお願いね」

引き続き、リオンに御者を任せたのも、レニさんと少しでも離れた所にいさせる為に違いない。

「皆。村が見えてきたんだけど、今日はそこで宿泊でもいいかな？」

さっき休憩してから二時間も経っていないが、ここを通り過ぎると野営になりそうとのことだった。そんなカインの提案を聞いてじいちゃんが、「野営するかもしれないのならば、ここで確実に英気を養うのもありじゃな」と言ったことで、他の意見が出る前に馬車の中の賛成多数で決まった。ちなみに、真っ先に賛成したのはクリスさんで、その後にレニさん、ジャンヌ、アウラと続いた。

「異性と旅をすると何かとストレスがたまるものじゃから、気兼ねなく休める場所を探すのもリーダーの役目じゃぞ」

と、じいちゃんからのご教授をいただいたところで、遠巻きに俺たちを警戒している村の門番に話しかけることにした。門番に話しかけるのは、俺とリオンだ。一応この集団の代表者である俺と、次期領主のリオンという組み合わせだが、正直言ってこの村の門番がリオンを知っているか心配だった。

「村長を呼んでくるので、少々お待ちください」

そして案の定、門番はリオンのことを判断できず、村長の到着まで待たされることになった。まあ、小さな村なので、リオンの顔を知らないのはしょうがない。むしろ、リオンが次期領主だとか言わずに、俺のギルドカードを見せただけの方が、案外すんなりと通してもらえたかもしれない。

「もしかすると、『次期領主を名乗る怪しい奴ら』が来たとか思われていたりして？」

「うわぁ……それ、ありそうだな。ちなみに訊くが、その時は俺だけの責任じゃないよな？」

以前あったように、ある程度大きな街でリオンが知られていないのは問題かもしれないが、ここみたいな小さな村では、村人がリオンのことをわからなくても仕方がないかもしれない。

俺がそう言うと、リオンは少し安心したみたいだ。多少はいつもの調子が戻ってきたみたいで、レニさんショックから立ち直りつつあるようだ。

その後、門番に連れられてやってきた村長はリオンの顔は知らなかったが、リオンの見せた辺境伯家の家紋を見てすぐに村の中に入れてくれた。

「きっとあの村長は、年齢のせいで村から離れられないんだ。そうに違いない」

無事に村の中に通してもらうことができたが、リオンはずっとそんな言い訳をしていた。ちなみに、リオンの言い訳を聞いたアルバートは、「小さな村なら、領主の顔を知らないのは珍しいことではない」と言い、カインは、「でも、面白そうだから、リオンには内緒ね」と笑っていた。

「じゃあ、宿もとれたし、あとはそれぞれ自由行動で……なんだけど、じいちゃんは俺と一緒に村長の所ね」

「うむ」

自由行動と言っても、ククリ村と同程度かそれより小さな村なので、見て回るほどのものはなさそうだ。それでも女性陣は、珍しいものがないか村の中を見て回るそうで、アルバートたちは女性陣とは別行動で村の中や外を回るそうだ。一応、視察の意味もあるらしいが、実際はリオンをレニさんから遠ざけて、気晴らしさせるつもりのようだ。

そして俺とじいちゃんは、村長に道中遭遇したカエルのことを忠告しに行くのだ。

◆

「小さい村だが、防衛についてはしっかりとしているみたいだな。あまり高くはないが、石で塀を組んでいるし、そう簡単に崩れないように土や木材で補強している」
「これなら、ある程度の時間が稼げるだろうね」
「ああ、そうだな……」
せっかく連れ出したというのに、リオンはまた落ち込み始めていた。まだまだ完全回復には遠く、
しかも浮き沈みが大きいみたいだ。
「全く、もう……レニさんを狙うのなら、アムールから情報を仕入れるなりすればよかったのに。
そうすれば、こんなショックを受ける前に無理だとわかったはずなのに！」
うじうじしているリオンに嫌気がさしたカインが、いきなりリオンを怒り始めた。確かにアムー
ルから情報を仕入れるだけで、成功率はグンと上がっただろうし、そもそも無理な相手だというの
も最初にわかったはずだ。
「リオン、カインの言う通り、これはお前の落ち度だ。お前のせいで、レニさんに気まずい思いを
させるのは違うだろう。短い間であろうと、付き合いたいと思った相手に迷惑をかけるのが、お前
の理想とする『男』の姿なのか？」
「そうだよ！　逆転の発想で、ここはリオンの株を上げるチャンスだと思わなくちゃ！」
かなり無理矢理な理屈ではあるが、無理してでも立ち直ってもらわないと、今後の南部自治区と
の関係にも影響するかもしれない。実際にレニさんが、南部でどれだけ影響力があるかはわから
ないが、南部子爵から直々に頼まれるくらいには、信用されていると考えた方がいい。少なくとも、
アムールはかなりの信頼を寄せているようだ。その線から、すぐに南部との関係が悪化するとは思
えないが、いい感情は持たれないだろう。

「そうだぞ。大体、今回の旅は辺境伯家とテンマとの間に、わだかまりはないとアピールする目的があるのに、リオンがテンマに迷惑をかけたら意味がないだろう」

少し卑怯《ひきょう》な言い方だが、テンマのことを出せば無理矢理にでも立ち直ろうとするだろう。

「そうか……それもそうだな」

思った通り、リオンは自分の中でテンマに迷惑はかけられないと、無理にでも立ち直ろうとし始めていた。そんな時、

「そこの兄ちゃんたち！　すぐに村の中に逃げ込め！　ゴブリンの群れが出たぞ！」

数人の村人が、血相を変えて草原から走ってきた。

「数は？」

「三〇匹ほどの群れだ。多分、冬に備えて獲物を探しに来たんだと思う。数は多いが、村で守りを固めて、皆で対応すれば大丈夫だ！」

大丈夫と言ってはいるがその顔は青ざめており、それなりの被害は出るかもしれないと考えているみたいだった。

「ゴブリンごとき、俺に任せろ！」

そんな村人を尻目に、リオンはマジックバッグから自分の得物を取り出し、村人たちが逃げてきた方へと走り出した。

「あの馬鹿……私たちはハウスト辺境伯家の関係者だ。お前たちはすぐに村中にゴブリンのことを知らせて、万が一に備えてくれ。それと、私たちと一緒に来た者たちを呼んできてくれ。多分、村長の所に私たちの代表がいるはずだ」

その村人は、私たちが辺境伯家の関係者と知って慌てて跪《ひざまず》こうとしたが、緊急事態だと言って村長の所へと走らせた。

「カイン、私たちもリオンを追いかけるぞ。ゴブリンの三〇匹くらいでリオンが後れをとるとは思えないが、それでも万が一のことはある」

「そうだね。そもそも、今のリオンは万全の状態じゃないし……急ごうか」

精神が不安定なせいか、軽率な行動をする……と、ため息をつきながら、私とカインはリオンの後を追ったのだった。

◆

「あれから、大変だったのですな」

俺とじいちゃんは村長の家でカエルのことを忠告し、そのまま雑談をしていた。何でもこの村長、何度かククリ村に来たことがあるそうで、俺のことを知っていたのだ。まあ、直接会ったことはなく、遠くから俺を見かけたくらいらしいが、知らないうちに子供が増えていたということで、俺のことを覚えていたそうだ。なお、じいちゃんのことも知っており、有名人ということもあって一度会って話してみたかったそうだが、運の悪いことに村長がククリ村に来た時に限って、いつもじいちゃんはククリ村を離れていたらしい。

「うむ。まあ、人間生きていれば色々あるわい。それにしても、この村からククリ村まではだいぶ離れているというのに、よく何度も行こうと思ったものじゃな」

「いやぁ、ククリ村の薬はよく効きますからのう……それに今だから言いますが、この村はこれといった特産がなかったので、ククリ村の薬の製法を何とか真似できぬかと思いましてのう」

最初はククリ村に薬の製法を盗む目的（といっても、忍び込んではなく、見て盗むつもりだったらしい）で通っていたらしいがなかなか盗むことはできず、ダメ元で製法を訊いたら普通に教えてもらえたとのことだ。ちなみにその相手は母さんで、薬の材料となる薬草などは俺や父さんが『大老の森』で集めていたということもあり、訊くまで素材すらわからなかったそうだ。

「もっとも、製法を教えてもらってもシーリアさんほどの腕はないし、材料の質も違いますから、当初目論んでいた特産にするほどの品質のものはできませんでした。まあ、売り物にするほどではありませんが、普段使いするには十分すぎる薬がこの辺りの材料でもできるようになったおかげで、怪我や病気で亡くなる者は格段に減りましたがな」

病気や怪我への対策ができたおかげで、この村では健康な者が増え、結果的に食糧生産の増加に繋がったのだとか。そしてそれとは別に、よく効く母さんの薬や、『大老の森』の薬草を買う為にククリ村を訪れていたらしい。なお、俺やじいちゃんは知らなかったが、マークおじさんはこの村に来たことがあるらしく、知らないところでこの村とククリ村の交流があったとのことだった。

「まあ、同じ辺境伯領だったのじゃから、そういうこともあるのじゃろうな……」

俺は年齢的に、じいちゃんは面倒事を父さんやマークおじさんに押し付けていたせいで、この村のことは知らなかったという。

「それだけに、ククリ村がドラゴンゾンビに襲われたのは衝撃的でした。ククリ村は辺境伯領にある村の中で、一番戦力が揃っている村とも言われておりましたから……襲われたのがうちの村だったら、一時間も持たなかったでしょうな」

戦力云々はじいちゃんをはじめ、父さんと母さんに『大老の森』での狩りに慣れた、元冒険者の村人が何人もいたからだろう。さすがに『シェルハイド』のような人数はいないが、同数ならばククリ村の方が強いだろうと言われていたらしい。

「あの事件以降、この村で『魔物の大群に襲われたらどうしようか』といった議論がありましてな。その結果として、若い衆の見回りの強化と村の周りを囲む塀ができたのです。まあ、魔物相手にどれだけ耐えられるかはわかりませんがないよりはましですし、少しでも防ぐことができれば、それだけ生き延びる可能性が上がりますから」

ククリ村の事件は、良くも悪くも辺境伯領内の小さな村々に変化をもたらしたそうだ。その変化とは、この村のように自衛に力を入れたり、大きな街などに移住する者が続出した為に廃村となってしまったり、他の村や街と連携を強めたり……というものらしい。そして、そんな変化の根底には共通して、『いざという時に、辺境伯がすぐに助けてくれるとは限らない』という考えがあったのだそうだ。

「あの事件で、近隣の村とも様々な意見を交わしました。しかし、そう簡単に生まれ故郷を捨てることはできませんからな。だからこの村では、少しでも長く住めるような備えをするべきだろうという意見になったのですよ。薬に関して十分な備えがあるというのも、理由の一つでしたな」

「あの事件で、辺境伯領にある村々の危機意識が高まったということかのう」

そんなことをじいちゃんたちが話していると、村長宅に慌てて村人が駆け込んできた。何事かと村長が村人を叱ったが、村人の報告を聞いて村長も慌て出した。

「大変です！　リオン様がゴブリンの群れに！」

報告は、思いっきり俺たちの身内のことだった。

「じいちゃん、ちょっと行ってくる」

「うむ。わしは念の為に、報告とは反対の方向を見てくるとするか。普通のゴブリンに挟撃などという知恵があるとは思えんが、上位種がいた場合はその限りではないからのう」

というわけで、すぐに俺とじいちゃんは村長宅を出て、それぞれ反対方向へと飛んでいった。

「そんなに遠くではないとのことだったから、すぐに見えると思うけど……って、大丈夫そうだな」

飛び立って一分もしないうちに見えたものは、ゴブリンを相手に無双しているリオンだった。ゴブリンたちはリオンに何もできないまま、一方的に屠られており、すでに半数が背中を向けて逃げ出していた。ちなみに残りの半数は、すでにリオンによって一刀両断に切り捨てられている。

「二人共、無事か！　……って、訊くまでもなさそうだな」

「まあな……」

「そうだね……」

リオンは放っておいても大丈夫そうなので、まずはアルバートとカインに声をかけたのだが、二人は何故か浮かない顔をしていた。理由を訊こうと声をかけようとした時、アルバートとカインは黙ったままリオンのいる方を指さした。そこには、

「何で、俺には、彼女が、できない、んだっ！　ちっくしょぉおお――――！」

涙を流しながら、ゴブリンを追いかけて真っ二つにしているリオンの姿があった。

「うん……まあ、あれで少しでもリオンの気が晴れるのなら、ゴブリンの群れが現れたのにも意味があったんだな……」

何とも微妙な気持ちになった俺は、二人に倣って静かにリオンを見守ることにした。それにしても、普通のゴブリンだけかと思ったら、その上位種のホブゴブリンが半数近く交ざっているようだ。ホブゴブリンは、一般的な成人男性と同等かそれ以上の力を持っているとされているから、もしこの群れがそのまま村へと攻め入っていたら、人命に関わる被害が出ていたかもしれない。

「独断専行はどうかと思うが、今回はリオンの好プレーだな……彼我の戦力的にも、リオンの心情的にも……」

この独断専行で、リオンはクリスさんから怒られると思うが……今回ばかりは、全面的にリオンの味方をしようと決めた俺たちだった。

「リオン。あなたがやったことは一歩間違えれば、今この村にいる全員の立場を危うくするものだったということだけは、ちゃんと理解するのよ！」

「すんませんでした……」

案の定リオンは、慌ててやってきたクリスさんに注意されていた。ただ、クリスさんの姿が見えた瞬間に俺とアルバートでクリスさんを止め、リオンがゴブリンの群れに突っ込んだ理由（ただし、リオンの行動を美化するように変えたもの）を話し、その隙にカインがリオンに『すみませんでした』以外の言葉を口にするなと言い含めたおかげで、クリスさんはいつもみたいに強く出られないみたいだった。

ちなみに、リオンを擁護する為に言ったのは、『リオンが先行したおかげで、ゴブリンが村に近づけなかった』、『リオンなりに辺境伯家の評判を上げようと、自ら率先して村を守ろうとした』……といったものだった。実際に村長との話の中で、「『辺境伯家をどこまで信用していいのか？』といったことから、村の自衛力を高めようと塀などを築いたらしい」というのもあったと言うと、クリスさんはリオンの独断専行には、そこまでの理由があったのだと思ったみたいだった。

「リオンが大活躍したようじゃな」

上空でタイミングを見計らっていたじいちゃんが、クリスさんの注意が終わるのに合わせて下りてきた。俺以外は、誰も上空のじいちゃんに気がついていなかったようで驚いていた。そのせいか、まだ何か言いたそうにしていたクリスさんは完全にタイミングを逃し、結果的にリオンへの注意はそこで終わった。

「この村の周辺を見える範囲で探ってみたが、ここに転がっているゴブリン以外に、この村の脅威になりそうなものはいなかったぞ」

じいちゃんの報告を聞いて、駆けつけてきていた村人の何人かは、村へ知らせる為に戻っていった。

「それで、リオン。このゴブリンたちの死体は、どう処理するつもりだ？」

「どうするかな……そこらへんに穴でも掘って、その中に放り込むか？」

ゴブリンの死体からは、そんなに価値のある部位は取れないし、肥料にする為に一部の都市で買い取られることもあるが、この村では使い道はないだろう。

「死体はそれでいいと思うが、魔核はどうする？」

「あ～……小遣い程度にはなると思うが、正直言って取り出すのが面倒くさいな。そうだ！　誰か村長に言って、解体経験のある村人を数人連れてきてくれ。それで取れた魔核は村の取り分にしていいから、換金して宴会の資金にでもしてくれ」

　残っていた村人たちは、貴族《リオン》が倒した魔物ということで最初は遠慮していたが、その本人が本気でいらないと言っていることがわかると、その場にいた者で解体を始めた。解体といっても、ゴブリンの胸を切り開いて魔核を取り出すだけだったので、三〇匹ほどのゴブリンの処理はあっという間に終わった。その後、ゴブリンの死体は解体中に俺が作った穴に放り込み、灰になるまで燃やした。


　全てを終えて村へと戻ると、入口で大勢の村人がリオンの帰りを待っていた。八つ当たりとも言えるリオンの暴走は、それを知らない村人からすれば自分たちを守る為の英雄的な行為であり、辺境伯家への不信感をぬぐい去るのには十分すぎるほどだったようだ。

　そして村での歓迎といえば、ククリ村でもそうだったように村人総出の宴であり、リオンは次期領主及び英雄として歓待され、モテにモテまくった。老人とおじさま、おばさま方から……

　今この村で『若手』といえば、男女共に三〇過ぎあたりを指し、それよりも下の年代の『若者』は、男女共に村の外へ出ているか、すでに結婚しているそうだ。つまり、リオンに合う年齢の『独身女性』は皆無なのであった。

「ひどいな……」

「ひどすぎるね……」

いつもはここで大笑いするカインも、さすがにそんなことができないくらい悲しい状況だということだろう。

「さすがに私もかわいそうに思えてきたわ……私が知っている中で、一番モテている状況なのに、その中に女の子がいないなんて……」

カインどころかクリスさんも、今のリオンには同情するしかないようだ。

「まあ、『男』としては残念だったかもしれないけど、『次期領主』としては十分すぎる成果だったんじゃないかな？　この村は、周辺の村や街と交流があるみたいだし……」

俺たちは、村人たちの中心で褒め讃《たた》えられているリオンを見ながら、用意された料理を楽しんだのだった。

第八幕

「すまん、テンマ……俺はもう駄目だ……」

「わかった。カイン、リオンと替わってくれ」

「了解……リオン、ゆっくり寝るといいよ」

リオンを讃える宴会の次の日、俺たちは予定通りククリ村を目指して移動を再開したのだが、リオンは昨日の宴会で村人たちに注がれた酒を飲み続けたせいで、ひどい二日酔いに襲われていた。それでも、村人たちが村の入口に勢揃いで見送りしていたので、リオンは御者席から身を乗り出して手を振り続けていたのだ。

そして先ほど、入口付近にいた村人たちが見えなくなるくらい離れたので、交代を願い出たのだった。

「村長にククリ村の方角とその途中にある村のことを聞いておいたから、見当違いの方向に行くことはないと思う。それにククリ村の近くになれば、じいちゃんがわかるかもしれないし、シロウマルが匂いを覚えているかもしれないから、何とかなるんじゃないか？」

もしそれが駄目でも、俺が『探索』を使い続ければ、十数キロメートルの範囲くらいの地理はわかるから、道しるべになるものを探すことは可能だろう。ただ、疲れるので可能な限りやりたくはないけれど……

「テンマ、さっきから何を作っているの？」

リオンと交代した後で一時間ほどして俺も交代し、馬車の中で工作に励んでいると、久々にアムールに声をかけられた。以前のアムールだったら、俺に声をかけると同時に抱きつこうとしていたので、レニさんの教育の成果が出ているのかもしれない。

「昨日倒したカエルの素材を使って、狩りの道具を作ろうかと思ってね」

目の前にある材料は、『Yの字に組まれた木の棒』と『カエルの筋肉』と『動物の皮』だ。カエルの筋肉は、事前に細い紐《ひも》に加工してあり、これらを組み合わせて『スリングショット』を作るつもりなのだ。まあ、俺としては『スリングショット』より『パチンコ』の方がしっくりくるが、玩具ではなく武器や狩りの道具と考えているので、より武器っぽい名称の『スリングショット』にしたのだ。

「これをこうして、ここで結んで……一応、形にはなったかな？」

五センチメートルほどの正方形の皮を二つ折りにし、その両端に穴を開け、そこに紐を通して結ぶ。そして紐の反対側を木の棒の両端に結べば、『スリングショット』の試作品の完成だ。試作品といっても、紐を二つ折りにして穴に通し、先の輪っかに反対側をくぐらせる形で結ぶことで紐の強さを二倍にしているので、それなりの威力は出そうだ。

「空撃ちでは、問題はないみたいだな」

何度か引っ張ってみたが、特に問題は見当たらなかった。あとは実際に玉を飛ばしてみるだけなのだが、さすがに馬車の中で玉を飛ばすのはまずいので、我慢してバッグにしまうことにした……のだが、アムールやクリスさんに興味を持たれてしまい、やや強引に持っていかれてしまった。

アムールの行動はレニさんに怒られるのではないかと思ったのだが、意外なことに使用方法を聞いたレニさんも興味津々といった様子で、二人と一緒に『スリングショット』を見ていた。

三人の様子を見ていたら、次に言われることの予測がついたので、言われる前に『スリングショット』の増産をすることにした。そして、増産できた『スリングショット』は二本。先に作ったのと合わせて三本となったわけだが、その三本は最初の一本を興味深く見ていた三人の手に収まっている。

「アルバート、カイン。少し早いが、休憩できるところを探してくれ。水場の近くでなくてもいいから、なるべく早くだ」

「ん？　わかった」

「何か……あったみたいだね」

事情を察したカインが、近くに見える岩場でいいかと訊いてきた。そこなら、玉代わりの小石や的がゴロゴロしていそうで、『スリングショット』の試し撃ちにちょうど良さそうだ。

「そこで頼む」

「りょ～かい」

そして数分後、岩場に到着した馬車が停まると同時に三人は馬車を下りて、近くの岩を的にして『スリングショット』の試し撃ちを始めた。

「これ、面白い！」

「いざという時の隠し武器にちょうどいいわね」

「私のような潜入員には、これくらいのサイズが持ち運びやすくていいです。威力はやや弱めですが、目くらましや虚を突く為のものと考えたら、大した問題ではなさそうです」

アムールは玩具感覚だったみたいだが、他の二人はちゃんとした目的があったようだ。確かに携帯できるサイズというのは、『スリングショット』の強みでもある。その分、弓矢のような他の飛び道具と比べると威力は落ちてしまうが、そこは動力源であるゴム（の代わりのカエルの筋肉）の本数を増やしたり太くしたりすれば、威力を上げることが可能だ。それに、玉を矢じりのように先が尖《とが》ったものに変えたり、クロスボウみたいな感じで矢を使用したりすれば、殺傷能力はさらに上がるだろう。まあ、矢を『スリングショット』で使ったことがないので、実戦でまともに使えるのかは不明だが。

その後三人は、早めの昼食を終えた後も『スリングショット』の性能を確かめていた。そして、俺はそんな三人を横目に、新たな『スリングショット』を作り出したのだった。

その新型は、威力・耐久性・精密性を向上させたものだ。試作品との変更点は、代用ゴム（カエルの筋肉）を増やし、代用ゴムを結ぶ本体を魔鉄で作り、持ち手の部分をナイフの柄のような形にした。試作品より握りやすくしたことでブレが少なくなり、精密性が上がったのだ。

「これがジャンヌの分で、こっちがアウラの分ね」

二人はアムールたちが使っているのをチラチラと見ていたが、三人がその視線に気がつかなかったので、諦めて昼食の準備をしていたのだった。その代わりに性能を上げたというわけではないが、元々『スリングショット』を作ろうと思ったのは、弓矢が使いづらい密集した森の中などでの狩りや、男性よりも力の弱い女性の武器を想定していたのだ。ちなみに、先に試作品を持っていった三人は、平均的な女性の筋力を超える（レニさんは少しくらいだろうが、アムールとクリスさんはかなり超えている）ので、あまり参考にならないのだ。

「ありがとう、テンマ！」

「テンマ様、ありがとうございます！」

「一応言っておくけど、基本的に人には向けないようにね。暴漢相手や自分の身を守る為に使うのはいいけど、これは人を殺せるほどの威力が出る『武器』だから、そのことは頭に入れておいてね」

目の前の二人だけではなく、試作品を持っていった三人にも聞こえるように話したが、試作品の三人のうちの二人は、武器としての可能性に惹《ひ》かれているようなのであまり意味はないだろう。まあ、それくらい危険なものだということだけ、頭に入っていればいい。

試作品の三人は、ヴァージョンアップした『スリングショット』を羨ましそうにしていたが、試作品を選んだのは自分たちなので、返品・交換は受け付けないことにした。

「いいな～……面白そうだな～……」

もう一人、俺の後ろで『スリングショット』を欲しそうにしている奴がいたが、そいつに渡すと何か危ない気がするので、「クリスさんの許可が下りたら、今度作ってやる」と言ったが、改良型をもらえなかったクリスさんが拒否した為、カインの新装備は実現しなかった。

「作りは単純だから、作ろうと思えば、誰でも作れると思うけどな」

「いや、肝心なカエルの素材がないから、そう簡単に作れないからね。この間のカエルの素材は、テンマが全て持っているし……」

どう言おうとも、クリスさんの許可がないと駄目だと言うと、カインはちらりとクリスさんを見て、ため息をつきながら諦めていた。ちなみに、カインが見たクリスさんは、ちょうどアウラの持つ改良型を借りようと頼み込んでいたところだった。

「遊んでないで、出発の準備をせぬか！」

じいちゃんの一喝で、それまで『スリングショット』で遊んでいた面々は、慌てて準備に取りかかった。なお、クリスさんはアウラとの交渉が難航した為、あと少しというところで借りることができなかった。ただ、アムールの方はジャンヌに頼んで、何度か改良型を試している。レニさんは、何とか改良できないかと、自分の持つ試作品で色々試していた。

「それにしても、テンマ。完全に試作品を持っていかれたけど、よかったの？」

「逆に訊くが、カイン。ああなったクリスさんたちから、取り返すことができると思うか？　レニさんは素直に返してくれるかもしれないけど、残りの二人は何だかんだと言って、手放さないと思うぞ」

レニさんにだけ返還を求めるのもどうかと思うので、試作品に関しては諦めることにしたのだ。まあ、その分の仕返しを、三人には改良型を作らないという形で返したわけだ。それに、どうせ作るなら、ちゃんとした設備で、本職の意見を取り入れながら作った方がいいに決まっているので、自分の分を作るのは王都に帰ってからにしようと思っている。

「それもそうだね。特に、僕の分の許可をもらおうとお願いした時の先輩の顔……笑ってはいたけど、すっごい迫力があったからね」

あの様子だと、王都に帰ってから改良型の要請が再度あるだろう。それに王都で作るとなると、確実に作ってくれと言ってくる知り合いが、最低でも三人はいるだろう。この国のトップとか王家の娘とか軍のお偉いさんとか……

「まあ、いざとなったら、真っ先にあの人に献上すれば、少しは大人しくなるかな？」

王都での第一号をマリア様に持っていって、今後の『スリングショット』製作依頼の窓口になってもらえるように頼めば、王都の三人は大人しくなるだろう。マリア様の見ていない所では、いつも通りだろうけど……

「何にせよ、王都に帰ってから考えればいいことだな。それはそうと、俺たちも早く行かないと」

「そうだね。もう少しでクリス先輩たちも片付けが終わりそうだし、僕たちが遅れたら何を言われるやら……」

そういうわけで、俺とカインは急いで自分の分を片付け、皆と合流したのだった。

「テンマ。おそらくじゃが、明後日か明々後日くらいには、ククリ村に到着するぞい」

御者を務めていたじいちゃんが、前方に見える山を指差してそんなことを言った。じいちゃん曰く、前方の山の反対側には、『大老の森』があるらしい。

「まあ、『大老の森』といっても、そこからククリ村までは、まだ距離があるからのう。今日はあの山の手前で休憩するのがいいかもしれぬ」

そこから先は山の麓を通り、その後は『大老の森』に沿って移動するそうなので、強めの魔物が現れる可能性があるそうだ。なので、その危険が少ない山の手前で夜を明かし、明るいうちに危険な場所を通過するのがいいとのことだった。

「じいちゃんが言うなら、そうした方がいいかもね。ライデンが本気で走ったら、ちょっとやそっとの魔物に追いつかれることはないだろうけど、馬車の方はそうはいかないからね。下手すると壊れるかもしれないし、群れで行動する魔物の中には、待ち伏せする奴もいるからね」

それこそ、昔シロウマルの両親を襲った『ドラゴンスネーク』みたいに、格上の魔物に対して群れで襲いかかることもあり得るので、なるべくなら危険な場所の近くで野営するようなことは避けたい。

「なら、決まりじゃな」

ここまで来ると、リオンよりもじいちゃんの方が周辺の地理に明るいので、休憩場所などは全てじいちゃんに任せることにした。

さすがにここまで案内してきたリオンも、辺境伯家の地図よりも、じいちゃんの記憶と経験に頼る方が安心だと言って、真っ先に賛成していた。まあ、ここまで付け焼刃に近い知識で道案内をしていたので、肩の荷が下りたといった感じなのだろう。

「テンマ様は、この辺りに来たことはあるのですか?」

「いや、基本的に俺はククリ村周辺しか行ったことがないからな。『大老の森』で遊んだりしていたけど、奥に行く時は、大体父さんかじいちゃんが一緒だったな……そういえば、一度だけラッセル市に行ったことがあったな。ゾンビたちに襲われた時、救援を呼びにだけど」

何度か黙って奥まで行って、皆に怒られたっけ……とか言っていると、何だかリオンが申し訳なさそうな顔をしていた。多分、「末端とはいえ、配下の一部が……」とか考えているのだろう。

「リオン。もう終わったことなんだから、気にすることはないって。クリスさんも、つられて変な顔をしない」

「ちょっと！　変な顔って何よ！」

クリスさんの方は、母さんや父さんと会った時のことを思い出したのかもしれない。この中で俺とじいちゃんを除けば、ククリ村のことを見知っているのはクリスさんだけなので、そういった感情が湧いたのだろう。

「何にせよ、俺やじいちゃん以上に悲しむのはやめてくれ。どういう反応をしていいか、わからなくなるから」

俺の軽口で、多少は馬車の空気が軽くなったが、リオンとクリスさんはどこか無理をしているように見えた。「そう簡単には戻らないかな？　まあ、寝て起きたらスッキリするだろう」と、明日の朝くらいには、元に戻ってくれることを期待していたら……

「さっさと死になさい！」

「くたばれや！」

じいちゃんが野営地にと予定していた場所がゴブリンの住処《すみか》となっていて、馬車の中で落ち込んでいた二人によって、気晴らしに蹂躙《じゅうりん》されていた。

「いや、ゴブリンを退治するのは悪いことじゃないんだけど……あれだと、あの二人の方が悪者に見えるな」

「ゴブリンたちにしてみたら、平和に暮らしていたところを、オーガみたいな魔物に襲われた感じだろうね」

「これでリオンは、ゴブリンに二度も救われたことになるな……おかしな表現だけど」

「まさに、悪鬼羅刹！」

「お嬢様、その言い方は……って言いたいところですけど、あれはそう言われても仕方がないですね」

俺に続いて、カイン、アルバート、アムールと続いた。アムールの表現に、レニさんが苦言を呈そうとしかけたが、あの二人の様子を見て仕方がないことだと諦めていた。

「まあ、ゴブリンの住処を破壊するのは、冒険者や治安維持をする騎士としては当然の行為じゃが……あの様子じゃと、今日この場所で野営をするのは無理そうじゃな」

元々ゴブリンたちのせいで汚れていた予定地は、二人の活躍によって惨劇の地と変貌しており、どう考えても、本日の野営地にできるような場所ではなくなっていた。

「仕方がない。もう少し進んだ所を、本日の野営地とするかのう」

「この様子だと、ここの処理なんかで時間が取られそうだから、俺は馬車の中で夕食でも作っておくよ」

さすがにこの場所を散らかしたまま、次の野営予定地へと移動するのはマナー違反なので、到着してすぐに食事ができるように、夕食を作っておくことにした。

「私も手伝います」

「ん！」

「私も」

「私もです！」

すぐにレニさんが手伝うと言い、その直後にアムールも手を挙げて、ジャンヌとアウラも続いたが、大勢でするには少し馬車の中は狭いので、そんなに手伝いはいらなかった。

「それじゃあ、ジャンヌは俺の手伝い、アウラは風呂の掃除、レニさんとアムールは、あの二人に渡す飲み物と手ぬぐいを……いや、レニさんが俺の手伝いで、ジャンヌがアムールと一緒に二人の担当をしてくれ」

お客さん扱いというわけではないが、何となくレニさんに簡単な仕事を振ろうとして、すぐにそれはまずいということに気がついた。何せリオンの一度目の気晴らしは、レニさんが原因でのことだ。さすがにその原因をリオンに近づけるのは、双方にとって良くない。そういうわけで、ジャンヌとレニさんの担当を変更することにした。

「予定しているのは、カエル肉を使った味噌汁なんですけど……他に何を作ったらいいですかね？」

「味噌汁といえば、相方は白いご飯ですね。それだと、漬物が南部では定番ですけど……味噌汁ばかりで、皆は飽きませんかね？」

野営をする場合、見張りに立つ人の為の夜食も必要になるので、夕食と一緒に作ることが多い。その為、大量に作ることができ、温め直すことが可能な汁物が定番料理となる。そして、出汁《だし》を取って味噌を入れるだけでも、料理になる味噌汁は、俺の料理担当時の定番となっていた。まあ、精神が元日本人というのも、大いに関係している。ちなみに、よく作る料理の次点はシチューだが、味噌汁の方が簡単に手早くできるので、どうしても大差をつけての二番手となっている。

「まあ、野営のことも考えた料理に文句を言う人はいないでしょうし、言ったら言ったで食べさせなければいいだけのことです」

うまければ問題ないといった、冒険者気質のメンバーばかりなので、文句を言う者はいないだろう。そもそも、食べたいものがあったら、リクエストしてくるはずだ。少なくとも、そういったことを遠慮するような者は、今回の旅に同行していない。

「それじゃあ、レニさんは味噌汁をお願いします。俺は、おにぎりと浅漬けを作ります」

本当はぬか漬けのようなものを用意したいが、ないので浅漬けを作ることにした。まあ、材料のキャベツ・人参などの野菜の切れ端に、細切りの昆布と塩を入れて揉んで、しばらく置いておくだけの簡単なものだ。

あとは、マジックバッグに保存していたご飯を使って、ひたすらおにぎりを握る。もっとも、それだけでは足りそうにないので、同時進行で新たなご飯も炊いた。


「テンマ君、お腹がすいたわ」

ゴブリンを殲滅し、風呂で汚れを落としたクリスさんが、髪を拭きながら食事の催促に来た。

「料理自体はできていますが、皆が揃うまで待っていてください」

現在、一番風呂だったクリスさんの後で、他の女性陣が馬車の風呂を使っている最中だ。そして、そのせいで馬車の風呂を使用できない男性陣はというと、少し離れた所に昔作った浴槽を出して、そこで風呂に入っていた。

「え～」

と言いつつ、クリスさんはこっそりとおにぎりに手を伸ばしていた。

「まあ、いいですけど……何だか、アムールみたいですね」

「うっ……」

アムールを再教育している身で、アムールと同じことをしているというのはまずいと感じたようだ。もっとも、最近のアムールはそういったことをしなくなってきているので、もしもアムールにバレたら、クリスさんの立場がなくなってしまうかもしれない。

「テンマ君。このことは、どうかご内密に……」

「俺はいいですけど……アウラが見てますよ」

クリスさんと同じく、アウラもつまみ食いを狙っていたのか、こっそりとこちらへ近づいてきていた。そして、クリスさんのつまみ食い未遂を見てしまったのだ。

「アウラ、ちょっといらっしゃい」

アウラは、まずいところに出くわしたと感づいたのか、クリスさんが振り向く寸前に逃げ出そうとしたが、少し遅かった。

そしてアウラは、クリスさんに野営地の端っこの方へと連れていかれ、そこで口止め交渉をされたようだ。ただ、その交渉がどういった方法で行われたのか、俺にはわからない。わかることといえば、アウラが交渉後に疲れたような顔をしていて、クリスさんが上機嫌だったことから、クリスさんの望む結果となったであろうということだ。

「それじゃあ、交代頼むな。夜食の味噌汁を温める時は、食べる分を小鍋に移してからにしてくれ」

「おう！」

「了解！」

今回の見張りは四交代で行うことにし、前半が女性陣、後半が男性陣ということになっていた。その後半の一回目が俺とアルバートで、二回目がカインとリオンなのだ。ちなみに、じいちゃんはくじの当たりを引いたので、今回の見張りは不参加だった。

「テンマ、悪いが限界だ。先に休むな」

簡単な引き継ぎと、ちょっとした注意事項を二人に教えている最中に、立っているのも辛いと言って、アルバートが先に男性交代者専用のテントに入っていった。

「大体わかったから、テンマも寝ていいよ。もし何かあったら、その時に起こすから」

カインが大丈夫だというので後のことは任せて、俺も早く寝ることにしてテントの中に入った。テントの中では、先ほど入ったばかりのアルバートが寝息を立てており、俺もその隣で横になることにした。

(見つけた……おいで……)

「ん？　悪い、起こしたか？」

寝床の準備をしていると、どこかから小さな声のようなものが聞こえたので、てっきりアルバートを起こしてしまったと思ったのだが、アルバートはテントに入った時と変わった様子もなく、寝息を立てていた。

「気のせいか……」

外からは微かにカインとリオンの話し声が聞こえるし、テントの近くでは虫も鳴いていたし、もしかしたらアルバートの寝言かもしれないので、気にする必要はないだろうと布団の中に入ったのだった。

しかし、意識が薄れていって、あと少しで眠りそうだという時、

（少し遠いか……まあ、いい……ここまで待ったのだ、焦る必要はない……）

かなり小さな声であったが、今度は先ほどよりも聞き取ることができた。

「誰かいるのか？」

俺はテントから出て辺りを見回したが、近くに誰かがいた形跡はなかった。

「どうしたんだ、テンマ？」

「あれ？　いつの間に出てきていたの？」

見張りの二人は、外の方に意識を向けていたのか、俺に気がつくのが少し遅れていた。

「カイン、リオン。テントの近くに、誰かいなかったか？　声が聞こえたんだが……」

俺の言葉に二人は顔を見合わせて、

「いや、誰も近づかなかったぞ？　だよな？」

「うん。僕たちは火の近くにずっといたし、馬車の中の誰かがテントに近づいたら、二人のうちどちらかが絶対に気がつくはずだから……多分、僕たちの話し声が聞こえたんだよ。ごめんね」

「いや、二人の声じゃなかった気がするんだが……」

「それは、あれだろ。テント越しだと、普段の声とは違う感じに聞こえたんだって。すまなかったな。次からは、もう少し声を小さくして話すぜ」

何かが違うような気もしたが、リオンの言ったことが一番納得できる話だったので、テントに戻ってもう一度横になることにした。

「テンマ！　おい、テンマ！　大丈夫か！」

「な、何だ！」

いつの間にか眠っていたらしい俺は、アルバートに体を揺すられて目を覚ました。

「何だも何も、テンマは先ほどまで、ものすごくうなされていたんだぞ」

「どうした！　何かあったのか！」

「何か、アルバートの声が聞こえてきたけど、どうしたの？」

アルバートから説明を受けていると、リオンとカインが続けて入ってきた。

「うおっ！　テンマ、すごい汗だぞ！」

「ホントだね。滝のように汗が流れているよ」

二人に言われて、初めて体中が汗だらけになっているのに気がついた。それどころか、使用していた布団まで汗でびっしょり濡《ぬ》れていた。

「もしかして、どこか体調が悪いのか？」

アルバートが心配そうに顔を覗いてくるが、少しだるさがある以外には、特に悪いと感じるところはなかった。

「朝早くから騒がしいが、どうしたのじゃ？」

リオンとカインが加わったことで少し騒がしくなったのか、隣のテントで寝ていたじいちゃんが起きてきた。

「どうも寝ている間にうなされていたみたいで、三人が心配していただけだよ」

「ふむ……頭痛がするとか、どこかが痛いとかいうのは感じるのか？」

じいちゃんの問診に、「軽い倦怠感《けんたいかん》がある以外には、特にない」と答えると、「気疲れじゃろうから、汗でも流してすっきりしてこい」と言われた。

「そうだな。布団の方は俺たちで片付けておくから、早く汗を流してきた方がいい」

アルバートもそう言うので、厚意に甘えることにした。

風呂は昨日の残り湯があるので、それを温め直せばすぐに入れるだろう。

◆

「テンマが言うのだから、本当に体調が悪いわけではないと思うが……」

「マーリン様、何か心配事でもあるのですか？」

「うむ。テンマがおらぬから言うが、本当はテンマがククリ村に行くのは反対なのじゃ」

テンマが自ら行くと決めたのじゃから、わしが反対することではないと思った。だが、心配していたことが当たったのかもしれぬ。

「正直言って、テンマはこの国で一番強いじゃろう。それは、わしを上回る魔力と、ディンと正面から戦って勝ったことからわかる事実じゃ。まあ、魔法だけ、武術だけなら勝ち目はあるが、その両方を使われたら難しいじゃろう」

わしの話を聞いて、三人は頷いて同意した。

「じゃが、精神面はまだ未熟じゃ。何せ、成人したての若者なのじゃから」

同年代と比べれば、精神面もはるかに強いじゃろうが、それでも年相応のところも見える。そんなテンマが、父と母、それに多くの村人が亡くなった地を訪れることに、果たして耐えることができるのかという心配があったのじゃ。

「わしの心配が、杞憂《きゆう》であるのならいいのじゃが……」

わしの独り言に近い話を聞いた三人は、黙ってテンマがいる方角を見ていたのであった。

◆

「うわぁ……汗で水たまりができた」

脱いだ服を何となく絞ってみると、驚くほどの汗が流れ出た。症状を感じていないだけで、脱水症状寸前の可能性もあるので急いで水分を取り、湯船には入らずにかけ湯だけで済ませることにした。

「誰か入ってますか～」

「ジャンヌか?」

汗を流し終えて体を拭いていると、外からジャンヌの声が聞こえてきた。これがクリスさんやアウラだったら、声をかける前に脱衣所（代わりの衝立《ついたて》の内側）に入ってきているだろう。アムールは最近改善されてきているので、大丈夫だとは思うが……正直、まだよくわからない。

「あっ！　テンマが入ってた?　洗濯物とかは?」

「あ～……出る時にカゴの中に入れておくから、後で持っていってくれ」

「わかった」

汗だくの服をジャンヌに渡すのが少し恥ずかしかったが、それを洗濯するのがジャンヌの仕事だし、屋敷でも洗っていたので、今更だと思い籠に入れておくことにした。ただ、見ているところで持っていかれるのは何となく嫌だったので、後で持っていくように言ったのだ。

「それにしても、昨日の声……一体何だったんだ？」

リオンは「テント越しで声が違って聞こえた」みたいなことを言っていたが、そこまで変わるものなのかという疑問があった。

「今回のメンバーの誰とも似ていないように感じたし……」

服を着ながら考えたが、納得できる答えは出てこなかった。

「もしかしたら、それは『妖精』かもしれんのう」

風呂から戻って昨日聞いた声のことをじいちゃんに話すと、じいちゃんは『妖精』の仕業ではないかと言った。

「妖精って、物語とかに出てくるあの『妖精』？」

「そうじゃ。とはいっても、実際に妖精を確認した者はおらぬと言われておるから、本当のところはどうなっておるのか知らぬがな」

「ちょっとじいちゃん、ふざけないで！」

俺が抗議すると、じいちゃんは笑っていたが、急に真面目な顔になって、

「妖精が本当にいるのかどうかは別として、テンマの聞いた声の主は、超常的な存在だったのかもしれん。例えば、『神』などといった存在……みたいな、のう」

「神……」

以前夢で会った時に、時折俺のことを見ていると言っていたので、もしかしたらそうだったのかもしれないが……

「そんなことを言っている研究者もおるということじゃ。その他にも、『神々の会話』が漏れ聞こえたと言う者や、『死者の声』や『怨霊の声』などと言う者もおるがのう」

その他にも、「俺の神経が高ぶっていて、何らかの音が人の声のように聞こえてしまったのではないか？」ということだった。途中、心霊現象みたいな話が出たが、結局は俺の勘違いということになった。

「おはようございます。マーリン様、何の話をしていたのですか？」

馬車から出てきたクリスさんが、じいちゃんを中心に男たちで集まっているのを見て声をかけてきた。

「いや何、テンマが寝ぼけて『お化けの声』を聞いたと心配しておってのう……そのことで話をしておったのじゃ」

「じいちゃん！」

「何、テンマ君……お化けが怖くて眠れなかったの？」

じいちゃんの話に合わせて、クリスさんがニヤニヤしながら俺をいじってきた。

「そう言うクリスさんは、行き遅れが心配で、眠れない夜も多いみたいですけどね」

少し頭に来ていた俺は、禁句とも言える言葉を口にしてしまった。俺の発言に、クリスさんは笑顔で俺を見ていた。俺もまた、笑顔でクリスさんを見つめ返した。そして、そんな俺たちの周りにいたじいちゃんたちは、いつの間にかいなくなっていた。

「テンマ君……どういう意味かしら？」

「聞いたままの通りだと思いますけど？」

俺とクリスさんの静かな戦いは、食事を知らせに来た空気を読めないアウラの登場まで続いた。後で聞いた話によると、ジャンヌに俺たちを呼んでくるようにと言われたのだそうだ。ジャンヌに利用されたアウラには申し訳ないが、話をうやむやにできたことはありがたかった。


「じいちゃん。ククリ村までは、あとどのくらいで着きそう？」

「さっきも言ったが、あと数時間はかかるぞ」

「テンマ……さっき訊いてきてから、まだ一時間も経ってないよ」

「そうだったか？」

さっき訊いた時から、結構な時間が経っていると思っていたが全然だったらしく、御者をしているじいちゃんとカインに呆れられてしまった。

「ちょっとテンマ君、少しは落ち着きなさい。さっきから、そわそわしすぎよ」

「そうだぞ、テンマ。お前は俺たちのリーダーになっているんだから、そんなんでどうするんだ」

クリスさんはともかく、リオンにまで注意されるほど、俺は落ち着きがなかったようだ。

「テンマ、お茶でも飲む？」

「お菓子もある。私のとっておき」

ジャンヌとアムールも、俺を心配そうに見ていた。

「それにしても、ここまで落ち着きがないテンマを見るのは初めてだな。いつもは私たちよりも、余裕がある感じがするのに」

「そうね。初めて会った時も、冷静にオークの群れに対処していたし、その後に陛下の正体を知った時にも、あまり緊張した様子はなかったからね」

「その話、聞いてみたいっすね」

アルバートに同意したクリスさんが昔のことをちらりと話すと、リオンがその話に興味を示した。その他にも、ジャンヌやアウラ、アムールも昔話を聞きたそうにしていた。

「あの時は焦ったわよ、本当に……陛下がいきなり、『こっちが近道だから！』とか言って、クライフさんの決めた道を強引に変えさせて、見通しの悪いところでオークの奇襲よ。しかも、オークキングがいたせいでやけに統率が取れていて後手に回るし、岩壁を背にして戦っていたらいきなりテンマ君が降ってきて、あっという間に解決しちゃって……正直、近衛隊の面目丸潰れだったわよ。それで、全部が終わって王都に帰った後も、隊長にオークに苦戦したことがバレて、あの時の護衛は全員しごかれるし……地獄だったわ」

他にもククリ村でのことも話したクリスさんだったが、いつの間にかシロウマルとの思い出話になっていて、リオンに突っ込まれていた。

リオンのツッコミで、馬車の中はだいぶ賑やかになったが、それでも俺は落ち着くことができなかった。むしろ、ククリ村に近づいていると思うだけで、焦りが強くなっていく感じすらした。だが、ここまで皆が気を使ってくれているのに、その焦りを感づかせるわけにはいかなかった。

「あれ？　『大老の森』からだいぶ離れてる？」

クリスさんが何げなく外に目をやると、『大老の森』に沿った道を進んでいたはずの馬車が、いつの間にか違う道を進んでいた。

「じいちゃん、どうしたの？」

「少し遠回りになるが、こっちの道なら危険が少ないからのう。その分だけ警戒せんでいいから、移動速度が上がるしのう。もしかしたら、森沿いに進むより早く着くかもしれぬ」

じいちゃんたちにも、予定進路を変えさせるくらい心配させていたようだ。

「ごめん、じいちゃん」

「何、気にすることではない。単にこのまま進むよりも、安全でより早く着く道を思い出したから、変更しただけの話じゃ」

じいちゃんの言葉に、隣に座っているカインも頷いている。

「それと、テンマ。遠くにオークの群れが見えるから、気晴らしに暴れてくるといい」

じいちゃんの指差す方を見ると、確かにオークの群れがこちらの様子を窺っているのが見えた。おそらく、あの辺りで待ち伏せして狩りをしているのだろうが、普段とは違う方角から俺たちが近づいてきた為、隠れる場所がなかったのだと思う。

「そうだね。今度は、俺の気晴らしに付き合ってもらおうかな」

そう言って俺は空を飛び、速度を落とした馬車を置き去りにして、上空からオークの群れに襲いかかった。

マーリンSIDE

「すっ飛んでいったのう……」

「よっぽど、ストレスがたまっていたんでしょうね」

あそこまで焦るテンマを見るのは初めてじゃ。

「やっぱり、ククリ村に近づいているのが関係しているのでしょうか？」

「まあ、それしか原因が思い当たらんからのう……」

いくらテンマが規格外な存在とはいっても、まだ一八の青年なのじゃから、年相応の精神と言えるのかもしれぬ。

「マーリン様！　今、テンマ君がものすごい勢いで飛んでいきましたけど！」

クリスが、驚いた様子で窓を開けた。その背中には、アムールが引っついておる。

「変えた進路の先に、オークの群れが陣取っておってのう。安全確保の為に、テンマに先行してもらったのじゃ」

「そうだったんですか」

この説明で、クリスやアムールは事情を察したみたいじゃが、リオンは「俺に声くらいかけてもいいだろうに……」と少々不満げじゃった。まあ、暴れたいというよりは、自分の領地のことだから率先して動きたいといった感じじゃったが、クリスとアムールからは、『空気読め！』といった感じで睨まれておった。

「リオンじゃ無理だよ。だって、リオンがあそこまで行く間に、オークたちは散り散りになって逃げちゃうだろうし、たとえオークたちが逃げ出さなかったとしても、リオンの戦い方だと、オークのお肉がダメになっちゃうじゃないか。ゴブリンの肉ならぐちゃぐちゃになってもいいけど、オークのお肉はもったいないよ」

カインの説明で、リオンは「それもそうだな」と納得していた。その後ろでは、『お肉』という単語に反応したシロウマルとソロモンが、『今日の晩ご飯は肉だ！』とばかりに尻尾を振っておる。

「あっ！　終わったみたい」

カインの声でテンマの方を見てみると、最後の一匹の首が落ちたところじゃった。

「さすがね。かかった時間もだけど、それ以上に綺麗な倒し方をしているわ。それこそ、遠く離れていてもわかるくらいに」

クリスの言う通り、オークたちは全て首を切り落とされて倒されておる。

「アウラ、お風呂の準備をするわよ」

「でも、テンマ様は、血で汚れるようなことはないと思うけど？」

「アウラ、血で汚れなくても匂いはつくし、汗もかくでしょ。ジャンヌの言う通り、さっさとお風呂の準備をしなさい……じゃないと、アイナに言いつけるわよ」

アウラは、ところどころ抜けておるのう。その反面、ジャンヌはよく気がついたという感じじゃ。それに風呂に入るのも、いい気分転換になるじゃろう。

「さて、ライデン。テンマの所まで行ってくれ」

クリスに脅されたアウラが、バタバタと足音を立ててジャンヌの手伝いに行ったのを見てから、わしはライデンの速度を速めた。

◆

「テンマ、少しは落ち着いたかのう」

オークの死体をマジックバッグに入れていると、馬車が俺の横に停まり、じいちゃんが声をかけてきた。

「おかげで、少しはね」

完全にではないが、暴れる前に比べると体を動かした分だけ気が楽になった感じがする。

「少しか……まあ、それはいいとして、ジャンヌが風呂の用意をしておるから、ゆっくりと風呂に入って体を休めるといい」

「ありがと」

周囲にできた血だまりを水魔法で流し、服についた汚れを軽く叩き落としてから馬車の中に入ると、ジャンヌがタオルを持って待っていた。

「はい、タオル。着替えは、テンマが持っているよね？」

「着替えは大丈夫。ありがと、ジャンヌ」

ジャンヌからタオルを受け取って風呂へ移動しようとすると、クリスさんをはじめ、馬車の中にいた（リオン以外の）皆が心配そうな顔をしていた。シロウマルとソロモンも、俺の様子がおかしいのに気がついているのか、体をすり寄せてきた。まあ、風呂に入ろうと扉を開けたらシロウマルはすっと俺から離れていき、ソロモンはそんなシロウマルについていった。多分、シロウマルは風呂に入れられると思い、ソロモンはシロウマルが急に離れていったので、誰かからおやつがもらえるのかもしれないと思ったのだろう。

「まあ、今シロウマルを洗う気にはなれないからいいんだけど……」

シロウマルの態度に少し釈然としないものを感じながらも、風呂に入って体を休めることにした。

ちなみに、精神的な疲れと運動後の疲れ、そこにお風呂という名の魔法が加わった結果、俺は湯船で寝落ちしてしまった。

そして、長風呂を心配して様子を見に来たアルバートとリオンに、風呂で溺れていると勘違いされ引きずり出されてしまうのだった。なお、二人が俺を発見した際に大声で叫んだせいで、二人の声に驚いて風呂場に入ってきた女性陣に裸を見られそうになったが、その前にタオルで体を隠すことができたのは幸いだった。まあ、風呂から上がった後で、じいちゃんとクリスさんに怒られてしまったが……真っ裸を見られて気まずい思いをするよりは、格段にましだった。

◆

「テンマは、もう寝たようじゃな」

「みたいです。テンマ君、馬車から下りてすぐに、大あくびをしていましたから」

野営にちょうど良い場所を見つけ、早めの夕食を皆でとったのじゃが、テンマは食事の間もあくびを何度もしていた。

「風呂で寝て、出てきた後も寝とったのに……よっぽど疲れておったのじゃな」

「そうですね。武闘大会に辺境伯領のワイバーン退治、おまけに巨大な防壁の建設が続きましたから……常人なら働きすぎで、とっくの昔に倒れてますよ。それに加えてククリ村のことですから……」

クリスはそう言って、テンマが寝ているテントを心配そうに見ておった。

「今のテンマをククリ村に連れていっていいのか心配ではあるが、ここまで来て引き返すのはテンマの望むことではなかろう」

「私もそう思います。明日の朝、いつも通りの時間帯に出発すれば、昼過ぎにはククリ村に着くような距離ですし……それにククリ村には、リカルドさんとシーリアさんのお墓が残っているんですよね？」

「うむ。あの事件の後、ドラゴンゾンビに挑んだテンマの帰りを待ちはしたが、怪我人の様子や皆の精神状態から早めに街に移動する必要があったし、いつまでも亡骸《なきがら》を放置するわけにはいかんかったからのう……それに亡くなった村人のほとんどはリカルドやシーリアを含め、ククリ村で生まれ育ったか、生まれ育った者の伴侶じゃったからのう。幾人かは亡くなった家族の遺骨を持っていったが、二人の遺骨はシロウマルの両親の墓の近くに埋葬したのじゃ」

本当はわしも二人の遺骨を持っていきたかったが、怪我の具合がひどくてそういった判断ができなかったし、マークやマーサも二人の死に加え、テンマがいなくなったことで混乱しておったから、仕方がないと言えばそうなのじゃが……そのことはわしの中で、未だに悔いとして残っておる。

「テンマ君も、思うところは色々とあるでしょうけど……乗り越えられるといいですね」

「そうじゃな。わしらにできることは少ないかもしれぬが、まずはテンマの強さを信じることからじゃな」

今のククリ村が、テンマにどういった変化をもたらすのかはわからぬが、わしはテンマに対し、自分ができうる限りのことをしようと決心したのじゃった。

特別書き下ろし

エイミィとエリザの出会い

「あれ？　ここ、どこだろう？」

王都にもだいぶ慣れたし、一人でも買い物できるだろうと張り切ったのはいいけれど……少し道を間違えただけで、思いっきり迷ってしまった。早くに引き返せばよかったんだろうけど、このままま
っすぐ突っ切れば、いつものお店のある道にでるはずと思ったのが間違いだったらしい。

「素直に引き返そうか……」

そう判断したとき、前の曲がり角から男の人が出てきて道を塞いだ。すぐに後ろに逃げようとしたけれど、後ろにも男の人がいた。その人も道を塞ぐように立っている。二人の顔を見て、今私が危険な立場にあることがすぐにわかった。とてもじゃないけど、まともな人がするような顔じゃない。

「誰か助けて――――！」

すぐに声を出して助けを求めたけど、誰かがやってくる気配がない。それどころか、叫んでも無駄とばかりに、男の人たちは馬鹿にするように笑っている。それぞれの後ろの方から、この二人とは違う笑い声が聞こえてくるから、他に何人か隠れているみたい。

一通り笑った二人は、私に見せつけるようにナイフと縄を取り出した。あのナイフで脅して、縄

で縛るつもりなのだろう。さすがに前後を挟まれたままだと分が悪いので、横の壁に背を向けるようにして、マジックバッグに手を入れた。その時、

「あなたたち、何をしているのかしら？」

何かが壁に叩きつけられる音のすぐ後に、前の方から声が聞こえてきた。現れたのは、髪型はちょっと変わっているけど堂々としていてかっこいい、綺麗な女の人だった。

「出てきて！」

男の人たちの注意が逸れた隙に、私はマジックバッグから五つの玉を取り出して地面に投げた。その玉は先生からもらったゴーレムの核で、日頃から忘れずに持ち歩き、危ないと思ったら使えと言われていたものだ。

五体のゴーレムが現れると同時に、いーちゃんとしーちゃんもディメンションバッグから飛び出してきた。くーちゃんは戦いに自信がないようで、バッグから顔だけ出している。

「一号は私のそばに、二号はあの女の人の援護、三号は反対側に隠れている人を逃がさないで、四号は前にいる男の人を攻撃、五号は後ろを攻撃！　いーちゃんとしーちゃんは空から援護！　くーちゃんは……バッグからみんなの応援！」

このゴーレムたちはそれぞれ特徴があり、一体でも強いけど、五体が集まった時の方がその実力を発揮する。そんなゴーレムたちは、先生がくれた時にナミタロウが、「一号は赤、二号は青、三号は黄色、四号は桃色、五号は緑や！」とか言って、それぞれに色を塗られそうになっていた。その時は先生に止められたけど、私は見分けがつきやすくていいアイディアだと思った……けれど、前に先生が派手な色だと目立って危険だと言っていたのを思い出したので、黒から変えていない。

まあ、形でわかるし、胸の所にナミタロウの言っていた色の玉を付けているので、今はそれで満足している。

「いいものを持っているわね。あなたたち、覚悟はいいかしら?」

女の人は、そばに来たゴーレムに少し驚いたようだけど、すぐに男の人たちを睨み始めた。男の人たちは、後ろをゴーレムに塞がれたせいで逃げられないと覚悟を決めたのか、女の人と私に向かって走り出した。

「そこのあなた! このならず者たちに、後悔というものを教えてやりますわよ!」

「はい!」

こうして私たちの戦い? が始まった……もっとも、私たちの圧勝ですぐに終わったけれど。あまりにも男の人たちがボロボロだったせいで、戦い終わったすぐ後で騒ぎを聞きつけて駆けつけてきた衛兵の人たちに、私たちの方が悪者だと勘違いされそうになった。まあ、女の人が衛兵の人たちと話し会った結果、ちゃんと誤解は解けた。でも、

「エイミィ! あなた、私の妹になりなさい! お父様とお母さまに言えば、すぐに手続きしてくれるから!」

女の人……エリザさんに気に入られて、その日以降、会うたびに勧誘を受けることになった。いい人なんだけどなぁ……。

ゴーレム戦隊誕生秘話

「テンマ、何作っとんのや？」

俺が自室である作業をしていると、音を聞きつけたナミタロウが勝手に部屋の中に入ってきた。

「ノックぐらいしろよ」

「ええやん、わいとテンマの仲やろ？　それよりも、その人形は何なんや？」

ナミタロウは適当な返事をすると、すぐに視線を音の原因へと向けた。

「これか？　これは、新型のゴーレムだ」

今作っているのは試作品だが、この状態でも俺の持つゴーレムの中でも上位クラスの力を持っているだろう。

「ほ〜ん……新型っちゅうことは、ティーダやルナに渡した奴より強いんか？」

ティーダやルナに渡した奴とは、以前マリア様に頼まれて作った王族専用ゴーレムのことだろう。

確かに新型と聞けば、前作より性能が上がっていると思うのが普通だが今回のものは違う。

「これは新型だけど、ティーダたちに渡した奴と戦えば、ほぼ負けると思うぞ。たとえ、これが完成形になったとしても」

ティーダたちに渡したゴーレムは、速度・攻撃・守備に特化させたものなので、三体とも特徴的な形をしている。しかし、今回の新型は一般的な男性の体格を模して作ってみた。

「デッサンで使うような人形みたいやけど、どんな特徴があるんや？」

「これは試作型の中でも基本になる形にしているから、特にこれといった特徴があるわけではないけど、しいて言えば、『汎用性が高いゴーレム』ってところかな」

このまま完成度を上げて、ゴーレムにも俺たちが使っているような武器や防具を使わせたいと思っている。できればそこら辺で売っているような、調整されていない武器や防具を問題なく使えるレベルにしたい。

「確かにそれができるんやったら、状況に応じて武器を持ち替えたり装備を変えたり、現地調達も簡単になるな」

現状で武器や防具を使っているのは、王族専用のゴーレムと『ガーディアン・ギガント』だけだ。しかしいずれも、専用に作ったものを持たせている為、その武器が無くなった場合、素手で戦わなければならなくなる。まあ、ギガントに関しては、俺が操作しているので違う武器も使うことはできるが、ギガントに合わない武器だった場合は逆に戦闘能力が下がる可能性が高い。人が使うサイズの武器をギガントに持たせるくらいなら、素手で殴った方が威力を出せる。

「だけど、問題もあってな。人と同じサイズで作ろうとしたら、強度が弱くなるんだよ。特に関節部分がな……」

ライデンのように、中を空洞にしても全体をミスリルで作れば強度的な問題はなくなるが、人と同じサイズだと、どうしても周りの金属を薄くしないといけなくなるので、重量のある武器などで殴られると簡単に壊れてしまう。特に関節部分はその問題が深刻で、少し歪みがでただけでも動きに支障をきたしてしまう。

「自由度に強度、軽量化か……そら難しいな。わいには、いい考えが浮かばん。やけな、テンマ……こんな時は、おやつでリフレッシュや！　食堂行こや！」

何かヒントになるものを期待していた俺は、ナミタロウの言葉にずっこけそうになったが、ナミタロウの言う通り気分転換もかねて食堂に向かうことにした。

食堂では、ジャンヌたちが夕食の準備をしていた。今夜は串焼きのようだ。ジャンヌとアウラが、一生懸命に肉や野菜を串に刺している。

そんな二人を横目に見ながら簡単にできそうなおやつを考えていると、

「テンマ、わいは生クリームを使ったのが食べたい」

と言うナミタロウの要望に応え、クレープを作ることにした。幸いにも、ヒロの牛乳から作った生クリームが残っているので、それと果物を何種類か用意すれば手軽にクレープを作ることができる。

「できたぞ。ジャンヌ、アウラ、二人も休憩していいぞ……あっと、その前に、じいちゃんを呼んできてくれ」

そういうと、アウラが屋敷のどこかにいるじいちゃんを探しに行った。ちなみに、作り始めた時にはいなかったアムールは、クレープ生地を焼く匂いにつられてどこからか姿を現し、今では重ねられた生地の目の前に陣取っている。

「おお、待たせたようじゃな」

じいちゃんがやって来て皆が席に着いたので、それぞれ好きに食べ始めたのだが……

「アムール、アウラ、欲張りすぎはいかんぞ」

二人が生クリームを欲張って入れたせいで、口を付けた瞬間に生クリームが溢れてテーブルを汚した。

「せやで。こういうもんは、生地に包めるくらいを入れて、こうやって……こうやって……こう……テンマ、包んでくれへん?」

ナミタロウは二人に手本を見せようとしたが、ゴーレムの腕では上手く包むことができず、三度失敗したところで俺に頼んできた。頼まれた俺は、丸のみにするナミタロウのために春巻きのように包んだクレープを作り渡すと、ナミタロウは二人にどや顔しながら口に入れた。

「こうやって食べれば、汚さずに済むんや!　中に入れた果物を芯にして包むと、成功しやすいんやで!」

ナミタロウのアドバイスにアムールとアウラは、『失敗続きで俺に頼んだ奴とは思えない』といった顔をしながらも、言われた通りにクレープを作って食べ始めた。

「確かに、この方が作りやすいし食べやすいのう。ひげが汚れないのがありがたいわい」

そのまましばらくクレープを作っては食べるを繰り返し、用意した生地がなくなったところで、ジャンヌとアウラは串焼きの量産に戻って行った。アムールは若干眠そうにしていたが、二人が串焼きを作っているのを見て一人だけ何もしないのは気が引けたのか、量産作業に参加していた。

三人が肉や野菜を串に刺していく作業を見ていると、ふと新型ゴーレムで試してみたい方法を思いついた。

「ちょっと、作業に戻ってくる。もしかしたら夕飯に出てこないかもしれないけど、気にしないで先に食べておいて」

急いで自分の部屋に戻り、思いついた方法を形にする為に色々と試行錯誤をしていると、

「テンマ、少しは休憩せんか！」

じいちゃんが部屋に乗り込んできた。じいちゃんに続きジャンヌとアウラ、それにアムールと、何故かいるクリスさんも部屋に入ってきた。

ジャンヌが閉め切っていたカーテンを開けると、部屋に太陽の光が差し込んできた。太陽の光で、てっきり夜明けまで作業に没頭していたのかと思ったら、

「テンマ、もうお昼」

とのアムールの言葉に驚き窓から空を見上げると、確かに太陽は真上にあった。

「全然気が付かなかった……寝てないってわかったら、急に眠気が……」

その言葉を聞いたアムールが俺をベッドのそばまで押し、皆は俺が布団にもぐりこんだのを見てから呆れた顔のままで部屋から出て行った。

「テンマ、今度は寝すぎじゃ！」

次に目が覚めると、翌日の朝だった。確かに寝すぎだ。しかしそのおかげで、大分頭はすっきりしている。

「それで、そのゴーレムはそれで完成なのかのう？　細くて骸骨みたいなんじゃが……」

「まだ完成前だけど、これでも動くことは可能だよ」

そうじいちゃんに答えて、俺はゴーレムを起動させて軽い運動をさせた。

「お？　おお！　これはすごいのう！」

「でも不気味」

「これまでのゴーレムの動きとは違う身軽さだけど、この状態だと新種の魔物と間違われそうね」

クリスさんの言う通り、これまでのゴーレムよりも身軽な動きをするが、この状態だと不気味さの方が目立っている。確かに現在のゴーレムの姿は、関節部の球体と骨のような棒を組み合わせたものなので、不気味と言えば不気味だ。だが、人には無い場所に関節を増やしたり、思い切った軽量化を施したりしたおかげで、より人間に近い動きができるようになっている。

「今後はこのゴーレムに、肉体代わりの装甲を付けて、その上から魔物の皮を張るつもりだよ」

鎧で体を支えているライデンの反対で、体を支えている芯をむき出《守》しにし《る》ない為の装甲と皮だ。俺のイメージでは、頑丈な肉体と皮膚の代わりと言った感じである。

皆に説明した後で、金属製の装甲を作る前に土で仮の装甲作りに入った。土魔法を使って装甲を作り、全体のバランスを見ながら表面を削って形を整える。形が整ったら上に魔物の皮代わりの布を張っていくのだが、細かいパーツに切り分けると縫い合わせるのが大変な上に強度も落ちてしまうので、計画を変更して全身タイツのような感じで覆うことにした。

「こんな感じだな」

数日後にできた試作品の見た目は、再現CGで使われるのっぺらぼうを立体化した感じだった。強度に関しても土を固めて作った装甲なので乱暴なことはできないが、動きに関しては特に問題がなかった。

「これで装甲を金属に変えて、タイツを魔物の皮に変えれば、強度に関しても問題はないだろう」

金属と魔物の皮を合わせたゴーレム本体の強度に、その上から着用させた鎧を合わせれば、期待通りの強度を得られるだろう。心配していた関節部分は、球体にした分だけ金属の厚みが増したので、人間の肘や膝のようになっている。

「あとはケリーと相談して、完成形を目指すか」

こういった装甲作りは専門家に任せるのが一番ということでケリーに相談しに行き、その日のうちから装甲の作業に付き合わされることになった。そして数日後に完成したものが、

「全身タイツの変態みたいなゴーレムやな」

後にエイミィ専用ゴーレムとなる一号だった。エイミィに渡したのは五体揃ってからだったが、揃ったときにナミタロウが、

「五体揃って、ゴニンジャイ！　ほな、色塗ろか！」

とか言い出したのだが、色々と悪目立ちしそうなので阻止した。却下されて素直に諦めたと思われたナミタロウだったが、少し目を離した隙に、胸の中心部辺りに五色に色分けされた玉が縫い付けられていた。まあ、エイミィが気に入っているみたいだからいいけど……今度は光の巨人のようになったのが気になったが、知っている人はいないはずなので、見分けを付けるものくらいにしか思われないだろう。

「なんか、ウル〇ラマンみたいやな」

……少し訂正。人ではないが、知っている魚はここにいるんだった。しかも、面白がって言葉を教えそうな、厄介な奴が。

ナミタロウ……頼むから、『ウル〇ラマン』という言葉は広げないでくれよ。

クリスの野望

「何が、彼氏とデートなの……よ！　裏切り者！」

久々に同期で食事でもと思って誘ったのに、声をかけた全員が同じ言葉で断りを入れてきた。あいつら、いつの間に男を作ったんだ！　男を作る秘術を、私にも伝授してくれ！

「はぁ……こういう日は、シロウマルをモフって、お酒を飲んで、お風呂に入って、ぐっすり寝よう……」

幸いにも、明日明後日は連休だ……同期で食事に行くつもりで、休みを取ったのに……。


「シロウマルなら、テンマ様に付いていきましたよ」

なんてこった！　私のモフモフが寝取られた！　……って、もともとテンマ君の眷属だったわね。

それじゃあ、メリーとアリーは……この間毛を刈られたばかりだったわ。仕方がないから、アウラにお酒とおつまみの準備を頼んでから食堂へと向かうと、

「ん？」

「あら？」

そこには先客がいた。見たことのない女性だけど、多分アムールのお母さんね。虎の獣人だし、何よりアムールに似ているから間違いないと思う。確か、ハナって名前だっけ？　若いわね。私より年上のはずだけど、同い年くらいに見える。テンマ君がアムールのお姉さんって間違えたらしい

けど、何も知らなかったら私も間違えていたかもしれないわね。

話してみると、ハナさんは気さくでいい人だった。話が進むにつれてお酒も進み、大いに盛り上がった私たちはその翌日、

「これで顔を隠したらいいんじゃないかしら？」

「それでしたら、私はこっちですね」

武闘大会のペア戦に出る為の準備をしていた。

何故こうなったかと言うと、アムールがことあるごとに武闘大会で優勝したことを、ハナさんにしつこく自慢するからだそうだ。そんな時ハナさんは、アムールがいなくても『オラシオン』は優勝したと返すのだそうだが、それでもアムールは優勝したことには変わりがないと言ってやめないので、大会でアムールを直接倒すか、最低でも上の成績を取りたいのだそうだ。

そして私の方はというと、ずばり、自分の価値を上げる為だ！　まあ、早い話が、大会でいい成績を残せたら、男性からモテるだろうということだ。上手くいけば、結婚相手が見つかるかもしれない。

若干自分の強さに不安はあるものの、ハナさんはアムールの上位互換のようなものだとテンマ君も言っていたし、頑張れば優勝は無理でも、本戦くらいは行けるでしょう。

大会登録を終えたばかりの私は、そんなことを考えていたのだけれども……

「予選、楽勝だったわね」

「本当に、そうですね……」

思っていた以上にハナさんは強くて、互いに余力を残しまくりで予選を勝ち抜くことができた。

「まあ、あれくらいの勝ち方だったら変に注目されることはないでしょうから、本戦の一回戦くらいは相手が油断してくれるかもしれないわね」

　仮面をつけて戦ったので、そういった意味では話題になるかもしれないが、勝ち方自体は目立つようなものではなかったので、そこまで警戒されるということはないだろう。それに今回は、

「テンマ、予選を棄権だなんて、ついてないわね……もう一度戦いたかったのに」

「マーリン様がぎっくり腰で動けない状態でしたから、仕方がないと言えば仕方がないのでしょうけど……期待していた観客にしてみれば、テンマ君の棄権は腹立たしいものだったでしょうね」

　テンマ君は一人でも予選に出たいと審判に言ったそうだが、ルールに五人以内と決められているチーム戦ならともかく、二人でとなっているペア戦は無理だと言われたそうだ。もしこれが、予選が開始した後だったら許可されたかもしれないが、出場の前段階で条件を満たしていないというのも、参加を拒否された大きな理由だったそうだ。

「テンマとマーリン殿には申し訳ないけど、そのおかげで私たちに注目が集まらなかったというところかしらね」

「ですね」

　そんな想定外の波乱が、ペアの予選では起きた。絶対的な本命がいない中で行われた本戦で、私たちは繰り上がりの優勝候補筆頭と言われていたブランカとアムールのペアと、一回戦で戦うことになったのだが……

「あの二人、よっぽど浮かれていたのね。いつもの手ごたえが、全くと言っていいほどなかったわ」

「アムールの方も、むきになりすぎて攻撃が一本調子でしたし、余裕をもって戦えました」

一番の難敵と思われたペアに、驚くほど圧勝したのだった。そして、その勢いはどこまでも続き、驚くことに私たちのペアが優勝したのだった。

「優勝したことだし、今日は盛大にお祝いしましょうか！」

「賛成！」

こうして私たちは、優勝というおまけ付きでそれぞれの目的を達成したのだった……が、

「アイナ、この男は？」

「クリス、その男は借金だらけで、そっちの男は若く見えますが五〇過ぎで、性格も悪いです。あと、こっちの男は年老いた両親との折り合いが悪い上に、離婚を繰り返しています」

一番肝心な目的は、達成することができないのだった。

異世界転生の冒険者⑨／完

あとがき

異世界転生の冒険者9巻をお読みいただき、ありがとうございます。最近、健康に不安がありまくる、作者のケンイチです。

カバー袖にも書きましたが、10の大台にリーチがかかりました！　まあ、リーチだろうが大台だろうが、通過点にすぎません！　……嘘です、調子に乗りました。本当は、とてもうれしいです。

今回の9巻ですが、8巻から三年の時が過ぎており、テンマを取り巻く環境が少し変化しております。少年編が終わり、青年編が始まったという感じですね。

冒頭からの新キャラ登場で、青年編が始まったわけですけど、ヨシツネは登場する予定はありませんでした。と言うか、ナナオ編を書いている時に、書いている勢いで生まれた（生まれることが確定した）キャラクターでした。まあ、ブランカが既婚者という設定だったので、当然の流れではあったと思います。そんなヨシツネのおかげ？　で、ブランカがギャグ強めのキャラになっていましたが、親ばかを表現しようとしたらああなってしまいました。

そして、第二の新キャラのエリザですが、ヨシツネと違って大分前から出そうと思っていたキャラクターです。まあ、出す機会を伺っているうちに忘れかけていましたが、空白の時間を利用してちょっと強引に出すことにしました。しかも、エイミィLOVEという特性を付けて。

今後、ヨシツネの出番は少ないかもしれませんが、どこかで重要な役目を負わせたいと思っています。そしてエリザですが……初登場の時点でかなり濃いめのキャラとなっていますので、どんどん登場させます。

他にも、三年の間に起こったことを書いているので、前半だけでも情報が多いのに、さらに中盤のワイバーンの群れの話や砦の話、シェルハイドの話などが続き、最後はククリ村の前日談のような話まで入れてしまったので、ある意味これまでで一番情報の多い（詰め込みすぎな）本になっているかもしれません。

なので、９巻の表紙案を担当さんから出してくれと言われた時、色々考えた中で今回の表紙とワイバーンの群れをバックに作戦を練るテンマたちという案まで絞ったのですが、自分では決めきれず、最後は担当さんとネムさんに投げてしまいました。

次回の宣伝……と言うか予告ですが、ついにテンマがククリ村に到着します。廃村となったククリ村で一夜を明かすテンマ一行に、思いもよらぬ強敵が！　テンマのピンチに、あのキャラクターが大活躍！　……と言うのが一番の目玉で、次は……恋に破れたばかりのリオンに、ついに春が！　という感じです。お楽しみに！

最後になりますが、今回もお買い上げいただき、誠にありがとうございます。これまで、自分の職業を書かないといけない時は、『作家』であると胸を張って書く勇気が出ず、フリーターと書いていたのですが、10巻を目前にしてようやく作家だと書くことができるようになりました。

これからも作家であり続けたいので、皆様に楽しんでいただけるような話を書き続けていきたいと思います。

応援してくれている読者の皆様、出版社の皆様、担当さん、ネムさん、これからも『異世界転生の冒険者』と、『作家　ケンイチ』をよろしくお願いします。

ケンイチ

MAG Garden NOVELS

異世界転生の冒険者 ⑨

発行日　2020年6月25日 初版発行

著者 ケンイチ　イラスト ネム

発行人　保坂嘉弘
発行所　株式会社マッグガーデン
〒102-8019 東京都千代田区五番町 6-2
ホーマットホライゾンビル 5F
編集 TEL：03-3515-3872　FAX：03-3262-5557
営業 TEL：03-3515-3871　FAX：03-3262-3436
印刷所　株式会社廣済堂
装　幀　ガオーワークス

ISBN978-4-8000-0963-0 C0093